2015年《中国作家》剑门关文学奖获奖作品

于是去旅行

杨则纬 著

山西出版传媒集团
山西人民出版社

图书在版编目（CIP）数据

于是去旅行/杨则纬著.—太原：山西人民出版社，2016.11
ISBN 978-7-203-09779-2

Ⅰ.①于… Ⅱ.①杨… Ⅲ.①长篇小说—中国—当代 Ⅳ.①I247.5

中国版本图书馆CIP数据核字（2016）第260947号

于是去旅行

著　　者：	杨则纬
责任编辑：	魏　红
助理编辑：	张志杰
装帧设计：	纸墨书坊

出　版　者：	山西出版传媒集团·山西人民出版社
地　　　址：	太原市建设南路21号
邮　　　编：	030012
发行营销：	0351-4922220　4955996　4956039　0351-4922127（传真）
天猫官网：	http://sxrmcbs.tmall.com　电话：0351-4922159
E - mail：	sxskcb@163.com　发行部
	sxskcb@126.com　总编室
网　　　址：	www.sxskcb.com

经　销　者：	山西出版传媒集团·山西人民出版社
承　印　者：	山西出版传媒集团·山西新华印业有限公司

开　　本：	889mm×1194mm　1/32
印　　张：	11.125
字　　数：	260千字
印　　数：	1—3000册
版　　次：	2016年11月　第1版
印　　次：	2016年11月　第1次印刷
书　　号：	ISBN 978-7-203-09779-2
定　　价：	29.80元

如有印装质量问题请与本社联系调换

目　录

- 001　厌食姑娘
- 020　过去的人
- 040　身体里的自己
- 050　四方的城市
- 063　她是第一名
- 073　青春少年皆妩媚
- 090　秘密药丸
- 100　有情人
- 107　南瓜车
- 124　于是在拉萨

139	摘星人
145	最美好的你
168	不要崩塌我的世界
187	选择人生
191	完美的婚礼
201	婚后生活
209	婚　内
223	婚　外
230	错　过
246	真　相
255	回头恩怨
268	为了活着
288	无脸人
302	于是去旅行
320	时间的歌
342	结　局

厌食姑娘

西安的美食是出了名的，各种小吃，价钱合适，品种繁多。辛钰知道，八宝稀饭在熬制的时候就要放纯天然的桂花蜂蜜，新鲜的瓜子仁儿和莲子也一定要铆足了劲儿地放，重点是它的勾芡，不多不少，刚刚好的那个程度你都不知道用什么词来把握，总之就是要喝到口里不稠不稀，舌尖上不甜不腻。还有馕饼，应该是新疆的更好一些，辛钰没有想到西安的也可以这么好吃。这么一张大饼，可不是随便拿着面粉烤一下就能行的。想吃美味，就要用好的蜂蜜、鸡蛋、牛奶，用多年的经验和好面，等出炉的时候不仅焦黄脆软，还有印在圆饼上的花纹，精致的程度如果与蛋糕比，那会比得蛋糕都红了脸。

辛钰还喜欢吃镜糕。好的那种要三层，层与层之间相互联系又层次分明,最上面的芝麻要厚,看上去明晃晃的,好像要晃瞎了眼睛,黄黄亮亮的。两层糯米之间的枣儿必须清晰可见,这才说明枣泥的料足,砸得很瓷实。这么四层颜色分明的食料一起吃到嘴里,就是你也蘸着我,我也黏糊着你的味道。

……

这个姑娘曾经觉得世界上一切美的东西都和自己没有关系,没有一个好的外表,那么美味的食物和美丽的世界都并不属于自己。她带着这样的认识,第一次去了那个神奇的"女儿国",当自己的想法被一点点证实,辛钰迎来了一个全新的美好世界。

到了这一年寒假临近的时候,辛钰就要18岁了。在17岁和18岁的交叉路口,她终于第一次来到了云南。她所迷恋的是抱着地图寻找某个令她神往的地点,在那些旅行的书籍里想象置身其中的感觉。当她偶然地看到一本写一个女孩人生经历的书时,她知道了那个叫做彩云之南的地方。她想象着那里的云彩在天空中飞扬的模样,更想象着那个女孩所属的那个摩梭族。那里有一片比天空还要纯净的湖水,还保持着一种辛钰无法从书本描绘中想象出来的生活方式:男人只在晚上才去自己新娘的房子里与新娘相会,而不等天亮就会离开。

辛钰在那个别人都开始紧张复习的高二暑假里去了她向往的泸沽湖。

妈妈是坚决不同意的。但是这一年的辛钰总是沉默,好不容易说出来的话却又让父母头疼不已。于是,在妈妈坚决不同意的情况下,爸爸同意了。

辛钰在这么些日子里第一次主动、突然地抱住家人。她的两只胳膊紧紧环抱着她的爸爸,在他的脸颊上还来了一个绝对够劲的吻。原本在一旁还要发作的妈妈看到了女儿刚才的这个举动,在嘴边的话就咽了回去。辛钰的爸爸给了妈妈一个眼神,妈妈也心领神会了。

对于两个长辈来说,还有什么比此时此刻看到久违了的那个女儿更欣慰的呢?

辛钰坐火车去云南。她先到攀枝花,在火车站等到天亮,然后坐着最早的公交车去长途汽车站,买了去泸沽湖的车票后,在旁边搭起的小棚子里,吃了一碗不知道是面条还是米线的东西。她一点也不觉得难吃,只是想到很快就要看到美丽的泸沽湖了,一想到那里有一个和她生活的城市全然不同的桃花源,就忘记了疲惫。

那真是艰辛的路途呀!对于第一次外出的未成年女孩来说。先是要在半夜里下火车,之后在长夜里等着天亮,又等着倒长途汽车,而长途汽车还不能真的到达泸沽湖,只是到了附近的一个小县城而已。原本可以等等第二天再出发,可是辛钰不想等,她一边焦急地想早日到达,一边担心司机会故意把她留在县城,毕竟她是一个人。

她找了几个也是要去泸沽湖的人,一起拼了一辆小车,翻过了一座或者很多座连起来的山,才在天黑的时候到达泸沽湖。

拼车的司机带着他们去了据说是泸沽湖最热闹的一个村子,但是天黑了,那里居然一盏路灯都没有,只有一家卖一些小零食的商店开着门,那里的灯光才能让他们看清楚道路。辛钰有点不相信司机说的话,但是天已经这么黑了,她别无选择,想到身边还有几个人,是她自己找的同行的人,应该不会和司机是一伙的,这样心里感到还稍稍安全一些。他们都跟随着司机,去了一个家庭旅店,住宿也并不贵,一晚上50块钱，店里接待他们的是一个老婆婆，说晚上不要自己出来乱走，因为很黑，他们住的地方就在湖边，万一看不清楚掉下去可就不好了。

辛钰进了屋子就锁上了门，里面居然很干净，还有热水可以洗澡。带她住进自己房间的好像是这家人的女儿，告诉她洗澡的水可能不会很多很热，因为是太阳能的，所以要快些洗比较好。她重新把门又锁了一遍，打开行李，取出洗漱用的东西，进了浴室准备洗澡的时候还是不放心，又披上衣服，把门打开关上试着反锁了几次。

辛钰冲着热水，才似乎感觉到了些身上的疲乏。因为是一个人，一路上是颠簸的山路，就算是困了，也努力不让自己睡着。热水很温暖，不但不冷，反而热得烫皮肤。她确实没有冲洗很久，躺在床上的时候稍微放松了一些，面对着屋顶，整个墙壁上充满了书里的图片以及描述的那些字句，辛钰激动得想哭，一路上的紧张渐渐松弛下来，毕竟她还只是一个小姑娘。

她确实累了。早晨的她突然惊醒，猛然地以为自己睡得太久了，披了一件小外套就急急忙忙地冲了出去。冲出房间冲过小院子冲过大门，差一点冲进了湖水里……

"天啊！"

那个小女孩像是第一次看到了真正的世界。她刚才还慌张的情绪这一刻被震撼得呼吸都停止了。她的右手捂在嘴上，左手的五指又压在右手的五指上，她嘴里发出的那两个字顺着指缝溜出来，但是她的惊讶却没有让湖水泛起半点的涟漪，湖水静得只能用镜子来形容了，湖边的树木、高山以及天空，全部一清二楚地倒映在其中。她的惊讶一点点被湖水的平静同化,她的手始终罩在嘴上,她一动也动不了了。

这是她第一次获得了比书本里描绘的更震撼的感动。

这个孩子,这个在大部分人眼中寡言少语的内向姑娘,在这个清晨里,像冰天雪地里冻在那里的雪人。猛然间,她向着面前的湖水冲了过去,她奔跑的速度越来越快,脚上的纸拖鞋在奔跑中被甩了出去,她冲到湖边,跑到木板搭起的小夹板上,奔走在夹板上延伸出去的小桥,"扑通……"一声,这个姑娘已经扎进了湖水里。对于辛钰来说,她觉得自己是扎进了天空,钻进一团白色的云里,融入了无边际的天上世界。

辛钰并不会游泳。她的思想还来不及享受这未经思考就去体验的想象之美,一口水已经猝不及防地灌进嘴里……

"救……"两个字才喊出了一个字,又是一口水。

原来泸沽湖真的是天堂,原来英雄就这么出现了,辛钰迷迷糊糊地被抱住,被拉扯着游了一段距离后终于脱离了湖水,她平躺着试图睁开眼睛,可是她觉得身体都在摇摇晃晃的,本能地头晕目眩,更加无法睁开眼睛。她感到有一个力量在挤压自己的肚子,这股力量令她的肚子有些不适,她还没有感到什么疼痛,就觉得有一股子东西顺着嗓子涌了出来。

吐出了一口水,尽管辛钰可能喝了不止这一口。她睁开眼睛的时候看到的还是天空,她的身体还在摇着、晃着,天空就在眼前和着阳光的作用,迷迷糊糊的,充满了一种梦幻的斑斓。

"原来死去不是那么恐怖的事情。"辛钰心里这么想着。

"你没事了吧?"耳边有一个带着些奇怪口音的男人声音。

她试图看清楚,但是身体依旧摇晃得厉害,眼睛也无法瞄准目标。

"你别翻身,这个船很小,随便摇晃很容易翻过去。"

辛钰听不懂了。"什么船,怎么回事呢,自己现在是在船上吗?为什么是在船上?小船是什么?翻身就能令船翻了……难道不是过奈何桥,而是要坐船过河?"

直到她被抱到岸上。她当然没有死掉,辛钰不可能这么快就死去,辛钰的人生还很长久很长久,长久到她自己也不知道还会有多少要发生的事情。只是,女孩子是否都曾经幻想过,在一个特别美好的时刻死去,只为成就那一刻的天长地久?

她始终处于摇晃的胡思乱想中,然后是被一双坚实的胳膊托了起来。不知道为什么,刚被托起来的她又被放了下来,随后拉着她的胳膊。她听见男人的声音:"你可以听见不?如果有一些力气就爬上来。"她就顺着趴在上面,这就被一个男人背在了背上。男人是背着她跳上了岸,其实是跨步上岸的。她被男人放在草地上,这时候的身体不再摇晃了,她睁开了眼睛,虽然眼睛里的阳光还是很亮,可是她靠着手臂的支撑坐了起来。她的周围是草地,离草地不远就是那片印着蓝天的湖水,她的旁边是一个男人,正在一堆树枝旁边生火。

"你没事吧?"

"你救了我?"

"我划着船看见你跳了下去,看见你好像在求救。"

辛钰这才去寻找那艘船,这种船她是知道的,她在书里看到过的,被称为"猪槽船",这是只有泸沽湖才有的特殊的船,很小很小,像月牙的形状,摩梭语称为"日故"。由一根粗壮的圆木镂空,两头削尖而成。因其形状如一只长长的猪槽而得名。船的宽度只能容纳一个人,猪槽船,即独木舟。

"原来真的有猪槽船。"

"什么真的假的。"

"那么你们走婚也是真的了?"还没有等救命恩人开口,辛钰的一个问题又冒了出来。

"你走婚过几个女孩?"

"没有,哪有。"

"没有走婚这种事情?"

"有的,我们这里就是走婚。"

"那你没有走婚?"

"我还没有走婚过。"

"为什么?一个也没有?"

"我们走婚也不是随便的,你看我们这个湖,这个湖很大的,我们摩梭人有一个节日,叫做转山节,那天,未婚的青年男女都会围着这个湖走,这个湖不管是属于云南的还是属于四川的,但是对我们来说都是一个共同的圆形的湖,可以步行可以骑马也可以划船,因为是圆的就总能走到一起,然后在路上遇到看起来有好感的青年,就上去说话,一边走着一边聊天,如果觉得情投意合,就会在一起。我们摩梭人可不像你们说的那样,想和哪个女人走婚就走婚,现在一般都是一个,而且在觉得可以在一起后,男方要带着礼物去女方家,由一个族里地位高的那个人出面,这样才算是被认可了。"

"不是谁都可以走婚?"

"怎么可能嘛!"

"那你为什没有走婚?"

"没有嘛。"

"明明是围着湖走,为什么要叫转山节?"

"因为就是这么叫。"

"你现在生火呢?"

"是呀,你是哪里来的?"

"我的家在河南,不过我也在新疆。"

"哦,你怎么到湖里去了。"

"我……你在划船干吗?"

"我在收渔网。"

"什么什么?收渔网?"

"你看,那里有鱼。"他正在摆弄树枝的手指向湖水那里的船。辛钰一听到有鱼,立刻激动起来,也忘记自己还浑身湿透着,就冲着湖边跑去。

"哇,这里真的有鱼,可是鱼好小。"

"可是很好吃,一会儿给你,尝不尝?"

"怎么吃?"辛钰问完这句话,有点后悔,她记得不能吃陌生人给的食物和饮料的。

"今天没有锅,没法煮鱼汤,不过烤鱼也很好吃。"他说着,把火堆一点点地生起来了,从湖边的渔网里拿出一条鱼,放进湖水里又取出来,就算是把鱼洗了。接着,他直接把鱼放在点燃的木棍之间的空隙处,鱼肉直接贴在草地上。

"可是你为什么没有取出鱼身体里的东西?"

"一会儿你吃的时候别吃里面就行了。"

"啊?这……"

"没事的,我们都这么吃。"

"那肯定很腥吧。"

"你尝了就知道了嘛!"

"而且你这样就放在火里也不卫生的。"

"哈哈哈!"

"怎么了?"

"我们摩梭人都这样,我们这里很干净,不会生病的。"大概是看着辛钰眼神里面传递的不理解和不相信,他接着说:"我们摩梭人从来不骗人的,我从来没有生过病,你们吃什么都要用力地洗,可是你们还生病,我从来不生病,我们家人也没有人吃过药的。"

"你们摩梭人都不生病?"

"我们这里很干净的。"

"不可能。"

"鱼好了,来,你自己咬着吃,把盐巴一撒,光吃鱼肉就行。"

辛钰接过鱼,因为比较烫,于是这只黑焦焦的鱼就在手里翻滚了几下。辛钰还是有一点的犹豫,就算是救了她的命,但此刻也只有他们两个人,她朝着周围看,发现一个人也没有。"可是如果他是坏人,救了她可以带她去别的地方,也不用这样,而且自己看着他直接把鱼放在火上的,应该不会有什么问题。"辛钰这么想着,又看了一眼他,发现他还在整理着鱼,并没有注意到辛钰在看着他。

即使现在,辛钰还能记得这只卖相装上了盘子肯定会很倒胃口的烤鱼,即使是在她浑身湿透、刚刚差点溺水身亡的情况下,即使她和一个陌生人还存在着不信任,可年轻的好奇和事件的新奇让辛钰觉得手里捧着的简直是一件不可思议的东西。等到她和烤鱼已经相互适应了彼此的温度,她细细地看着捧在手心里的鱼,接着又看了一眼她的救命恩人。她爽朗地发出一串笑声,像是白雪皑皑的圣诞夜摇响的银铃,平静的水面,倒映着寂静且神秘的大山,天的高度在水里更加深不可测,一个从人间掉进桃花源的女孩,面对着桃花源里的男人。

在这样的景色里。

"那我真的吃了。"辛钰这么说着,她还是不能停住笑,她随着笑声抖动的身体怎么也不能把手里的鱼肉送进嘴里。

"你笑什么?"

"好玩,我觉得好玩。"

"哦。"

辛钰随着摩梭男人的声音端详这个神秘又神奇的男人,她的笑声已经不知不觉地缓了下来,脸上那种少女真心的欢乐表情却还在。

可惜她看不到自己。她这一辈子都无法真的看清楚自己。

"你看着我干吗?不敢吃吗?"

"我觉得好玩。"

"你只会这一句话。"

辛钰用一只手拨了拨烤鱼的表面，接着像吃带鱼那样用牙齿小心地咬下鱼的边沿，果然有比较整齐的一排刺被牙齿叨了出来。她却没有把刺吐出来，而是伸着头晃到摩梭男人的那边，摇晃着叨着鱼刺的脑袋给他看。然后摩梭男人也笑了。

"你吐到地上就行的。"

辛钰很快地把两边的刺都弄了下来，鱼又被捧在手里，另一只手顺着一边剥下一块鱼肉。鱼肉很快被牙齿咀嚼着进了肚子，她把剥下鱼肉的食指和大拇指塞进了嘴里，从大拇指接着是食指，已经很久没有这么过瘾地吮吸手指了，鱼肉的美味让她恨不得把沾了味道的手指头一同地咀嚼下肚。她小心翼翼地把鱼肉一块块剥下来，害怕漏掉一点。

"真好吃，好吃得很呢。"

"就是没有锅，不然还有鱼汤，那才好喝呢！"

"那下次你给我煮鱼汤吧。"小姑娘自然地说着，她没有去想那么多，她还不需要去思考那么多，关于人与人，关于给予和失去。辛钰此时此刻是多大呢？她会不会以后怀念在那个时刻的那个女孩呢？

"你住在哪家？"

"就是那边那个伸出来的木桥直对着的那家。"

"哦。"

"你认识吗？"

"我不是这边村子的，我家在那边，就是草海那边。"

"草海是哪里？"

"你不知道嘛？很多来这里的游客都去的，从这边要包车过去。"他接着说。

"他们去那里看日出,那边是四川了。"

"你是划船过来的吗?"

"我是骑着摩托车来的,不过也可以划船过来。"

"没有看见摩托车呀!"辛钰环顾了一下四周。

"我们是昨天就过来了,在另一个地方,搭了帐篷的,下午撒了网之后一大早来收网。"

"是这样。"

"天还没有亮就要撒网了,一会儿我的朋友就会把摩托车开来了。"

"哇哦,那你可以带着我去看那个草海吗?"

"可以呀。"

"你们摩梭人真好呀。"

"呵呵,是吗!?"

"不过我还没有洗脸呢,我回去换个衣服再去好不好?"

"可以,一会儿反正我还要去卖了这些鱼。"

"但是你万一不来找我怎么办?"

"我说找你肯定找你。"

"万一你有事情或者变卦了怎么办?"

"我们摩梭人从来不骗人的。"这是这个摩梭男人第二次说出这句话了。辛钰觉得这句话听起来好动听、好亲切。辛钰那时候还不知道,自己已经开始蜕变,开始了从一个女孩走向女人的道路。女人与生俱来都是喜欢听誓言的。

当然，这样的一句话还算不上用"誓言"这种分量的词语来形容。辛钰，往后的日子，这个词语会变成一个重量的词语还是一个轻飘飘的形容呢？

辛钰换好了衣服整理了自己，她有点犹豫，萍水相逢，就这么跟着他走了是不是会有危险？可是她太好奇了，她告诉自己反正要不是这个人自己早就没命了，那么又有什么害怕的。

这个时候，刚好有人敲门，她以为是那个男人，打开门是昨天的女孩。

"你好，住得还好吗？"

"挺好的。"

"那你今天还住吗？还有要一起吃饭吗？可以包饭，一人一天15块钱，和我们一起吃。"

"我还住，不过不吃饭。"

"那好的。"

"嗯，我走的时候一块儿给钱行吗？"

"可以的，就是确定一下。"

"我想问问你这里安全不？还有草海安全不？"

"你放心，我们这里的人都很好，很安全的，草海有点远，你要包车才行，一个人包车比较贵，如果你要去，我可以问问有没有其他人和你一起，或者问问包车的人有没有空位子。"

"哦，是这样，不用不用，我就问问。"

"你放心吧，我们这里是开发最早的，我爸爸以前就是这里的村长，昨天你见的是我妈，你有什么问题都可以问。"

"哦,你家是摩梭族?"

"对。"

"可是你爸爸没有走婚?"

"是后来才搬来的。你看,那个就是我爸爸。"辛钰朝着她说的方向看着,有一个男人,穿着白衣服,显得皮肤更黑了。可是辛钰怎么都觉得昨晚见到的是奶奶,这个男人是叔叔。

"那我出去了。"

"你要注意安全,不要下水,虽然看着清澈见底,但是水下情况就不一样了。"

"我会注意的,不过,万一我晚上没回来你们会找我吗?"

"那肯定呀,不过你要小心。"

"好的,谢谢你!"

再次走出那家旅馆后,她已经看见摩梭男人就在她跳进湖里的小夹板前面。他的摩托车挺大,比辛钰印象里的摩托车要高,可能城市里所谓的摩托车其实都是电动车吧。他穿着一件绿色的衣服,有点像军装,不过是那种很旧的,裤子是由黑色洗得发灰了的颜色,塞在黑色大胶鞋里,胶鞋倒是黑亮黑亮的。辛钰看着这个男人又觉得高兴起来了,觉得自己之前不该疑心,也觉得一切都太不可思议。她就傻笑着走过去。

"你总是这么笑着干吗?"

"你扶我一下,我上不去呀,这个好高。"

"你身后有那个铁架子,你一会儿要抓紧了,我们要绕大半个山呢。"

"我抓好了。"

……

"啊……啊啊啊……"

"慢一点呀,啊……"

"哇……啊……"

"你闭上眼睛抓紧了就行。"

"好刺激呀……啊……"

"不害怕了吧!"

"比过山车好玩多了,但是你别冲下山了呀。"辛钰这会儿已经适应了。这是她第一次坐摩托车,居然是在山上,开始的时候还是沿着湖边走,路是水泥的,很平,一会儿就开始上坡了,路也渐渐变成了石子路,摩托车开得相当快,辛钰的脸都快要被行驶起来的风吹得变了形状。这车还在加速,她的手反转着死死抓住车后面的金属,她看见湖水变得更广阔起来,她居高临下地在飞驰中看着湖水无边无际起来,本来还有点激动和感叹景色的迷人,然后一个急速的下坡和转弯,让辛钰没有任何控制地大叫起来,她觉得自己随着摩托车的摇摆要甩出去,如果加速度够大的话,大概能在湖水的上空飞翔一下。这些都是在辛钰开始享受了这种急速的颠簸后。在这之前,辛钰确实被吓到了。

摩托车还在向前走,这样的经历实在太棒了,这样的旅行实在太爽了!辛钰在被风吹得眯着眼睛的视线里,看到一直移动着的景色,似乎是在变换着又好像没有变,这湖竟然这么大,在翻过的这么多的山里,居然可以隐藏着如此之大的一片湖水,这湖水孕育出了一个特殊的民族，孕育着一个和辛钰生活的社会有着不同准则的小社会。

不知道车开了多久，他把摩托车停了下来。

"这里是草海吗？"

"不是的，不过这里的风景很好，一会儿你跟着我，小心走，要从这些石头山翻下去看呢。"

辛钰随着他，她还是保持一点儿距离，她还是看不到其他的人，但是好奇心战胜了恐惧。连走带爬了一会儿，就看到了插着各色小旗子的石头包。

"这是什么？"

"宁夏、西藏也有这样的呢，我们这里很多人信佛，就是和西藏一样的喇嘛。"

"哦，这样呀，真奇怪。"

"奇怪什么？"

"你们怎么会信这个？"

"这个我就不知道了呢。你慢一点，踩稳了。"

"没事，我很灵活的。"

随着他的步子，他在石头和泥土上面走着，有时候要用手抓住旁边的石头，有时候要侧了身体，当她站在一块平坦的地方看到眼前的美景时，她感觉到的是和早晨看到的那个完全不一样的湖，这湖看起来那么像海，她就像是站在海边的礁石上面。她就感觉自己似乎真的看见了海鸥，听着浪花拍打海岸的声响。

"你叫什么名字？"

"哦，我也不知道你的名字呢。救命恩人。"

"不是不是，我叫杨由丁次尔。"

"你叫什么？"

"叫我杨由丁就可以。"

"你姓杨呀？和杨二车娜姆一样。"

"杨在我们这里是一个大姓。"

"你们名字好长，我就两个字，我姓辛，叫钰。"

他们又继续向前行驶起来，接着就到了四川的地界。她从四川千辛万苦地到达了云南，现在却又回来了。这样的思考一晃而过。她坐在杨由丁次尔的船上，船很小，细细长长的。她坐在中间的部分，眼前的男子在另一头划着船。她再一次地打量着他，从她坐着的方向望着站着的他，除了他特别黑的肌肤外，辛钰找不出这个少数民族的男子和她熟悉的男人有什么不同的地方。她的耳边此时响起了那句话："我们摩梭人从来不骗人。"她不知道为什么在这美丽的世界里，让她一遍遍地回味的不是景色，却只是这么一句话。他的胳膊用力地挥动着桨，湖水太平太广，辛钰无法判断出船行驶的速度。和刚才在摩托车上比较，这种突然静下来的状态，让辛钰心里突然空空的。

"你把摩托车放在那不怕丢了吗？"

"不会的。"

"不会丢？"

"怎么会丢？"

她把手浸进船外的湖水里，看着自己手边的涟漪。很久，他们都没有说一句话，直到辛钰恍然地觉得水里的手可以抓住一把把的芦苇。这是什么时候开始变了的呢？来不及回想，辛钰迫不及待地用眼睛向四周望着,她贪婪的目光望着湖里密密的芦苇,芦苇越来越长,如果只是看着周围的芦苇,你不会觉得自己是在水里划着船。辛钰的手里已经抓住了一大把的芦苇,随着行驶的船,她手里的芦苇抓不下了,它们就自然而然地从手里脱落,接着又抓住一把新的。

"哇,这水怎么这么浅呀,我都看见底了。"

辛钰这会儿让身体向着刚才探出手臂的湖水那边伸去,虽然是和杨由丁次尔说话,眼睛却没有转移到他的身上。

"你小心,这个船很小,你别翻下去了。"

"哈哈哈哈,这水这么浅,没事的啦!"她抬起了头,湿了的胳膊和手里抓着的芦苇都随着目光回到了船上。

"不浅呢,是因为水很清,而且水草多,你要真掉下去,我不一定能像早上那么救你。"他说这句话的时候,他的脸上居然第一次绽放出一种笑容,这个笑让辛钰一下子觉得他是那么的不同。

不同寻常的笑容是摩梭人的,还是只是杨由丁次尔的呢?

"你笑了呀?"

"我不能笑吗?"

"你的笑容有点不一样。"

"是吗?"他说着,目光不看着辛钰了,朝着船桨滑动的湖水望去。辛钰也就不吱声了,摆弄起手里的芦苇草。

此生此世辛钰第一次觉得自己这么富有。似乎这湖水是属于她的,这寂静也是属于她的。辛钰觉得在这片湖上,这个划着船的男人,也只是湖水的一部分,就像那些水里的芦苇下面藏着的鱼一般,就像这芦苇周围吹拂过的风一样,就像芦苇上面顶着的蓝天一样,他也只不过是芦苇里的一种生物。

而辛钰自己则驰骋在一片自己的汪洋里。她不想担心，不想疑虑，不想不相信这个男人了，这样的美好时刻发生什么都无所谓了。

"你长得真漂亮。"

"什么？"

"我说你长得可真漂亮，皮肤那么白，你的眼睛好大，真好看。"

辛钰正摆弄在手里的芦苇突然断了，左手还捏着已经断了的芦苇，右手里的另一半悄无声息地滑落了，随着向上抬起的手，朝着相反的方向坠落。右手抚摸着自己的眼睛，这双"真好看"的大眼睛。

她有点忧伤起来了，直到船一直划到岸边，辛钰都没有再说话，两个人都只是呼吸，再也没有交流。"你的眼睛好大，真好看。"这样的声音在她的周围、在这湖水里、在湖里的芦苇中，一阵阵地在辛钰的世界里，安静的世界里只有这样的一句话，也只是这样一句话，让辛钰幼小的心灵得到了满足而又受到伤害。

过去的人

小钰曾经是这样的。她出生的时候是被人们称为改革开放后的好日子,赶上了计划生育的她成为家里唯一的小公主。小时候的她主要待在奶奶家和姥姥家,爸爸和妈妈因为工作的关系都经常出差,直到12岁那年,爸爸的工作基本固定在新疆,小钰也开始要为了升初中作准备了,于是她不在奶奶姥姥两家来回跑,家里商量后她留在了姥姥家。虽然缺少了父母的陪伴,隔辈之间的感情更是多了几分溺爱,小钰的童年里有很多欢乐,没有过多被惩罚的经历也没有学业上的责备。

刚学会拿笔的时候她就被允许在家里的任何地方乱涂乱画,爷爷喜欢骑着车子带着她去周围的郊外抓知了。奶奶是个知识分子,给她讲童话读名著，教她写毛笔字。姥姥年轻的时候是文艺兵，于是从她走路走得有模样起就跟着姥姥，每天的清晨傍晚去小区附近的公园跳舞，姥姥教她唱国歌，教她唱那些现在听起来怪怪的红色歌曲。12岁的时候，姥爷给家里买了一架钢琴，也正是因为这架钢琴，辛钰最终留在了姥爷家里。

辛钰小时候相册里充满了她穿着红裙子表演跳舞、唱歌的照片，再大一些的她在学校主持升旗的晨会，参加市里的演讲比赛，姥姥家书房墙上，她的三好学生、钢琴比赛、书法比赛等等的奖状已经贴不下了。

那是一些不知愁苦的快乐日子。辛钰那时候甚至不明白班里为什么会有孩子考试不及格。要知道，她的成绩从来都是九十几分，她觉得学习不用多么费劲就可以考个好成绩。放学后，她有几个班里要好的同学，只要他们的家长同意，姥姥姥爷永远都不拒绝辛钰带其他的同学来家里做作业，姥姥还会准备各种零食给他们吃。辛钰和小伙伴们会把老师布置的作业平均分配，写完后交换着抄袭就完成了。之后辛钰就给大家弹琴，同班的副班长姓陶，大家都叫他小桃子，他的乒乓球打得特别好，辛钰弹琴的时候小桃子就掂球，其他的几个同学就数数，他们说看小钰的手先困倦还是小桃子先掂不下去了。

一般当然是辛钰赢了。那次辛钰说不出来是为了什么，她决定要让小桃子赢一次，她故意弹错了好几处，然后跨八度的时候手指头没接上。同学们就吆喝着起哄，说小桃子赢了可以提要求。

"我要亲亲小钰！"

小桃子最后还是没有亲亲她，可是小钰却莫名其妙地开始每天都想他。班里其他的男生给小钰所谓的情书,小桃子知道了就会在学校一天都不理她,放学后又会跟在她的后面,等到其他同学都回家了,小钰走路的步子就慢下来了,小桃子大步走上去两个人就肩并肩了。

"为啥要让别的男生给你写那个?"

"又不是……"

"以后不许你收了。"

"女厕所的墙上还有人刻字写爱你呢。"

"我……我不知道。"

"以后不要不理我。"

"走……"小桃子就拉起小钰的手跑起来,两只小手攥得紧紧的,书包在背后随着他们的步子像是两个孩子的心情,在空中跳跃、飞驰着。

"哇哦,这么多小猫咪!"

"我发现它们的时候比这个还小呢,这个窝是我给它们弄的。"

"猫咪妈妈呢?"

"不知道呀,那天下雨,我听见有尖尖细细的叫声,觉得好像是猫咪,结果发现它们了。"小桃子说着,伸出手摸摸一只小猫咪的脑袋,小钰看见小猫咪眯着小眼睛把脑袋使劲往小桃子的手边蹭,也想摸摸,突然才发现两个小手还紧紧地拉在一起。

"都出汗了。"小钰抽出自己的手,觉得心口紧张得像击鼓。

"最好黏在一起。"说完这句话,小桃子在小钰的脸上亲了一下,正好亲在小钰的上嘴唇和鼻尖上。小桃子的个子还没有小钰高,想亲额头却没有亲上。

辛钰的懵懂爱情结束在那场肺炎之后。从小喜欢拉肚子的她体质不是特别好，那年的天气冷得有点突然，辛钰就感冒了，发烧后就发展成了肺炎。她在家里和医院之间来来回回了近一个月。她可以上学的那天天气已经晴朗了，她围着先织好的超大红围巾和漂亮的红手套去学校，她还特意带了火腿肠和一盒牛奶，准备放学了和小桃子去看那些小猫咪。

红色的围巾和手套只有同班的几个女孩羡慕地叽叽喳喳说了一番，她却觉得比生病的时候还没有精神。

她们告诉小钰小桃子转学了。辛钰回到教室上课，却觉得听不进去老师在说什么，她听见同桌叫了起来，本能地摸了摸鼻子，看见手心里全是血。老师让她去厕所洗洗，让她用冷水冰冰脑门……

她把水管的水拍在脑门上，水就顺着往下流，她那时候知道自己的眼泪是热的。

女厕所墙上刻着"我爱陶博"，下面刻着"我爱小钰"，两行字对称得整整齐齐，"陶博"和"小钰"还被用一个桃心圈在一起。辛钰的手指随着那几个字一笔笔地描着描着，自己都不知道自己的眼泪已经湿了衣领。

回到教室的时候，辛钰的眼睛肿得谁都看得出来，老师亲自送她回家，以为是她身体不舒服。辛钰就这么接着又病了起来，这接连的病把家人吓坏了，父母被叫了回来，一家家医院给辛钰做身体检查，虽然最后没有什么大病，可是辛钰的体质不好，医生的结论都是营养不良。

她的生活里从此都是补品，碗勺全部找人特意打造成铜的，家里的锅换成纯铁的,每天都要喝至少一种的汤品,每天还开始吃一些乱七八糟的药。辛钰的体质不知道有没有变好,但她原本的细胳膊细腿变得肉乎乎的不说,就连瓜子脸都变成了包子脸。

……

辛钰的整个初中和高中是一场和美丽姑娘渐行渐远的告别会,本来就肉乎乎的她从初中二年级来月经开始变成了肥嘟嘟。她始终还是一个开朗的孩子,只是不再被人们捧在手心里,她有时候会想起那些小学时候收到的情书,看看镜子里的自己,身为一个女孩子的她心里是有悲伤的风吹过的,但是看起来嘻嘻哈哈的她不喜欢表达内心的这种情绪。她不再和同学们放学后混在一起,她都自己学习,作业有时候写了一遍自己再做一遍,累了的时候就拼命地弹琴,她总是会产生错觉,手指按在琴键上的时候,就仿佛听到乒乓球和球拍打击的声音。她渐渐忘记了小桃子的脸,却忘不了自己手指头在墙壁上一笔笔临摹的感觉。那种感觉让她又爱又恨,当她看到其他的女孩和男孩被其他同学起哄,或者看到些手拉手走在一起的男女学生,她的悲哀就泛起涟漪,那种最懵懂的感觉给了她继续假装无所谓的勇气。

她考取了最好的高中。当她在学校第一次撞见那个似曾相识的面孔时,她的心跳到了嗓子眼。她愣神地看着看着,然后匆匆地追了上去。

"你是……小……小桃子么?"

"你是?"

……

"陶博,你和那胖妞干吗呢?"她还没来得及报出自己的名字,就遇到小桃子完全不认识的眼神,听到远处传来的那句话。

辛钰激动的表情还来不及复位,只是瞬间的僵住,然后她转身就走了,不去管这位突然消失又出现的梦中人,他这般真实地站在眼前,可是此时此刻的辛钰只希望一切都是梦,是赶快醒来的梦。

她转身后的背影越来越快,像是一道无法阻挡的光一直穿过了学校的大门。

走在大街上,一遍遍地想起拉着她的手的小桃子,他长大了。这个逃学了的胖妞溜达在大街上,她没有哭,她只是走进自己喜欢的那个大书店,那个可以坐在书架旁边看书不被人赶走的大书店。可怜的她除了这里不知道还有哪里可以去了。她沿着书架一排排地走,心里有种说不出来的厌倦感觉,希望一切都破碎掉,她希望能大吼一声,然后眼前的所有都被震裂,破碎成粉末被风吹散。

她一抬头看见中国地图。她走过去在地图下面的书架上挑出了那本世界地图,她一页页地翻看着。

"离家出走!"本来厌倦的情绪这时候传递出了这么四个字。辛钰心里被这四个字弄得很紧张,可是她却不知道去哪里,她没有钱,没有办法买车票,她想起自己坐飞机去新疆看父母的情形,她想起他们带她去天池,带她去桃园吃蟠桃……那时候的她很自由,周围都是陌生的人,周围的景色也是新鲜的,食物和一切都可能在下一秒带来不一样的惊喜。

于是她开始幻想着去旅行。

她合上世界地图,翻看那些介绍旅行的书。那段时间里她终于抛弃了紧紧控制住她的悲伤情绪,在一页页的图片和文字里,她开始幻想自己去了很多不一样的地方。她记得最深刻的书是一本关于西藏的，讲述了一个考察队员和一只狗的故事：考察队员完成工作必须离开西藏后，丢下了那只为了救他们几次都差点送命的狗，不久后，考察队员在家的附近看到了它，那时候他已经在兰州工作了，他听附近的人说有一只很大很吓人的流浪狗出没，当他在垃圾堆看见正在翻找食物的狗时，他尝试着叫出了那个熟悉的名字，那只狗快乐地奔向他。那只狗从西藏寻着他的气味来到了兰州，2160公里的路程，真不知道那只狗是如何度过的。可是城市无法收留这样一只猎狗，他再一次把狗送回了西藏。故事的结局是那只狗最后终日与狼群为伴，它对人类的一次次抛弃失望至极。

那时候，辛钰已经忘记了自己是不是在流泪，她被书中的故事和书中的西藏深深吸引，她一页页地继续往下看。还有一个美丽的爱情故事：一个女孩和男孩在去西藏的路途中相识，在游玩的过程中相恋。那故事里的语言和景色以及爱情令辛钰如痴如醉，而结局又更加让她无法自拔。在去墨脱的路上发生了塌方，男孩在事故中死去了。女孩送男孩的骨灰回家，她告诉所有人，今生今世她的丈夫就是死去的男孩。

她记得书上的诗句：

那一刻，我升起风马，不为祈福，只为守候你的到来；

那一天，闭目在经殿香雾中，蓦然听见，你诵经中的真言；

那一月，我摇动所有的经筒，不为超度，只为触摸你的指尖；

那一年，磕长头在山路，不为觐见，只为贴着你的温暖；

那一世，转山不为修来世，只为途中与你相见。

在那段和一生比较起来要短暂极了的时间里，辛钰却经历了永生无法难忘的一切，她知道那是一种贪婪的情绪。

是在一本关于贵州旅行的书里让她看到了这个故事：传说一个古老的村子里，很多人有着神奇的法力，人们称之为"蛊术"，众多的蛊术中有一种叫做"美女蛊"。辛钰看了一遍又一遍，是一个长相丑陋无法得到爱情的女人，伤心极致地在河岸边喝酒浇愁，遇到一个背着背篓的美女，喝了一罐她的酒和她聊天，知道了她的伤心事后给了她一瓶药，说是吃了药就会美貌无比，只是必须要保持女孩子的身体，否则会有杀身之祸。吃了之后她真的变得美丽了……

那年的辛钰16岁，她想要把这本书据为己有。她是被姥姥姥爷从书店经理的办公室接走的。她以为把书装进包里偷偷地就可以出去，她不知道其实早就有保安注意到这个穿着校服的小姑娘了。当天晚上父母就飞了回来。辛钰站在爸爸和妈妈的面前什么话也不说，姥姥姥爷几次进来拉她，说让孩子先睡觉去，可是辛钰不走，她镇定极了地站在那里。

"我要整容！"

一直怎么都不开口的她突然冒出这么四个字来。屋子里一下子静得只剩下辛钰一个人的呼吸声音，她的四个字让大人们一下子连呼吸都忘记了。妈妈让其他人都出去，然后她把辛钰拉着坐下来。

"是不是遇到什么事情？"

"我要整容。"

"你好好给妈妈说为什么？"

"我要整容。"

"你会好好说话不？"

"我要整容。"

"你小小年纪，怎么现在变成这样了！"

屋子安静极了，家里的小宝贝，从小的好孩子，此时此刻怎么变成了这个样子，怎么会逃学还偷东西？姥姥姥爷还想护着辛钰，但也并不敢多说话，辛钰的父母心里大概有点后悔自己没有一直待在女儿的身边。整个屋子里的人都是各怀心事地沉重着。

"妈，明天就给她办理转学手续，你看看她成什么样了，你们还是太惯着她了。"

"你怎么说话呢？妈，你别听她说，她是气昏了。"辛钰的爸爸一边说一边去拉辛钰的妈妈。

"都怪我，都怪我没有带好小钰，但是让孩子去睡觉吧，平时她都挺乖的。"

"乖什么乖，乖的话她逃课还偷……""偷"字没有完全发出来，辛钰的妈妈就停住了，大概自己也不愿意说出来这个字。

"别说得这么严重，估计小钰就是想看书，你说，是不是学校谁欺负你了？"爸爸还理智一些。

辛钰的眼泪在鼻子里，她努力地把眼泪咽进嗓子里，想把情绪也一起吞到肚子里。她想好好说说自己的想法，她不想让姥姥姥爷难受，可是她说不出来，她一想张口，就想起那个讨厌的声音"陶博，你和那个肥妞干吗呢？陶博，你和那个肥妞干吗呢？陶博，你和那个肥妞干吗呢……"

"辛钰，你自己说，你这是要干吗？"

"你和孩子好好说话!"

"你这是要干吗?不知道错还要整容。你这和谁学的乱七八糟的事情?"

"陶博,你和那个肥妞干吗呢?"在辛钰的脑子里这句话越来越快地循环着。辛钰拼命忍住的眼泪已经不知不觉地布满了整张脸。

此刻和辛钰一样泪流满面的还有姥姥。

"你哭什么?你觉得爸妈容易吗?你在学校怎么了?你能不能说话,你这样是什么样子?"辛钰的妈妈说着也开始哭。

"对呀,你也不看看我都变成什么样子了,你知道大家怎么叫我吗?你不觉得我是一个丑八怪、大肥妞?"

四个大人被孩子的这句话震住了。

爸爸先走了过去,拉了拉辛钰的手,但站在那里的辛钰一动也不动。"陶博,你和那个肥妞干吗呢?"这句话还在她的脑袋里,她很想说出来,内心里却也不可能说得出来。

"谁……谁说的?"妈妈也一下子不知道说什么了。

"都先别说了,睡觉吧,爸、妈,你们去休息,别一会儿血压高了。"爸爸虽然内心里很烦躁,他还在努力地稳定情绪。

辛钰甩开爸爸的手,她走到妈妈面前,她长得很快,几乎和妈妈一样高了,两个人就这么面对着面看着彼此。

"妈妈,你觉得我丑吗?"

泪流满面的辛钰,红肿着眼睛和鼻子,肉嘟嘟的脸蛋……这样的一张脸一下子让妈妈不知道怎么回答。

"很丑是吗?"

"胡……胡说,你哪里丑了?"

"不丑吗?你看看我的胳膊,我的腿,你敢不敢和我比一比,是不是比你的还要粗?"

"你……你长身体嘛!"

"妈,我要整容,我要减肥,我不要这样的自己,我真的不要这样的自己,求求你了!"还是孩子的辛钰紧紧地抱住了面前的妈妈,她知道自己哭得更厉害了,可是那句"求求你了"真的是无助的辛钰面对着最亲的人的最后恳求。

"你还长身体呢。"扑在妈妈怀里的辛钰听到妈妈这么说着。

"陶博,你和那个肥妞干吗呢?陶博,你和那个肥妞干吗呢?陶博,你和那个肥妞干吗呢……"辛钰的耳边这句话怎么也走不开。她从妈妈的肩膀上起来,松开了搂着妈妈的手,她走到爸爸的面前,看着爸爸,带着希望看着爸爸。

"别哭了,小钰别哭了。"爸爸也不知道该说什么,只能安慰她。

"爸,你也知道我现在很难看对吧,我自己减肥,我只要做个双眼皮就行,我有了大眼睛就好看了,爸爸,求求你们了,求求你们了。"辛钰说着说着,声音都有点沙哑了。

"你……你只是长身体呢,爸爸觉得你很好看。"

"别骗我,你们不要骗我……"

"辛钰,你别再胡闹了,睡觉去。"妈妈说着。

"求求你们了。"

"去睡觉,别胡闹了。"

"我最后说一句,你们答应不答应?"也许在父母的眼中看出了女儿的无奈,但是又有哪个父母能看清楚孩子内心的绝望,对于这一刻的辛钰来说,她在用最后的力量坚持着最后的希望,父母是她最信任的人,也是唯一可以帮助她的人,但是屋子安静极了,没有一个人给她肯定的回答。

对于一个16岁的女孩来说,她当然也只有自己的这个期望,她又怎么能理解父母的用心?屋子里的每一个人都可以用生命去爱她,可是辛钰还是那么小的一个孩子,有哪个家长会让自己的孩子无缘无故地挨上一刀子?

辛钰把自己对这个世界的绝望全部加在了自己的身上,当然也包括自己的亲人,没有人知道一个16岁的女孩子会有那么大的决心。从那之后辛钰开始不吃东西,她只在中午的时候吃一点点的菜。她不吃任何的粮食,吃米饭都要数着颗粒,到后来,如果菜炒得比较油,她也不吃。但是辛钰却没有因为不吃饭而昏倒,她每天晚上还要出门跑步,姥姥姥爷怎么劝也不听,辛钰一下子变成了另外一个人。她不喜欢说话,除非是姥姥姥爷问话,她才开口,她学会了惜字如金,常常别人问话她干脆就不回答。

那年冬天是一个难熬的寒冬。对于辛钰家里的每一个人来说,但辛钰除外。她被送进了医院,不是因为她生病了而是她争取到了整容手术的机会。她比较浅的双眼皮被划得更大。对于辛钰的妈妈来说,那是没有办法的办法了,双眼皮是最简单也伤害最小的手术了,眼见着自己女儿若是不完成这个心愿也许会自闭成精神疾病了。

因为做了手术,父母决定给她换一个环境。

辛钰转学去新疆的第一天，当她站在讲台上被老师介绍的时候，从下面同学的目光里她找到了小学时站在讲台上主持升旗仪式的那种感觉。

"我们班转来了一个长得特别好看的女孩。"

"我看见了，眼睛可大了，穿着红色的毛衣。"

"不过她不是很爱笑，也不怎么和人说话。"

"美女都爱装吧！"

……辛钰听见窗外的两个女孩在说话，她的脸上泛出了久违的带着几分邪恶的笑容。

"陶博，你和那个肥妞干吗呢？"辛钰的脑中还是时不时地想起这句话，她看着全新的班级，全部陌生的人，这一刻，她突然知道自己再也遇不到小桃子了。

"你怎么了？"

辛钰抬起头，看见一个男孩，短短的头发，很大的眼睛明媚极了，他的鼻子很挺拔，在白皙的皮肤上显得有点突兀了。

"你别听别人怎么说你。"男孩给她递过来一张纸。"你擦擦眼泪吧。"男孩把卫生纸塞在她的手里。"她们是羡慕嫉妒你，觉得你长得好看，她们都是肥妞，嫉妒你。"

"你说谁是肥妞？"

"说你坏话的呀，你别搭理，我叫……"

"你走开！"辛钰站起来，一把把眼前的男孩推倒在地，自己一口气地跑到了厕所。

她把头放在水管下面一直冲，和着眼泪一起，幼小的辛钰开始怀疑这个世界，开始怀疑自己，开始怀疑曾经和未来的一切。是不是肥妞、丑八怪就是错误的，是不是只有漂亮、纤细才是正确的？她的眼前浮现着刚刚那个长相好看的男孩，他那么友好地递过来一张纸，他那么亲切地和自己说话，是不是只是因为自己不是肥妞，是不是因为自己有一双大眼睛？

……

船什么时候已经划到了岸边，他伸手去拉辛钰的手，这时候，辛钰的手显得更加白皙更加娇嫩。

"我们摩梭人觉得女人黑一些好看。"

"什么？"辛钰还很慌神。

"没什么，我带你去家里吃饭，吃猪膘肉还有松茸。"

"是不是因为我好看你才救我的？"

"哈哈。"

"你笑什么？"

"那你不是也一直笑？"

"你是不是因为我眼睛大才救我的？"

"你在水里我怎么看到你眼睛大了？"

辛钰坐着摩托车进了这个摩梭人的村子。村子并不在水边，车子开过一排排的小平房后进入一条小路，路的一边是围墙，一个个的屋子被围墙圈了起来，另一边是木头的围栏，围栏里是并不高大的树。他们开进了一个门里，辛钰被杨由丁次尔扶下车的时候，她看见一个比她看起来还小一些的姑娘从屋子里出来了，说了几句她听不懂的话，接着他也说了几句她不懂的话。辛钰还没来得及问他们说的是什么,门外居然呱呱呱地走进一群鸭子来。

"这是什么?"

"我们养的鸭子?"

"怎么自己回来的?鸭子还认路?"

"嗯,它们早上自己去湖边玩,找些吃的,晚上就回来了。"

"你骗我的吧,又不是狗,而且不怕别人抓走了?"

辛钰还没有得到回答,那个姑娘就走了过来,她有着黝黑的如杨由丁次尔一样的皮肤。她对着辛钰笑了一下,露出的牙齿却显得很白。杨由丁次尔对着她又说了一句辛钰听不懂的话,女孩就说了一句:"你好!"

这两个字也说得很别扭,有点像是外国人。

"这个是我妹妹。"那个女孩就跑进了一间屋子里,她很快就提着一个绿色的老式水壶出来,那是辛钰小时候才有的东西,杨由丁次尔让辛钰去洗洗手。她的内心被这一切新鲜的事物吸引着,刚刚冒出的忧伤很快就过去了,对于救命恩人的害怕和陌生也一点点没有了。

辛钰走进屋子的时候,屋子里居然生着一堆火。接着那个妹妹就端来一个小桌子和小板凳,很快,就有菜摆在了桌子上。屋子里的灯光很昏暗,生起的木柴也没有令屋子变得多么明亮。

"这个是我妈妈。"

辛钰看见一个老妈妈走了进来。她一直在说着什么,辛钰却听不懂。

"她说欢迎你来,因为没有怎么准备,所以只有这些,让你不要介意。"

"没关系,没关系,真不好意思,太打扰了。"

辛钰说着自己的语言。

"呀,你妈妈听得懂吗?"

"她可以听懂一些,但是她不会说,她说摩梭语,她没有上过学的。"

桌子上的饭菜其实相当丰盛,有摩梭人的猪膘肉,还有野生松茸、鱼汤和一些蔬菜。开始的时候,辛钰看着肥腻腻的猪膘肉不敢吃,但是老妈妈一直给她夹菜,她出于礼貌地把一块肉塞进了嘴里,可是始终不敢咽进去,当别人不注意的时候,她假装擦嘴把肥肉吐在了纸里。她觉得鱼汤真的美味无比,还有那个松茸,怎么会这么好吃。

"这个真好吃,你帮我谢谢你的妈妈。"

"这个是野生的,在你住的地方很贵的,还不一定是这种野生的。"

"你们怎么吃这么多肥肉还这么瘦?"

"你说猪膘肉?一会儿带着你看看,你想看看么?"

辛钰不是很理解,但是她还是点了点头。这时候,杨由丁次尔的妈妈伸手过去抓起辛钰面前的碗。

"阿姨,不用不用,这些菜我已经吃得很饱了。"

"你吃得怎么这么少?"

"我已经比平时吃得多很多了。"

"怪不得你这么瘦。"

"我不瘦的。"

"那你吃好了我带你去看。"

"啊?"

这时候是几点了,坐在那里的妹妹站起来,走到电视机前面,辛钰这时候才注意到家里还有电视机,只是电视机很小,她的记忆里没有如此小的电视机,妹妹打开了电视后又冲着她笑笑,然后搬着小凳子坐在电视机跟前。

"我妹妹最喜欢看的几个节目,她觉得主持人特别漂亮。"

"哦。"

"漂亮,你也漂亮?"妹妹转过头,难得说话的她说了一句。

"谢谢夸奖!"

"你是干什么的?"

"我?"听到这么问她,她突然有点警惕起来,不想告诉他们自己还是学生。

"你们大城市容易出明星,你长得这么好看也可以当明星。"

"哈哈,哪有那么好看?"

"你的普通话也说得好,你就可以当电视上那种主持节目的。"

"你不是带我去看猪膘肉?"辛钰被说得不好意思,就想起刚说的。

"你吃好了吗?"

"吃得可好了。"辛钰说完,杨由丁次尔就站了起来,对着他的妈妈说了几句话,辛钰只好也对着老妈妈笑了笑,跟着他走了出去。那个小妹妹还在看电视。他们家是四方形的院子,其中两面半是有屋子的。院子的前面靠近大门的一半有屋子,然后就是右手边有一排的屋子，正对着门的还是屋子，其中有一间是厨房，另一间放着一些杂物。前排的屋子和后排的屋子是双层的，只有右边的那间，也就是刚才生火吃饭的屋子是单层的。据说这一间就是摩梭人的祖母房，是家里资历最老、最有权威的人住的屋子。

辛钰随着他走进厨房旁边的屋子，有点昏暗，他拿出一个手电筒。她随着他爬上一个木制的梯子，这是辛钰第一次爬这种厚厚的木制梯子，粗粗的木头架子令辛钰无法用手抓住。他到了上面后伸手去拉辛钰，他的手居然好像刚刚摸上去的木头，禁不住地让辛钰抖了一下。

"怎么了？"

"没事，不害怕。"

阁楼的楼板比较低，还好辛钰并不是很高，所以不用蜷缩了腰，只是杨由丁次尔就要半弓着身体了。那时候没有时间也没有精力去注意阁楼里的其他东西，辛钰看到了那些肥肉的来处：深褐色的、庞大的、布满灰尘的猪的身体，猪的头居然还在。在这个昏暗的二层阁楼里，一个手电筒的光点照亮着眼前的这只被腌制过的整头猪，这时候的小姑娘辛钰不记得害怕也不记得吃惊，她日后回忆起来居然不知道当时的感觉。

"可以摸摸么？"这是她唯一问的一句话，接着她弯下腰靠近它，她并没有用手指抚摸，而只是伸出了一个指头在躺在那里的那个东西上戳了戳。

"刚才那个就是从这个身上取下来的。我们摩梭人最爱这个了。一般都是在冬天的一个吉日里来做猪膘肉，将刚刚杀死的猪的骨头和瘦肉都拿出来,不过就像你看到的,猪头我们是不去剔肉的。我们把剔除干净的猪肉放入调料,主要是盐、花椒、生姜这些,我们家还要放入酥油和蜂蜜,这些都是妈妈和妹妹来做的,因为必须要把这些调味料涂抹得很均匀。"他说到这里,伸手把趴在那里的猪膘肉翻了一个身。"你看,这里,就是这里,之后就要把他们缝合起来,这个工作就是我做的,因为需要力气。你看肚子还有脚都在这里,这可是不容易做的。"

"你们爱吃的就是这种肥肉?"

"对呀,可是吃起来真的不会觉得肥腻,因为猪膘肉是要晒干或者阴干,最长的能放几年呢。"

"可是你们为什么不胖呢。"

"你说什么?"

"没什么,没什么。"

当杨由丁次尔送她回到湖那边的云南时天色已经全暗了下来。摩托车开过村落里的农田时,还能隐约地看清周围的一些景色,安静极了的摩梭村庄。辛钰的手不再是扶着身后的架子,她的手已经抓住了摩梭男人腰部的衣服,当她看着一点点黑了下来的村落,看着看着就几乎什么也看不见了,只是知道自己已经开始围着湖水围着山路开始盘旋了。想到也许就是不久后的某天,这位萍水相逢却热情极了的救命恩人,就会在这条路上遇到一个摩梭姑娘,钻进一个这样的夜色里,在一座屋子下面,等着一个心爱的姑娘从阁楼里伸下一个梯子……

荷尔蒙就开始起作用了,她好想不要揪着他的衣服,而是用力地搂住这个摩梭男人。可是很久很久后,辛钰依然无法说清楚,她是否想拥住他？当他们告别后，一切就和梦一样。辛钰再也不可能凭着记忆找到那个摩梭村子，她觉得自己应该要再去见一见他。可是这个姑娘时代的短暂故事谁会相信或是去理会呢？

第二天醒来后，辛钰没有着急地冲出屋子，她平躺着环顾着屋子里的一切，觉得自己很累，就又浑浑噩噩地睡了过去。她当时做了一个梦，一个醒来后依旧记得非常清晰的梦，梦里一个裸体的女人从湖水里站了起来，水珠像是衣服般随着她站起来的身体滑落下来，干净清澈的胴体随着向后甩去的头一点点挺拔起来，也有水珠随着长头发滑行着飞了出来，辛钰甚至可以记得那些甩出来的水珠有一些溅到了她的脸上。

辛钰看到那么优美的身体，纤细匀称。

"你也吃猪膘肉吗？"

"呵呵呵。"

"你吃吗？"

"吃呀。"

"为什么你不会长胖呢？"

"因为我有秘方。"

"可以告诉我吗？"

"呵呵！"

辛钰就朝着水里的女人走去，水越来越深，就要淹没她的脖子，她这时候醒了。

身体里的自己

每个少女的青春期都是那么值得留恋,似乎一切的溢美之词都可以用在"少女"的身上,比起少年要更妩媚、更妖娆也更具魅力。但很多值得留恋的东西是要在很多年后想起时,才觉得珍贵、美好,正在进行时,伴随着就是很多忍受和煎熬。

辛钰告别了旅行,好像和一个自己告别,她觉得自己从一个渺小的姑娘要真的长大起来了,而究竟如何真的长大起来,在颠簸的山路上不能睡着的她,有足够的时间思考。她看到山路一阵阵地在云雾中,好像自己也在梦境中。少女的懵懂还不能看清楚男人和女人之间的感情,但辛钰越来越强烈地感觉到美丽外表的重要性,除了保有这样的一个外表外,她也隐约地开始为了自己的未来筹划。

杨由丁次尔一家人生活在如此偏远的地方，在那么多座大山的一个小村子里，可是他们通过电视机能看到外面的世界，就连那么害羞的小姑娘也觉得"明星"是那么光彩照人。少女的梦就在这梦境的山路里放飞，属于辛钰的少女的梦：也许自己真的可以变成一个女主播？这样的想法冒出来，很快就被自己否定了，她担心地看了看车里，生怕有人知道了自己的内心。

　　"你和那个肥妞干吗呢？"这句话在辛钰沮丧或者激动的时刻总是说不清楚地就出现了，让辛钰害怕也让她勇敢。是的，自己一定要努力获得成功，一定要拥有美丽的未来，一定要光彩照人，要让远远的小桃子看到自己。那时候的她一定不是一个丑陋的肥妞，而是一个人人羡慕人人喜欢的"明星"。

　　……

　　"你什么时候回来的？"

　　"你怎么也不通知家里一声？"

　　"你的头发怎么剪了？"

　　"我觉得洗起来浪费时间。"

　　妈妈打开门，看见辛钰的鞋子，走进她的房间，看见短发头的背影起初愣了一下，边问着边走了过去，她看着正在拿着笔演算数学题的女儿，有点奇怪，但也算是欣慰地走了出去。她拿起电话走进另一个屋子拨通了号码。

　　"咱家女儿回来了，你买点鱼回来吧。"

　　"我回家她就在了，这会儿在算题呢。"

　　"回来再说吧，你女儿现在越来越奇怪了。"

爸爸进了门就喊小钰,可是没有回应。

"辛钰,你爸叫你呢,你咋连个声音也不出?"

"爸。"妈妈的手里还拿着刚从爸爸手里接过的菜,屋子里她刚刚生气的叫嚷声还没有完全消散,辛钰就突然地站在了那里。辛钰穿着一条宽大的扎染布裤子,颜色是从上向下渐渐淡去的蓝色,上身穿着白色的棉布T恤,有一个小小的领子,衬托着剪了短发的脸。齐齐的刘海盖住了眉毛,两边的头发刚好盖过耳际,包住了脸蛋的一半,本来就挺尖的下巴,这会儿看上去更纤细了,眼睛更灵动了。

在爸妈眼中永远都是孩子的辛钰看起来更像个孩子了。

"什么时候回来也不说一声。"

"嗯,那我接着算题去了。"

"头发云南剪的吗?"

"不是,刚剪的。"

"那你去吧,一会儿吃饭时候说。"

小钰转过身体,钻进了自己屋子里。

提着菜的妈妈已经进了厨房,爸爸换了鞋子把外套摆在沙发背上也跟着进了厨房。

"这孩子到底怎么了?"

"你别想那么多了,没事的。"

"好好的剪什么头发,真是越来越惯得没样子了。"

"我看头发剪了挺好的,像个学生。"

"我问她为什么剪头发,她说头发长洗头耽误时间。要真是那样,她跑出去玩就不耽误时间了?你这个女儿我现在真的是没有一点办法了。"

"她不是自己说为了学习嘛,这挺好呀!"

"是不是找个心理医生给看看,不是遇到什么问题了吧?"

"你别想那么多,就是女孩大了有点心事,别大惊小怪的。"

"眼睛手术也做了,转学也转了,要旅游也去了,你说说看,哪个家长能让孩子这么小点自己出去?我就不知道她究竟还要干吗。"

"总有一个过程,咱们让她慢慢来。"

"行了行了,你出去吧,我自己做吧,越说越心烦。"

辛钰的妈妈虽然这么说着,还是做了很多菜,桌子上摆得满满的,还特意地给辛钰弄了满满一碗饭。辛钰却自己从厨房里拿出一个空碗摆在面前。

"不吃饭吗?"

"你做了这么多菜,我吃些菜就行了。"

妈妈看看爸爸,爸爸看看辛钰。

"那你多吃些菜,你看你妈做了这么多。"爸爸夹了一大筷子的鱼肉放在小钰的碗里。小钰拿起筷子,把碗里的鱼肉和鱼皮分离开来,只夹起白白的鱼肉送进了嘴里。

"沾些汁再吃嘛,白白的没味道。"

"挺好的。"辛钰说着又夹了一筷子青菜。

几根青菜在辛钰的嘴里嚼来嚼去,嚼着嚼着多了起来,半天也咽不下去。

"云南玩得怎么样?"

"挺好的。"辛钰接着又是这三个字,嘴里还有没咽下去的这口菜。

"接下来是不是就收心了,该好好学习了。"

"吃饭呢,先不说这个,再吃一块鱼肉。"爸爸给辛钰又夹了一筷子鱼肉,这一次只有鱼肉,皮已经去掉了,白色的鱼肉已经沾上了一些汤汁。

"给你找个补习的老师吧,我联系了一个。"

"说了先吃饭不说这个事情。"

"辛钰自己说要认真学习的。"

"她知道了不就行了。"

"知道了也要行动的,现在哪个孩子没人辅导。"

辛钰的嘴里还是刚才那些青菜,她一鼓劲终于咽了下去。在回家之前,辛钰已经去网吧查了资料,她想了很多如何说服父母的方法,但真实地面对着他们,有点害怕有点担心的她还是不知道如何是好。辛钰毕竟只是一个17岁的孩子,可对于辛钰来说,考上主持人专业意味着自己未来一生的追求,父母不会理解的,在这个美好的青春期里,辛钰和很多叛逆地走进自己心墙里的少女一样,觉得父母是最难沟通、最难理解她们内心的人,但另一方面,又必须依靠着不能理解自己的父母,沟通就变得艰难又必须完成。

"我想找个播音主持的老师。"借着咽菜的力气,憋在胸口的话终于吐了出来。

"什么,什么老师?"

"爸、妈,我想考播音主持专业,那个年底就要提前先考专业课。"辛钰放下了手中的筷子,筷子搭在碗上,里面还放着那块没有吃的鱼肉。

"怎么突然想起当主持人？"

"你怎么一件比一件更离谱？"妈妈直接把筷子摔在了桌子上。

辛钰反倒拾起了搭在碗上的筷子，夹起了碗里那块鱼肉，塞进嘴里。屋子里就只剩下鱼肉在嘴里和牙齿摩擦的声响。

"我接着学习了。"辛钰吃掉了那块鱼，又把筷子搭回在碗上，便起身走了。辛钰觉得父母的行为是自己早就料到的，她很害怕就这么失败了，于是她只能用学习这件事情来证明自己了。

她回到书桌前，坐了下来，把刚才翻开的数学练习册合了起来，拿出作业本，翻看空白的一页，用尺子按住本子的顶端，右手提起那空白的一页，纸张沿着直尺"刺啦"一声，干净、脆生地就脱离了本子。辛钰想着自己什么时候可以这么简单地就脱离现在的生活呢？她不敢多想，拿起笔就开始写字。

深蓝色的圆珠笔，笔头很细。她喜欢一切纤细的东西，于是她的字也就刻意地写成立起来的长方形，在这个有着横道的纸上，就有了一排排顶着天踏着地的字。圆珠笔写起字来尤其流畅，很快，这张纸就显得拥挤起来。她把写好的纸拿起来，读了一行就不想读下去了，正好爸爸的声音从门外传了过来，她就直接拿起纸站了起来，朝着爸爸的声音走了过去。他们还是坐在桌子边，饭菜还是原来的样子。

"咱们一家子说说话好不好？"妈妈勉强地微笑着，那样子看起来勉强得可笑。

"好。"辛钰忍着不哭，不知道为什么她内心激动，激动得想要流泪。

"那你坐下来,站着干吗?"

辛钰就又坐回到了刚刚的桌子边,坐下去的时候,身子不小心把放在碗上的筷子碰掉了,筷子一根滚在了桌面上,另一根就掉在了地上。她急忙钻进桌子底下去捡,顺便把那张写了字的纸放在了椅子上。

"这个是什么?"爸爸问了一句,那张纸已经捏在爸爸的手里,就放在了爸爸的眼皮底下了。

"爸爸妈妈,我想和你们说说我的想法,关于我为什么要读播音主持。我不知道该怎么解释,我只是想……"爸爸快速地扫视了一下,这会儿辛钰已经从桌子下面捡起了筷子,和另一只筷子一起放在了桌面上,她自己也已经坐好了。

"这个是给我们写的信?"

"嗯。"

"那么爸爸想问你,为什么你刚才不能直接说出来?"虽然爸爸很想知道内容,但是他已经把那张纸对折后放在自己的碗边。

"写出来好一些吧。"

"爸爸想知道,为什么你现在这么不喜欢和我们说话,你妈妈尤其担心你。"

"你以前不是挺开朗么,你这青春期也闹得太凶了吧!"

"我也不知道。"辛钰很想好好和父母沟通,很想告诉他们自己的想法,很想让他们知道自己内心的渴望。当她一个人坐在理发店,头发被一缕缕地剪掉的时候,她看不到头发掉落在地上,她看到的是自己的过去和未来,她感谢妈妈带她做的这个大眼睛,她也感谢他们同意她去泸沽湖，看到了她希望去看看的世界，更感谢这次旅行给她的生活指明了未来的路……但越是亲近越是无法表述一些感情，即使她最想告诉他们，在自己喜欢的男孩面前被当成肥妞的自己，找到了一个可以证明自己的道路，所以她必须要考上播音主持……可是这些如果真的说出来，父母肯定不会同意了。

"你这样下去不好，爸妈都喜欢那个活泼、开朗的你。"

漫长的沉默再次开始。辛钰焦躁极了，她觉得自己必须赶快说清楚，必须尽快地让他们同意。

"那你念念这封给我们的信。"爸爸把对折的纸递给辛钰。

"为什么？"辛钰原本想问一个比较长的问题，但是她只突出了这三个字。

"我们都欠你的，让你说个话是不是能要了你的命。"

"写出来不是更清晰？"

"算了，这孩子已经完全无法正常对话了，你去吧，要干吗就干吗去。"妈妈刚还勉强地微笑，这会儿有点装不下去了。

"那我就回去了。"

"你是不是非要气死我们才行？"

"不是你让我回房间的？"辛钰此刻这句话并没有故意顶撞的意思，她只是害怕父母生气，但是这样说让妈妈更加生气了。

"你这孩子我是管不了了。"妈妈说着，把椅子往后一挪，椅子发出很响亮的声音，她就站起来走了。爸爸急忙地站起来抓住了她的胳膊，让她重新坐好。

"辛钰，别惹你妈妈生气，你这不是写好了嘛，你念念总可以吧？"

"爸爸、妈妈，我想和你们说说我的想法，关于我为什么要读播音主持。我不知道该怎么解释，我只是想这个会好考一些。并不是我心血来潮地想要当一个主持人，而且读了这个专业也不是真的就要当主持人，我听说这个是提前招生的……"读到这里，辛钰觉得内心说不出来的委屈，她觉得自己读不下去了。

她拿着那张纸，那些定格的字就在眼前，可是嘴里却发不出声了。她只是看着那些字，觉得头似乎都开始眩晕。

"怎么了？"

"如果能读，我为什么要写下来？"这一句其实是她自己在问自己。

三个人只剩下面对着一桌子的菜。辛钰此时此刻也在思考，为什么自己面对着父母就是不想说话，为什么父母偏偏就要她开口说话，为什么她觉得这么读着读着就有种想要呕吐的感觉。她想要找到一个出口来打破现在的局面，越是这么想就越是觉得猛烈地想要吐出来。

她就站了起来往厕所的方向跑去，打开门关上门，她的脸冲着马桶，弯着腰只是简单地干呕了几下，食物没有呕吐出来，眼泪却流了下来，只要开一个小口子就会立刻止不住。她本来弓起来的身子随着蜷起来的腿一点点地沉了下去。坐在马桶的前面，她的腿自然地蜷缩在一起，两只手抱住它们，后背并没有依靠，她身体的重心于是都压在蜷缩着的腿上，她把脸也深深地埋在了膝盖中。眼泪失去了轨迹，被抹在了腿上、胳膊上，她自己也不知道为什么要哭，但是她特别地想哭。

父母唯一欣慰的是辛钰学习确实认真起来了，认真得令父母害怕。她坐在书桌前，像是黏在了椅子上，就连吃饭的时候她也拿着自己整理的成语和英语单词在看。辛钰渐渐也不愿意在饭桌前面吃饭了，她告诉妈妈，把饭端到她的屋子里就行了，等到她学饿了直接吃就好。爸妈是不同意的，说学习认真不在于这一会儿，吃饭是必须的。但渐渐地也就默许了。

看着用功极了的女儿，即使妈妈想着法子炖了这样、那样的汤，学着书上教的营养搭配做出各种各样的肉菜，可是女儿不仅没有胖起来，反倒是日渐地消瘦起来。父母心疼，辛钰则看着镜子里的自己，越是看越是喜欢，她拿着自己昔日的裤子穿在身上，一只胳膊顺着裤腰很容易地就塞了进去，再塞进去另一只。她仿佛能从镜子里看见身体里那个自己，那个因为有了S曲线而笑得捂住了嘴巴的精灵。

若是一个人铁了心肠要做什么，别人什么办法也不会有。辛钰全然不顾及父母的担心，费了多大的心思做出来的饭，全部都被她悄悄地收在一个袋子里，每一个袋子都是在学校里灌了水试过的，把饭菜装进去，趁着父母不注意倒进马桶里被水冲走，来不及倒了的就装出去，直接扔进院子里的垃圾桶里。

开始的时候，辛钰还会饿，还会想要吃一些，时间久了，辛钰觉得食物对她的吸引力似乎真的消失了，她只是悄悄买了一些全麦的面包，放在书包里，一天也就是两片左右的分量。都说饿了就没有精神了，辛钰的精神却越来越好，晚上睡觉的时间越来越少了，她这样的精神终于打动了父母，按照她的意愿找来了一个播音的老师，反正多一条高考的出路也不是不好的。

四方的城市

她第一次到西安。

比起新疆要暖和得多了。尤其是下了飞机直接就上了汽车,到了酒店也是暖和的。这一次是妈妈陪着她来的,大概因为是上大学这样的"大事情"。尽管有妈妈的陪伴,还是特意找了"熟人"接机。

她坐在汽车的前排,妈妈和那个"熟人"在后排。辛钰的心里一点儿都不紧张,她目不转睛地看着窗外,她把眼中的景色和地图上看到的那些路进行比较,她知道,这是一条笔直的路,从机场一直开到陕西广播大学,是一条从北到南的路,路上会从北郊进入市中心,穿过钟楼再穿过南城门。

她看过很多关于西安的旅游书籍,她见过南城门的模样,春天的、夏天的……统统看了很多遍,她甚至知道长相是如何花色的猫咪会穿梭,她知道有很多专业或是爱好摄影的人,总是一日日地等在黄昏时候,想要拍下夕阳染红了天、染红了古老城墙的模样。她见过西安欢迎克林顿夫妇时候的入城仪式,那种在现代和古老中穿越的感觉,她也知道进了南城门就是瓮城,这些对于一个女孩来说就没有那么喜欢了,她想到"瓮中捉鳖"这样的词语,想象着千千万万支箭从城楼上面射下来,下面那些无辜的人,一辈子就再也没了见亲人面的机会。

"你家姑娘长得好看,学这个的女孩都漂亮。"

"没有没有,这不,她自己偏偏喜欢这个。"

"以后当个明星,主持新闻联播,哈哈!"

"哎,好好上学就行,现在上个大学能把家长操心死了。"

"都是一个孩子,都理解。这边有什么需要就说,这个专业在陕西还是比较新的,不过现在家长都是想尽办法,我找了个老师,老师推荐了一个学生,说给她讲讲考试什么的,做好准备也好。"

辛钰听着车后面的大人的对话,说不出来怎么的,心里有些惆怅起来。她想象着自己如果真的上了这个专业,也许一辈子就要和美女们奋战了。

"真是打扰你们了。"

"没事没事,这算什么打扰,这次来了就考一个学校?别的学校也有这个专业的,要不要也考一下,我听人家说很多孩子都是全国各地跑着考,多些经验也多些机会嘛!"

"叔叔,我就考这一个,考上了就上,万一考不上,不耽误太多时间,接着参加高考。"

"哈哈,你们家孩子真有主意呀,没问题,什么时候请你好好和我们家孩子聊聊,有你一半就好了。"

"她脾气现在倔强得很,我和他爸有时候都没办法了。"

"现在孩子难得这样,她有主意自己就知道怎么努力。"

辛钰只是在这一刻心情突然莫名地忧伤起来,她有点犹豫是不是真的要一辈子钻在这个"美丽"的世界里。她毕竟还是一个孩子。

车子行进的速度并不是很快,她很想要开得快一些,好像如果车能开得不这么慢,那么她的情绪就能好起来,时间就能过得快起来一样。只是时间永远不可能变得快一些、慢一些,尤其是在你心情难熬的时候。

一切其实最终都会过去的。

辛钰的现在已经好了很多了,比起那个被人嘲笑成"肥妞"的日子,没有哪一个女孩可以容忍这样的时刻吧!辛钰不能容忍,尤其是面对着自己喜欢的男孩。她心绪不宁的时候,只要想起那时刻,就有一股子说不出来的劲腾升出来了,她似乎就立刻有了自己的目标。

"不过你也不用操心,以前她也是不好好学习,突然有一天自己好像知道学习了,认真得我们都不相信。"

"哎,就等着孩子早点懂事最好了。"

"孩子也可怜,每天学习那么晚,看她现在瘦的。"

"对了,晚上吃些西安的小吃怎么样?西安好吃的小吃多,要是她来这里上学还真是不愁吃的了。"

"不麻烦不麻烦,不是说有个学生可以给她讲讲考试的?"

"那个不着急,说好了,明天早上没课,让孩子见见。"

……

妈妈和辛钰被安排在了陕西广播大学校园里面的招待所,算是幸运的了,这个时间,很多考生都想要住在这里,一间房子就变得来之不易了。车子从大路拐进一个小巷里,巷道就是两个汽车并排的宽度,她从车子的前窗看到左边挂着"陕西长安学校"牌子的大门,车子继续行驶,直着走到路的尽头就是陕西广播大学的校门了,只是并不是大门,像是家属院的。

那个夜晚,辛钰躺在学校招待所的床上,灯已经灭了,窗帘并没有完全隔绝了外面的光,她可以清晰地看到屋顶上不均匀的白漆,此时此刻的心情当然不能同旅行来比较了,同样是一个新鲜的地方,她只想着明天要见面的那个学生是个男生还是女生,是否可以帮助她考试……

"钰"

"嗯。"

"怎么还不睡觉?"

"就睡。"

"妈妈很担心你。"

"睡吧,妈妈。"

"你为什么选择了这个学校?"

"没什么。"

"是不是认识了什么男生?"

"真的没有。"

"别人不是都选择北京或者上海吗?"

"我……也许是我不喜欢那么大的城市。"

"就这个原因?"

"先睡吧。"

"你要记住,无论发生了什么事情,父母永远都是可以信赖的人。你不想说就不说了。"

"……"她的心里更是有种说不出来的滋味。

"晚安……妈妈。"她鼓了鼓勇气,终于说出了这几个原本很平常的字。

已经习惯早起了的辛钰还是早早地就起来了。妈妈也醒了。约好的时间是早上9点钟,这会儿还有一些时间。她在镜子前看着洗得干净的自己,说不出来为什么会对着里面的那个自己笑了笑,虽然只是微微地笑了笑,像是有种心理暗示般地,她觉得今天一定会有好事情。

还差一点才到9点钟的时候,妈妈的电话响了。妈妈对着电话说:"好的、好的,都准备好了,那我们现在就下去。"辛钰突然心里有点紧张,她跑进洗手间对着镜子里的自己,大大的眼睛,白白净净的皮肤,挺好的样子,但就是觉得哪里还缺一些什么。

"还没好?别让人家等久了。"

"嗯,好的。"她深深地吸了一口气又吐了一口气,就和妈妈出了招待所的门。她看到等在大厅的除了那天的那个人还有一个姐姐,说是姐姐,一是因为想着她已经上了大学了,也是因为她脚上的那双高跟鞋和她化了妆的脸蛋。

"真好看。"辛钰在心里赞美着,目光控制不了似的一直盯着看。

"这就是辛钰吗?"女孩很大方地先走了过来。

"阿姨好!"然后对着辛钰的妈妈有礼貌地叫了一声。

"你好,要麻烦你们了。"

"没事的,阿姨,我们以前也麻烦学长呢,考试嘛,都是这样的。"她吐字清楚,标准的普通话,是一种听着就觉得亲切的语调。那一刻,辛钰突然觉得,自己和她比起来,实在是差得太多了。

"是我和她单独地说说还是就在这里一起说呢?对了,我叫王怡芳,竖心台的怡,芳草的芳……要不这样吧,我先给阿姨一起说说一般考试的流程什么的,之后我单独和她一些考试的细节怎么样?"

"要不,我们找个地方坐着说吧,大厅还是有些不方便吧!"

"阿姨,没事的,我们到这边沙发来,坐着说。"辛钰看到这么大方又漂亮的姐姐,觉得自己要是真的做主持人,和她比起来还要差得远呢!她看着她一字一句地说着,心中的情绪一阵一阵的,一会儿觉得自己不可能考上,一会儿又希望自己可以像她一样。

专业课的考试先要笔试,笔试的内容有专业课的一些知识,也有平时的一些积累,语文、历史、地理等等都有,最后还要看一个影片,根据影片写一个观后感。笔试的成绩对于考播音的学生会很快地出来,因为要根据这个成绩的好坏来判定你是否有资格参加接下来的考试。接下来就是面试了,面试一般情况下都是分成三个部分,通常是考生面对着三位老师。第一部分是朗诵自己准备的稿件,大部分人都是脱稿的。第二部分是现场即兴评述,即兴评述的内容不是事先可以完全准备的，需要抽题目，根据你抽出来的题目评述，时间要求是三分钟。第三部分有的时候是老师提问，有的时候可以自己进行自我介绍，介绍的时候就可以把自己一些特长展示出来。

考试的时候，当然还有很多要注意的细节，比如你的穿着要大方得体，化个淡妆也是必要的，尽量让自己看起来精神、漂亮。

中午的时候，妈妈执意要请王怡芳吃饭，她很客气，无论如何都说不麻烦吃饭了，说从学校出来了，下午有些事情约了人。那时候的妈妈和她都非常固执，辛钰几次想打断妈妈说要不就算了，但也找不到合适的机会。

"一起吃个饭，都要吃饭嘛！"

"阿姨，我不客气，只是有事情。"

"有事情也要饭吃完了才去办嘛。"

"阿姨，您的好意我明白，就是不用麻烦。"

"这有什么的，我看学校门口吃饭的地方就很多。"

"阿姨，我下午还有些事情，同学都等着我呢。"

"那你把同学都叫来，一起吃。"

"不是阿姨，您看这样，我们晚上要去录节目，是完成我们的作业，所以我要准备一下，你和辛钰先吃饭，到了晚上如果辛钰有时间，我把她带上，和我一起的都是学习新闻的，也有主持的，到时候，让她感受一下，也能听听别人说说自己的考试经验。"

"那好呀，但是不打扰你们吧？"

"肯定不嘛。阿姨，到时候我来之前和辛钰电话联系。"

"好的好的，你们联系，麻烦你了。"

"那阿姨我走了。"

"还是不吃饭呀?"

"我走了,我去准备准备。阿姨再见,小美女再见哦!"

"学姐,再见。"辛钰看着王怡芳几句话为自己化解了尴尬,心里更是感觉佩服。

晚上他们在校门口见面,来之前妈妈递给辛钰一沓钱。

"让我请吃饭吗?"

"你看情况,买个饮料什么的。"

"哦。"

"你好好问问他们,看看找老师什么的,具体一些。"

"嗯。"

"你心里要有数,别光嗯,我听说这种考试都有一定的操作性,你们在一起的时候你找机会问。"

"知道了,妈妈。"

辛钰跑到校门口的时候,王怡芳已经在那里朝着她招手了。

"给你介绍一下,他们三个是学习编导的,就是广播电视编导,我们三个是学播音的。"王怡芳指着介绍着。"我们一会儿要去钟楼拍片子,是介绍西安美食的,不是为了什么电视台做的,是我们自己的一个作业,学编导的是来帮助我们做摄像后期什么的。她们三个和我是一个宿舍的,另外的是和我一个专业的。"

辛钰尽量跟在王怡芳的身边,她是一个性格很好的女孩,一直和她说着话,不会让辛钰觉得自己被冷落了。

七个人打了两辆出租车,辛钰和另外三个人坐了一辆车,剩下的三个人拿着摄像机,坐另一辆车。辛钰靠着窗户,心里不知道想着什么。

"我就是西安人,我们宿舍另外三个都不是本地的,那两个男生也是西安的,你别紧张,有什么想问的就问,其实考试没有那么难的,笔试你好好考,口试也没么害怕,你稿件什么的不会了问我们,我们帮你找找,和你对对发音这些都行的,你妈妈也不在,所以你更可以自然一点儿,我那时候就特别烦我家长,总是问东问西的。考试还是要你自己考的,你形象也挺好,到时候你要是找不到合适化妆的地方,我这里化妆品也有,不过推荐你在外面化妆店里弄,她们化妆技术到底好一些,要化得自然,毕竟你还是高中生。"

"你看那个高一点的男生,他叫刘博,当时是播音班专业课第一名,发音什么的可以问问他。另一个男生是学习编导的,平时说话比较少一些,和他们坐一个车的是刘博的女朋友。"

辛钰小心地听着,也不知道记住没记住。车子就开了,走得并不快,外面的一切看得还是挺真切的,因为提到了女朋友这样的话题,辛钰想象着小桃子的脸,不过他应该早已经不是从前的模样了。因为堵车,辛钰觉得时间应该走得再快一些,快到她也可以光明正大地谈恋爱。

他们拍摄的是一个介绍西安小吃的节目,带她去的正是在鼓楼旁边那个热闹非凡的回民街。街道两旁全是从屋子里伸出来的各种摊位,烤肉几乎是每家店都有的,还有很多家的门口都摆着平底的大锅,锅的面积很大,里面盛着的东西倒很像是切得四方的肥肉块儿。

这样的景象感染了辛钰的情绪,辛钰看着王怡芳拿着话筒在这繁华的灯光下对着摄像机自如地介绍着，心里也跟着情绪高涨。原本有点害羞，有点胆怯，慢慢也放松了。

"那个是肥肉吗？油炒肥肉吗？"辛钰指着它们问了一句，那个她还不知道名字的男孩伸手拉了她一把，嘴巴贴在她的耳边告诉她："小声点，这里可是回民街，这里只有牛羊肉。"

冬天的西安是冷的，即使在一条散发着热气腾腾饭香的街道上，那种冷还是很明显，但是那股气息打在耳边热腾腾的，比热锅旁边的气息还要温暖一些。她慌乱地点点头，也不知道是为了这热气还是为了自己说错了的话。

这座四方的城就这么框住了一个女孩的心思。

"哦！"辛钰小声地应和了一声，刚刚自如一些的心情又紧张了起来。

"你是哪里人？"

"我？"

"对呀，不然还能问谁。"

"我不是西安人。"

"我知道呀，我听王怡芳说了，你是想考播音主持吧？要不要一起考编导试试？"

"不不不不……"

"我是学习编导的，不过我也考过播音主持，你让王怡芳给你介绍一个我们的老师，我给你推荐王佳老师，因为她就是考官，还有董娜老师，她是主管播音的副院长，不过她不一定那么好找，可能需要你家里人找找人。"

"你，不好意思，我刚没记住，你说名字是？老师的名字是什么？"

"王佳，佳就是背背佳的那个字，最好是董娜，女字边一个那么的那，她是主管的。"

"谢谢。"

"你和王怡芳什么关系？"

"我和她？"

"她和我们说晚上带个美女妹妹来。"

"哦。"

"我是不是像坏人呀？"

"什么？坏人？"

"那你怎么什么回答都含含糊糊的。哈哈，我开玩笑呢。"

"没……"下一个字还没说出来，王怡芳已经走过来了。

"沈阳，你别看见美女就这么激动，小心我告诉张倩哦！"

"你自己让我们照顾你妹妹，这会儿又不让说话了。"

辛钰看着王怡芳走过来，她听到了这个男孩叫沈阳，她也听到了张倩，她觉得自己的脸热热的、烫烫的。

……

"怎么样？今天和他们出去学到什么了没有？"

"嗯……能不能找一找学校的老师。"

"他们和你说了什么？"

"他们说可以介绍专业课的老师给我认识，考前辅导一下。说了一个主管的叫董娜，但是说这个好像是什么院长，副院长，还有一个老师叫王佳。"

"那当然好了。还有今天我也和你爸爸商量了一下,我们考完这个还可以去别的学校试试,杭州的、北京的,既然你一心一意想学习这个,那么多考几个,多个机会。"

"嗯,不麻烦跑了,还花钱。"

"这个也没什么,这时候,哪个家长还在乎钱的事情,你既然已经决定了,那么就……"

"我就考这个,考不上也不耽误高考,接着认真参加高考。"辛钰打断了妈妈的话,她已经打定了主意。

辛钰想起那个男孩,"他的名字是沈阳吗?沈阳不是一个地方的名字吗?如果自己真的来了陕西广播大学,会每天都见到他吗?"这样的想法让她心里甜甜的,但很快就有"张倩"这两个字浮现出来。"一定是个女孩的名字,那么是他的女朋友吗?但是他确实和自己说了很多,很关心自己,也许真的是因为当她是王怡芳的妹妹吧。"辛钰感觉自己的心情很糟糕。

"那你快去洗洗,洗完了睡,明天我见那个叔叔,问问他找的哪个老师,既然你这么坚决,妈妈这里也尽最大的努力。"

"妈。"

"怎么了?"

"你觉得我和那个学姐比起来是不是差很多?"

"差很多?怎么这么想?"

"我真的很好看了吗?能当主持人吗?"

"来,你过来,小钰,你过来。"妈妈在床边坐下来,拍拍身边让辛钰过来,但是辛钰只是站在那里没有动。"妈妈觉得从小你就很优秀,你弹琴学习都很好,性格也特别好,但是可能有段时间走到了一个误区里,就是觉得自己太胖了,实际上很多女孩在青春期都容易发胖,你那时候胖也是因为营养补得太多了,这个是妈妈的错。现在你很漂亮,你看谁见了不夸你?"

"我知道了。"妈妈当然看不出来自己的女儿有点失落的情绪并不是因为那个叫做王怡芳的女孩,是那个自己并没有见过、只听到了名字的隐形人。

"那快去洗洗,明天再说。"

"好。"辛钰走到浴室里,她看着镜子里的自己,想象着自己化妆后更有神的眼睛、更白皙的皮肤上泛着红晕,她对着自己内心说:"辛钰,一定要加油,一定要考上大学,不要害怕,不要担心,你会越来越好的,辛钰,一定要成功!"

她是第一名

辛钰没有想到自己居然会以文化课第一名的成绩考进了陕西广播大学。也许是努力就会有成绩，也许是辛钰超常的发挥，她的成绩单上，文化课的分数就算是进北京的大学也是足够了。

"挺好的，宁当鸡头不当凤尾。"

"我不是鸡头也不是凤尾，我就是我。"辛钰并没有惊喜也没有难过地冒出这么一句话。妈妈和爸爸本来有点喜悦和遗憾的心情被女儿这样的话弄得不知如何是好了。从前的女儿可是一个乖巧、温顺的小女孩，现在的她虽然身子还没有完全长大，但她的心越来越让人搞不清楚了。若说是青春期，她也早就到了，就算时间久一些，也不该拖延到花季雨季都过了。

他们看了一眼自己的女儿,心里一阵儿的难受。用爸爸的话来说,好好的姑娘现在已经瘦得变形了。爸妈交换了一个眼神,屋子里顿时许久地沉默起来。

"总算考上了,你不是喜欢旅游嘛,要不让你妈妈休个年假,你们一起去哪里玩玩?"这句话说完,屋子里似乎更安静了。一直以来想要走遍各地的辛钰,这一刻的内心一下子什么也没有了,不知道自己想要的是什么。她开始想念那个四方城市,她这半年来,总是那么想念那座城市,会情不自禁地在纸上画出一个正方形,而想念现在就要成真了,她就不知道这种想念又是什么意思了。

"看小钰想去哪里玩吧?"

"对了,先买个手机去,看看想要什么样子的。"

"谢谢。"

父母又相互地看了一眼,心领神会地离开了客厅进了自己的屋子。客厅里就剩下辛钰了。她环顾了一下这间屋子,她觉得自己将永远离开这个屋子了,觉得自己就要变成那种一直飞得无法停下来的鸟,这次飞了起来,就再也无法停下来了。眼泪就顺着小钰的脸颊流了下来,她自己都没有意识到,像个没了魂的布偶。

不知过了多久,父母叫她的名字,她才发现自己已经哭得无法掩饰了。

"小钰,你怎么了?"

"这是怎么了?哭了?"

"没……没事。"

"哎,已经录取了,要高兴,别难过了,我们也知道这一年你辛苦了。"

"你爸爸刚说要不然报个团去台湾玩玩,你不是喜欢看书嘛,台北的诚品书店是城市的标志呢。"

"你看你瘦的,别哭了,你这一年真让爸妈佩服了,不过希望以后你不要这样了,要做个开心的姑娘。"

"做个开心的姑娘……"辛钰在心里默默地念着这几个字,默默地变成细细的声响,她就终于大声地哭出来了,在外人的面前,随心所欲地哭了出来。辛钰的心里,除了自己这个身体,可能连自己的这个身体都是外人,只有自己的那个看不到也触不到的灵魂才是自己的。

但是她还是拥抱住了妈妈。她抱着她的时候,想象着自己的一切就是从她拥抱着的肉体来的,她们曾经是一体的,而她们分开后就注定变成不同的个体。可是她们彼此是爱的,这种从最初就不能割舍的爱将永远作用于彼此的生命。

辛钰还是无法吐出就含在嘴里的那个几个字,她叫不出妈妈来,除了哭泣外,她像是刚脱离开了妈妈身体的孩子,什么也不会了。

"妈妈都知道,我们小钰受苦了,但是你看,你的努力没有白费呀,你看我们是第一名。"

辛钰从来不知道这个第一名可以换来这么多的东西。这个暑假她有种像风一般的感觉,而这种没有约束的轻松却更加让她缺少安全感。

报名的第一天,辛钰就到了西安,她并没有带很多的行李,并且坚持自己一个人来西安。出了火车站,虽然有很多接新生的点,但大部分都是专科和民办的那种大学,她并没有找到陕西广播大学相关的接待处。她拖着自己的大箱子,背着双肩包,手里还提着一个装着重要证件和钱的小包。周围的人,火车站门楼顶上那硕大的"西安"还有城墙,像是旋转了起来,陌生感就这么阵阵地袭来。辛钰让自己很快镇定下来,找到了排队打车的地方。这会儿还算是夏天,人与人的拥挤让她有点烦躁,只是想到将要来临的崭新的生活,辛钰内心里的小精灵就阵阵跳动起来。

"喂,学姐。"辛钰看见电话屏幕上出现了王怡芳的名字,赶忙接起来。

"小钰,到西安了吧?刚才你电话一直打不通呢!"

"是吗?打不通吗?可能进站信号不好,不好意思哦!"

"是我不好意思,本来应该去接你,我有点事情,不过我让沈阳去接你了。"

"不用不用,我可以的,已经在这里打车了。"

"没事,你叔叔也不放心。他已经在等你了,我这就让他给你电话。刚才他也没有打通。"

"这……"

"我挂了,你等他电话。"

她握着电话,把手里的小包也抓得更紧了一些,拉着大箱子从排着队的人群里往出退,电话很快就响起来了,辛钰拿着电话,刚刚王怡芳说的是沈阳吗?就是那个沈阳?还是因为自己出现了幻觉?

"喂。"辛钰已经接通了电话,周围的吵闹声都盖不过自己的内心的慌乱。

"你好,是?我是沈阳,我们见过。"

"你好,我……我是辛钰,我是我是。"天哪,天哪,辛钰已经要叫出声音来了。

"哈哈,你是就是嘛,我在火车站了,但是不好停车,我停到环城公园里了,你在哪里,我去找你。"

"不用不用,谢谢你,不用,我找你。"

"你又不是西安人,你说在哪我直接去找你。"

"真的不用了,太不好意思了,太麻烦你了,我现在就去环城……环城公园是吗?"

"哈哈,我看到你了,挂电话吧。"

"啊?"辛钰没有挂断电话,开始环顾四周,她的心情太紧张了,又期待又有点不知所措了。沈阳真的要出现了吗?沈阳就是那个沈阳吗?沈阳还是那个样子?夏天的沈阳和冬天的沈阳一样吗?自己见到的那个沈阳就是现在的沈阳吗?

直到沈阳真的出现。

"辛钰,还记得我不?"他走过来,先伸手去拉她背上的双肩包,辛钰连客气都忘记了,双肩包直接从肩膀上滑了下来,已经提到沈阳的手里了,他背好辛钰的双肩包,转而拉住了她的行李箱。

"我可以,我自己、我可以……自己就可以。"辛钰根本不知道自己眼前的人是谁了,她越是想看越是不敢看。

"为美女服务嘛,你行李真少。"

"哦,是吗?"辛钰抬头看了他一眼。

"走啦。"沈阳说着,居然伸手摸了一下她的头,接着就转身了。辛钰完全还没有来得及回味,忍不住又回味起来。

"跟上呀,火车站有点乱。"她赶忙跟上去,今天辛钰穿了一双坡跟的凉鞋,光腿穿了一个短袖的黑色连衣裙,因为担心火车上的空调,裙子上套了一个薄款的帽衫。小跑着到沈阳身边的时候,才走了一会儿,才恍惚地回过神来,她觉得自己好像长个子了。

她想起沈阳那晚拉了她一把,在她耳边小声说的话。辛钰的脸就烧了起来。

"怎么了?"她不知不觉地居然伸手拉了沈阳的胳膊一下。

"我,我想说……你沉不沉?"辛钰只是没控制住去靠近他,一切来得太突然,美好得让她回味不过来。

"哈哈,别开玩笑了,这才多重。"

她定了定神,去看看这个真实的沈阳,他的眼睛圆圆的,脸蛋也是圆圆的,算不上帅气,皮肤很白皙,穿了一件白色T恤衫,下面是牛仔裤,深色的牛仔裤。明明是才要进入秋天的季节,但辛钰看着他,像是猫咪嗅到了春天的气味一般,她脑中出现的是自己坐在摩托车后面,第一次和男人靠得那么近……那一刻的辛钰,她再一次伸出胳膊,这一次她不是拉了一把沈阳的胳膊,她直接拉住了他的手腕。

刚把头转过去的沈阳,停了一下脚步,并没有再转过身来,而是随着迟疑的脚步,心里迟疑了那么几秒钟,很快,他顺手攥住了辛钰的手。

辛钰随着他的手一直走,走过火车站的人群,停在一条小的马路边。手拉着手,他们再也没有交流过。左边是火车站,右边是城墙上某个小一些的城门洞,穿过了马路就是环城公园的门,他们继续牵着手,最后在一辆白色的车前停住了。

沈阳笑着看了看辛钰,有点尴尬,这时候,辛钰着魔般的情绪才得以控制住,她女孩子害羞的劲儿才涌上心头,她抽出自己的手,低下头,不敢去看他。

"我把行李放后备箱了哦!"

"嗯。"

坐在沈阳的车里,她似乎闻到淡淡的香水味。

"看来你记得我。"

"你的车里好香呀!"

"是我妈的车。"

"哦。"等她这声刚发出来,她的手又被牵住了。两个圆圆的眼睛就凝视在一起。

辛钰感觉自己闭上了眼睛,她觉得自己的眼睛一直不敢睁开来……当然这只是辛钰自己的想象,很久以来的第一次,和一个男孩单独地、这么靠近地待在一起。

实际上,她只是闭上眼睛,她知道自己的身体靠在沈阳的怀抱里,她能听见这个男人的心跳,她喜欢现在瘦弱极了的身体,被抱着的时候,她的骨头一块一块地顶住沈阳的身体,她喜欢这种存在感。

只是胖妞的阴影还挥之不去,她像是突然地听到了几个无知的男孩子叫着她肥妞的声音,让她身上的肉无处可藏无处可躲。她的身体随着心抖动了一下,很快地推开了沈阳。

两个人又对视在一起。辛钰感觉沈阳的脸一点点靠过来,那个呼吸一点点靠过来,她的眼睛也一点点闭了起来……她突然想起那两个字,是那个女孩的名字,辛钰就突然把头转到了车窗的那边。

"你妈妈让你开车呀。"

"哦,让开呀,我有驾照的。"

"哦。"

对于辛钰来说,和第一次踏上这座城市不同的是,那时候,她是一个旅人,一个过客,如今,她起码要在这里生活四年。一路上,他们还算挺自然地聊着,沈阳像是一个学长那样,介绍了很多学校的事情,他虽然是学习编导专业的,和辛钰的播音主持有一定的区别,但这区别也只是课程上的,生活以及学习的环境和方式都是相似的。

辛钰的宿舍已经事先分好了。没有报到之前,沈阳帮她把行李送到了宿舍,她是第一个来宿舍的。宿舍的条件很好,一个宿舍四个人,下面是学习的书桌和衣柜,上铺是床。另外,每一间宿舍都有独立的洗漱池和厕所,虽然有淋浴池,但沈阳告诉她,学校是不给宿舍提供热水的,所以她要洗澡,还是要自己收拾一个小篮子,提着去澡堂。

"这样对我来说已经够好了,我并不挑剔的。"

"是吗?你很好相处,又漂亮,又不多事。"

"我漂亮吗?"

"哈哈,傻瓜,难道没人说你漂亮吗?我听说你的文化课成绩还特别高,不上艺术类的话,去好的二本读一个好专业也没有问题。"

"我想学习播音主持,我喜欢让自己漂亮能干。"

"哈哈,你真可爱,不过在学校和同学之间别这么说好吗?你长得本来就漂亮,学习成绩又好,这么说让别人觉得你不谦虚了。"

辛钰正想要谢谢他,沈阳的电话突然响了起来。他犹豫了一下还是接起来了。

"嗯,我送她到宿舍了……嗯,你来学校了吗?好,那……那你觉得不麻烦的话你陪她也行,反正是你姐们儿的妹妹嘛。嗯……你别乱想,还不是你让我去接的……怎么可能……你别这样,胡思乱想什么,好了好了宝贝,别让人家小姑娘笑你……"

"我……一会儿有别人陪你……就是你那个姐姐的好朋友。"辛钰很想掩饰自己的情绪,很想不说出那几个字,很想很想,可是疑问从一年前的那个晚上就在心里了,此刻又怎么可以忍住?

"是张倩吧。"

"你怎么知道?"沈阳的眼睛睁得更大了,那光覆盖了整个辛钰,她觉得自己在这样的光里很暗淡很寂寞。

"我……我不知道。"

"她是,张倩她是……"

"她是你女朋友吧,我知道了,谢谢你告诉我的那些话。"

"小钰,你……你听我说……我。"

"我知道怎么做,真的谢谢你了。"

"辛钰,你……你听我解释……你又漂亮又是第一名……我的意思……"

"我不知道张倩。"

"王怡芳告诉你的?"

"我……那天在回民街说的。"

"你一直记得我？"

"我不记得你。我不认识你。"

"我，辛钰，我以后和你解释。"

"我……我的意思是……谢谢你学长，回头你和那个姐姐还有你女友一起，我请你们吃饭。"辛钰看着沈阳，她说完这段话，两个人就互相看着彼此，辛钰的头越来越往下低，她很想找什么来掩饰，很显然她做不好，沈阳也不知道怎么才好，他伸出手想拍拍辛钰的额头，但是还没挨上，辛钰也伸出了手和他握住，上下上下地摇动了几下，嘴里嘟嘟囔囔地说着"谢谢你，辛苦你了！"

辛钰说完立刻就松开了手，去掏自己的包，拿出手机，结果手机一下子被摔在地上，辛钰去捡，沈阳也去拣，两个人的头差点撞在一起。两个人又同时地缩了回去，手机还躺在地板上，两个人又谁都不去捡了。

青春少年皆妩媚

辛钰走在学校操场的时候,才真切地觉得自己已经走到了大学。她不为了自己成绩太高没去好的学校而遗憾,也不为了自己进入了梦想的播音主持专业而兴奋,辛钰只是走在操场上,让脑子放空一下……塑胶的跑道从前的学校是没有的,暗红色印着白色的线条,跑道中间是绿色的塑料草皮,无论哪一种,踩在上面的感觉都很奇怪,现在的心情也是。

脑海里只要稍微地思考,出现的就是沈阳的脸,汽车里的气味还有他们靠近的气息,还有那个从来没有见过的张倩。

"可是我喜欢沈阳,可是我喜欢沈阳,可是我喜欢沈阳……"辛钰在心里一遍遍念着、一步步走着。她很想哭,但知道自己不能哭,她就希望雨一滴滴地落下来,这样自己的眼泪就能不被察觉了。

走着走着,就觉得眼泪怎么就真的流下来了,然后就是周围混乱的叫声,辛钰从自己的恍惚中回到操场里,发现真的下雨了,很多人都跑了起来,她不想跑,她很想在雨里好好地大哭一场。现实总是又美好又残忍,希望要下雨的辛钰就这么站在雨里了,可是她发现雨滴这么打在头上、脸上、身上,根本就无法很舒服地继续走路,而且雨越下越大,别说哭了,眼睛睁开都不容易。辛钰的心情一下子就好了起来,不仅没有哭,她还笑了起来,她也加入到了躲雨人的行列里,朝着最近的楼跑了进去。

雨估计还要下一会儿,辛钰想上个厕所再看,不行就跑回去,反正已经全淋湿了。对着厕所的镜子想拿纸擦擦脸和头发,掏出来发现纸几乎都打湿了,顺手就扔到了垃圾桶,她就用手捋了捋头发和脸,打开厕所里的一个小门,接着辛钰发现了一件很尴尬的事情——她来月经了。

这下怎么才好,刚刚的纸要是不扔还可以拣出半干的用,这下一点儿纸都没有了。这会儿就认识王怡芳,可是这种事情打电话给她好像也并不合适。辛钰纠结着打不打电话,再纠结肯定还是不能打这个电话的,但是这样也没法出去呀。

这个小小的厕所里,好在很干净,并没有难闻的味道,可是究竟这么待着怎么才好呢?辛钰拿着手机,对着手机不知道怎么才好。

"你都安排好了吗?"手机上沈阳刚好发了短信。这次更不知道怎么才好了。

"都挺好的,下雨了,你没有淋雨吧。"辛钰把这条短信编好,但是没有发送出去,她告诉自己以后还是不要联系。"可是我喜欢沈阳呀。"这样的声音又在自己的心里响起。

"你和张倩会结婚吗?"

"你会喜欢我吗?"

"你不是有女朋友了为什么还要拉我的手?"

"那天你是想亲我吗?"

"我喜欢你,我那时候就喜欢你,可是你有女朋友。"

……辛钰就蹲在厕所里和手机玩起了游戏,编了一条然后删除,删除了再编一条。

"这一次为自己疯狂,哦,就这一次我和……"辛钰听到有人唱着歌走了进来,平时可能还会不好意思,这会儿也来不及想那么多。

"同学同学,你好,我在厕所里。"

"啊……"辛钰听到唱歌的声音变成一声惊叫。

"别走呀同学,我大姨妈……"

"啊呀,吓死我了。"

"不好意思,我、我大姨妈了,没有纸。"

"你在哪间呢?"

"你有纸吗?我给你开门,你给我递进来吧。"辛钰说着打开了那间小门,就有东西塞了进来。

"谢谢谢谢呀!"辛钰接过来,说着。

"还有姨妈片呀,太好了。"辛钰看着递进来的不仅仅有纸,还有卫生巾。

"你运气好,咱俩一个时间。"

"好什么好,下雨淋湿了,我的纸也湿了。"辛钰说着站了起来。

"我有伞呢,我上个厕所和你一起走。"

"不用了不用了,啊……"

"咋了?"

"蹲久了,腿抽筋了。"

"哈哈哈,常有的事情。"辛钰面前的门被推开了,发出声音的是一个齐刘海的女孩,辛钰的腿很麻,小心翼翼地迈着步子,每走一步就好像很多小虫子在腿上爬。

"啊,你好呀,啊,好麻呀!"

"我扶扶你。"女孩就走过来去扶辛钰。

"谢谢谢谢,啊!好丢人呀!"

"这有啥,你是新生吧?"

"你怎么知道。"

"要不可以给同学打电话呀!"

"是呀。"

"你是哪个学院的?新闻传播的吗?"

"你什么都知道呀。"

"那我接着说,是播音主持吗?"

"天哪,这你都知道。"

"你不会是二班吧?"

"你吓我呢吧?"

"哈哈哈,我也是二班的。"

"真的假的？"

"我就是西安的，你是哪的？"

"我是新疆来的。"

"这么远？那一起回宿舍吧。"

"我叫辛钰，叫你什么呀？"

"叫我梦梦吧。"

……

一路上两个人挤在一把伞下面，新奇地看看学校这里说说学校那里，这场雨冲走了眼泪，带来了一个朋友。两个人的宿舍就在同一层，不过隔着几间宿舍的距离，互相认了宿舍后，准备一会儿一起吃饭。辛钰坐在书桌前，距离吃饭还有一段时间，她拿出手机看到还没有回复的短信。

"这不是已经认识了新的朋友，大学刚刚开始，还会遇到更多的人，喜欢沈阳又如何，我还会喜欢别的人。"她这么安慰着自己，拿出发的新书看了看。辛钰默默地鼓励自己，以后一定要好好地学习。

梦梦先来找辛钰去吃饭，站在门口还没有敲门就开始喊辛钰的名字，宿舍里还有另外三个女孩，她感觉目光都集中到她身上了。她立刻站起来往门那里走，梦梦已经开始敲门了，她打开门，看见本来扎着辫子的她把头发披散了下来，换了一件黑色的衣服，感觉瘦了很多。

"一下子就感觉你瘦了很多。"

"那你意思刚刚觉得我胖胖的？"

"哪有？"

"看来就是这个意思。"

"好吧,我说不过你。"

"我化妆了,所以你觉得瘦了。"

"你学过吗?"

"反正会画一些,回头教你,算了现在给你弄几下咱再去吃饭,你不饿吧。"

"不麻烦你了吧。"

"走啦,来我宿舍。"

梦梦的桌子被她贴了粉色和蓝色的纸,还挂了一串小风铃,摆了一些乱七八糟的化妆和护肤用品,辛钰站在那里看着,突然想到刚刚认识的场面,自己就笑了。

"你笑什么?"

"看你这么浪漫的一个人,怎么和你大学交的第一个同学来了这么可笑的一个相遇。"

"你不是第一个我认识的同学。"

"哦。"

"因为班里有我高中的同学呢,不过关系不好。"

"这样。"辛钰回答着,觉得这个姑娘说话也太不注意了。

"我们的相遇多好,患难见真情,以后我们就是真情。来,你坐下我给你化妆。"

梦梦的化妆技术并不是很好,画的眼线几乎是画一笔就要用棉签擦一下,折腾了快一个小时,辛钰照镜子的时候还是吓了一跳,觉得五官清晰后就立刻变得漂亮起来。

"感觉以前照镜子是近视眼在看自己,现在带了一副眼镜一样。"

"化妆就是可以让人更立体,有空我带你去买一副美瞳吧,你的大眼睛就更大了。"

"那我请你吃饭。"

"我请你吃蛋糕。"

"没问题。"两个人就走出了宿舍,辛钰早就习惯了不吃饭,但还是随便附和着,已经过了饭点,所以食堂的人并不是很多,辛钰心里盘算着既然是请吃饭,就在食堂要一些不是太好。

"我想吃炒菜呢,咱俩去能点菜的地方吃吧。"

"你是觉得请我吃饭就大锅饭不好吧?"

"我觉得大锅饭油大。"

"好吧,你这样说我可以,不过你和我别太客气。"

"我知道啦。"

"你有什么困难或想家的就和我说,我就是西安的,肯定比你方便一些,卫生纸之类的生活用品我可以从家里拿的时候给你一并偷一些。"

"哈哈哈,你太可爱了!"

"以后你会发现我更多可爱的地方呢!"两个人心情都很好,他们到了食堂坐下来,服务员递了菜单过来,咖啡色的封面,一本菜单还挺厚的。

"你喜欢辣的不?"

"我?我都可以?"

"新疆人爱吃什么?羊肉?"梦梦看着说着。

"我吃得特别特别少。我从小就吃得少,吃饭不好好吃。"

"所以这么瘦,我从小就胃口好,我最爱吃辣的,超级麻辣的火锅是最爱。"

"那以后……"

"辛钰!"辛钰的话没说完,就听到有人叫自己。

"学姐!"辛钰一下子就站了起来,椅子被碰得翻倒到后面了。

"哎呀,你着急什么呀。"梦梦站起来给她扶起了椅子。

"才吃饭呀?"

"嗯,刚准备点菜呢。"

"你朋友?"王怡芳问着。

"我同学,叫她梦梦。"辛钰说着,但是眼睛已经看到了另一个人。

"学姐们好、学长好。"梦梦叫着。

"叫名字就行,我是王怡芳,对了,辛钰,这个是我最好的姐们,叫张倩。"

"张倩学姐好。"辛钰微笑着叫着,辛钰早知道这个人是张倩,站在沈阳旁边和王怡芳一起的人当然是张倩。

"你们就直接叫名字吧,要不也奇怪得很。"

"要不一起吃吧。"沈阳说了这么一句话,辛钰不敢看他,但辛钰听到他说的话,还是忍不住朝着他看了一眼,沈阳的目光就在她的身上。

"一起吃吧,王怡芳早和我说你了,你是第一名吧,还长得这么好看。"

"你是第一名呀?"梦梦稍微小了一点儿声音问她。他们就换到了一个稍微大一些的桌子,辛钰的旁边坐着梦梦和王怡芳,梦梦的旁边坐着辛钰和沈阳,张倩坐在王怡芳和沈阳的中间。桌子的中间还放着那本很厚很大的点菜单。辛钰只要直视,看着的那个人就是张倩,就是这个她想来想去也想不出来的张倩……辛钰不敢看,不仅不敢看她,近在眼前的沈阳也不敢看。外面还在下雨,刚刚不是有梦梦出现头顶就没有雨滴了,这会儿雨又来了。

"辣子炒肉、土豆丝,我和沈阳的菜哦,一人一个菜你们自己看。"

"张倩,你能不能有点原则,点自己爱吃的。"

"对呀,你点你爱吃的。"

"两个学妹还在呢,秀恩爱呀。情侣没资格点菜,咱三个选,张倩你别一天到晚都想着沈阳。"

"我都可以,我吃得少。"

"王怡芳?我就叫你名字啦,你点。"

那顿饭辛钰只记得张倩的筷子一直把菜夹到沈阳的碗里,她整个脑子放空地居然把嘴里嚼着的菜一点点地咽了下去,直到沈阳起身走去付账,她还半天没缓过神,直到梦梦说了句:"那谢谢学姐了,哪天咱们一起去吃火锅。"辛钰才想到结账这件事情。

她拎起身后的包就冲了过去,一把拉住了沈阳正在看单子的手。

"我来我来,多不好意思!"

"你回去坐着吧。"

"不行不行。"辛钰另一个手已经掏出了钱包,打开钱包要掏钱，结果钱包掉到了地上，钱也跟着一起散乱出来，沈阳和辛钰一起蹲下来捡钱包。

"你是不是见到我尴尬？"

"啊？没！"

"没看见短信？"沈阳问她这句话的时候，辛钰抬头和他的目光交汇在一起，这么近距离地看着，辛钰觉得自己眼前就只剩下他的目光了，她随便抓了一把地上的钱就站了起来。

"一共多少钱。"对着服务员就把抓在手里的钱递了过去。

"辛钰，你太客气了。"

"就是，你这妹妹太执着。"

"你就该让沈阳付就行了。"

"不不，我本来就想请你们，让他接我就挺不好意思的。"

"给，让我帮你捡钱你也挺不好意思的。"沈阳把钱递了过去。

"你就别逗我妹了。"王怡芳说着，张倩和梦梦也走了过来。

"沈阳，你连个姑娘都抢不过。"

"对呀，你姐们的姐们太厉害了。"沈阳这么说着，不知道是习惯还是做给谁看的，伸出手在张倩的头上摸了摸。

"看你不是诚心请我们。"张倩把他的手从头上拉下来，两个人就顺势拉在一起。

"你别和你姐们一起，你这样你们姐们的聚会我可不敢来了。"

"给我松手，说了在我面前不许亲热，烦死了，要不我不和你俩一起了。"

……他们最后怎么分开的辛钰已经回忆不起来，她只记得梦梦和她走出食堂,外面的雨已经停了,两个人都不说话地走着,辛钰很想压抑着内心的感情,但是人最经不住这种走在阴天里的感觉了。

"别回宿舍,操场上走走。"

"我刚认识你之前就是在操场上走。"辛钰一说话,自己发现自己哭了。"不好意思,我有点想家。"

"没事,谁没个心事。"安静了一会儿,梦梦又接着说:"他们是你考试时候认识的吧?"

"嗯。"

"而且你只认识王怡芳和沈阳吧?"

"嗯。"

"而且……"

"等等,你今天怎么什么都知道。"

"而且你是为了沈阳来的这个学校。"

"不不不不不不。"

"看你这一串'不'就肯定是。"

"不是的,我认识沈阳的时候,就知道张倩是他女朋友。"

"只是没有见过。"

"没想到突然见到。"

"你怎么这么快就承认了?"

"承认什么?"

"辛钰。"梦梦说着搂了一下她的胳膊,接着说:"我觉得沈阳根本不合适你。"

"肯定嘛。"

"可是你喜欢他,可是他不适合你,我觉得他根本配不上你。"

"我只想好好学习。"

"哈哈哈哈,你长得不像书呆子呀,说的话这么呆。"

"你笑我。"

"必须呀,必须笑你呀,不过我高兴认识你。"

"高兴什么?"

"高兴认识你这个朋友,就是高兴,觉得我们投缘。"

"你头圆,我头是尖的。"

……夕阳的光芒照亮了整个学校,两个女孩的心也是亮的,尤其是那一刻的辛钰,她很久没有朋友了,有梦梦在身边的感觉太好了。在今后的日子里,辛钰还会有一个个难受的时刻,可是现在有了梦梦,一切都在她的陪伴下变了一个模样。

开学后没多久,就开始有其他学院的男生追求辛钰,大胆一些的有主动把辛钰堵在校园里索要电话的,还有的也不知道哪里来的电话号码,会直接给辛钰发短信,还有一次,她正和梦梦在食堂吃饭,突然有人端来了一个大托盘,上面是各种菜和水果,要和辛钰一起吃饭……辛钰都只是笑笑,梦梦让她不要拒绝,可以认识一下,辛钰也只是笑,有时候会打趣地说"你喜欢、你认识"这样的话,两个人闹一阵子就过去了。辛钰还是期待可以见到沈阳,虽然见到的大部分时间里,也有张倩在身边,虽然见到也是心酸,可是就是想听到、看到他。

有一天,王怡芳打电话给她。

"辛钰,上课都还适应不?"

"我觉得挺好的。"

"下午下课一起吃饭，带你出去吃。"

"不用了吧。"

"张倩和沈阳请客呢，反正沈阳可以开车。"

"那好吧，几点见？"

"下课后我去宿舍找你。"

"嗯，那我等你。"辛钰听到沈阳的名字后还是没有忍住，就答应了，答应了后又觉得后悔，自己犹豫来犹豫去，还是想找梦梦化妆打扮一下，就拿了几件衣服去了梦梦宿舍。

"怎么就你一个人。"

"他们有课，你没去图书馆呀？"

"我就去了那么几次，你怎么老是说我。"

"我以为你不上课的时间都会自己去看书。"

"我也是看闲书。"

"反正是爱学习。"

"找你帮我挑衣服。"

"怎么了？要和谁约会呀。哇，答应了哪个？"

"和王怡芳。"

"哦，不是吧，沈阳他们吧？"

"挑不挑衣服？"

"我给你说，他们是一个小团体，家里就是学院的，你把握好自己，毕竟人家是学长，控制好情绪呀！"

"挑不挑，不挑我走了哦！"

"好美女，来我看看，我觉得你还是不穿最好看。"

"烦死了，一会儿给我化化妆。"

"你到底咋想的？你实话说，你和沈阳平时联系不？"

"我都和你一起，联系不联系你不知道呀？"

……

王怡芳来叫辛钰的时候她假装在看书，她的心思早就没了，一起来的人还有张倩，她故意有点激动地问要吃什么呀，其实心里已经开始乱起来。等下了楼，看见站在车旁的沈阳，她的心就更乱了。王怡芳和她坐在后排，看到开车的沈阳和坐在副驾驶座的张倩，辛钰就在心里开始念叨："只有张倩不在的时候自己才能坐在那个位置上……"他们去吃必胜客，一路上张倩就和王怡芳唠叨着，说一会儿她俩配合弄的自助沙拉，就足够四个人吃到饱。

"你俩差不多就行了，每次也不吃，还不是我要撑着使劲吃。"

"这不是又带了一个。"

"我吃得少，是什么自助沙拉？"

"就是给你一个碗，你可以取一次，只要你能装下，装多少都可以。"

停好了车，进了餐厅，找了一个沙发座位，刚好四个人，还没有坐定，王怡芳和张倩放了包就激动地要自助沙拉的盘子。

"辛钰，你随便点，喜欢什么口味的就点。"张倩对着她说，"沈阳，你照顾好妹妹哦，我俩去堆沙拉了。"

辛钰把她俩的包都放在自己这边，坐下来后，对面就坐着沈阳。

"你看看菜单喜欢吃什么？"

"我都行。"

"你这么瘦不用减肥吧?"

"吃得少。"

"给你发了几次短信都不回。"

"可能上课呢。"

"你是不是很讨厌我?"

"没有,我怎么讨厌你了?"

"那天接你是我不好,我也不知道怎么解释。"

"别说了。"

"你有什么事情都可以问我,好吗?我不是你想的那样……"

"谢谢你!"

"哎,算了,以后你慢慢了解吧。服务员,点菜!"

"你?"

"怎么了?"

"你和张倩在一起很久了吧?"

"哪天我约你出来好吗?"

"我……好!"

……

感情来的时候是最不能抗拒的,辛钰可以抗拒困意不睡懒觉每天早上六点起床坚持去练声;辛钰可以抗拒其他男生各种甜言蜜语的短信不做任何回复;辛钰可以抗拒美食的诱惑几乎不吃东西,辛钰还是不能抗拒沈阳。她唯一的一次逃宿,只是为了和沈阳一起坐末班车的600路,这样可以坐在第一排的座位,那天晚上她们看了一夜的电影。买票的时候,有个孩子非要卖花给他们,沈阳问她你喜欢吗?她想了想说:"不喜欢,但是你送我也许会从此喜欢上的。"

电影一晚上放了好几部,实际上他们什么都没看进去,起初的时候,他们都有点拘谨,也不知道什么时候手拉在一起了。他们说了好多好多话,好像一整个夜晚要把在相遇之前的人生都倾诉出来。

沈阳和张倩都是学校的子弟,张倩从高中的时候就喜欢沈阳,他那时候没有现在胖,学习在班里是第一,篮球打得特别好,很多女生都要迷死他了。那时候,他有一个自己喜欢的女孩,高二的时候,沈阳的爸爸突然查出胃癌,很快去世了,几乎同一个时间,沈阳喜欢的女孩去了英国。沈阳的爸爸是学校体院的院长,学校里已经答应等沈阳毕业了留校,按他当时的成绩,考个更好的大学和专业都没问题。由于突然的变故,使原本的生活发生了太大的变化,以至于太久的时间里,他都无法集中精神,最后只能考了艺术学院。这期间,张倩一直对她很好,就连艺术学院的提前考试,也是张倩自己登门,跟沈阳妈妈建议的。可以想象之后的故事了,在张倩对他人生的各种关怀下,不仅是沈阳,连他的妈妈也觉得一切并没有那么难过了,大一结束的时候,沈阳终于主动表白了。张倩是那种特别聪明的女孩,她可以主动地做很多事情,而选择的权力她明白该交给谁。

辛钰在那个晚上听着关于他和她的故事,还是挺幸福的。很多年后,她曾经一直回忆那个夜晚,她会觉得,也许只是她把自己封闭得太紧,而她,实际上太渴望感情又太害怕被伤害。

如若从一开始就无法期望,反而会勇敢投入。那个清晨是这样的,他们六点就打车回去,一起在距离学校还有五站的地方下车,走到一条街道上比较偏僻的小餐馆,上面写着"天津包子店",辛钰说就吃这个吧，她还记得她要了一笼包子和两碗稀饭，稀饭是白米，但肯定加了红豆，整碗里面除了被染成暗红色的白米就什么都没有了。

"一会儿我自己打车回去，你在这里多待会儿。"

"那可以吗？"

"为什么不可以呢？我还要多带一笼包子和三碗粥回去，毕竟舍友帮我点名了。"

"她们不问……"沈阳欲言又止的模样。

"放心吧，谁没逃宿过呀！"

……

秘密药丸

在西安上学的四年时光，辛钰脱胎换骨，父母觉得自己那个开朗、活泼的可爱女儿又回来了，同学们觉得她们认识的辛钰从来就是一个敢爱敢恨、坚强刻苦并且热情大方的美女。

对于父母担心的交往问题，辛钰的封闭只是暂时的，换了环境自然就好了，辛钰有自己担心的问题。沈阳的问题不是大问题，辛钰慢慢就想开了，不能破坏也没有这个能力破坏他们，就看着也好，不用期望不用失望，偶尔的一些小事情，会让心里无法平静的时候，就找些事情做。心里住着这么一个人，那些惰性思想也就不能冒出来了，辛钰担心自己不优秀，就无法面对沈阳。最大的问题是"吃饭"，和梦梦一起的时候都还好，她就算只是做做样子也没什么，但同学之前经常要一起坐坐，她有时候可以只是一直咀嚼食物不咽下去，有时候就不行，有一次就吃了一整碗的饭，回到宿舍的时候，辛钰感觉自己整个人都被这样的一碗饭撑得胖了好几个圈，长期的绝食已经让辛钰的心理上发生了很大的改变，对于常人正常的饭，辛钰就觉得是敌人。

辛钰坐在自己的桌子前什么事情都做不下去，脑子和身体都似乎被那么一碗饭撑得一点点膨胀起来。她打开电脑搜索怎么消化快，蹦出了"催吐"的方法，好像是救命稻草一样。她在厕所里把手指塞进嘴里，可是怎么按压就只是干呕，一点东西也出不来，直到舍友在厕所门口敲门，问她是不是不舒服，怎么一直呕吐……她洗了手平复了情绪，才走出来，本来就没生病的她还要装出不舒服的样子。

这样的一次失败的催吐经验让她更不敢再多吃饭了，但交往之间哪有不吃饭的，她又不能总是嚷嚷自己要减肥，因为辛钰确实看起来已经不能再瘦。直到她得到了一个神奇的秘方。

这还要从当初在书里读到的那个"蛊术"说起。那年秋天，她成为播音主持专业的学生后，她每天早晨六点起床，六点半的时候就站在食堂附近开始练声，即使有的时候也会和其他的同学一起抱怨，觉得这样每天大早起床实在是没有道理又太过辛苦，但事实上，她内心里乐意的，她特别渴望可以做一个漂亮又能干的人。

辛钰下了决心，四年的任务就是好好学习，好好保持身材，朝着一名真正的主持人的方向发展。再坚强的人也是会有感情的，尤其在一个新的环境新的学校，开始了一种完全不同的生活，于是在第一个长假到来的时候，辛钰果断地买了去云南的火车票。

那次和沈阳的夜不归宿拉近了两人的心,但对于辛钰来说,两人的身体拉得更远了,她知道自己要和他保持着距离,这是唯一可以继续在心里保留沈阳的方法,也是唯一让自己不要陷入困境的方法。梦梦他们都是西安的,过节了就回家了,她不想自己待在学校里,她害怕给自己太多单独的时间,最重要的是这一次,她也是带着目的:她想起在泸沽湖时那些天天吃着肥肉却还依旧那么瘦的人,最重要的,是她一直没有忘记书中传说的"蛊术"。

她是带着试试看的心情。一半为了旅游,一半为了寻找。这件事情似乎就是这样,很多用一辈子也很难改变的事情,有时候也就是一刹那间。

跟着明明非常清晰的记忆,但那个叫做杨由丁次尔的男人居住的村子,那些可以日出出门、日落归家的鸭子以及很多很多记忆里的东西都像蒸发了一样。她有点失望地坐着改良了的猪槽船,湖上再不是她一个人的,就连船也不是她自己的了,宽阔了的船上坐着其他的游客,这让本来宽阔的湖面显得拥挤了……等到晚上,她随着大部分人去了唯一亮着的小酒吧,是一个嫁给了当地摩梭男人的女人,有点传奇的汉族女人和当地汉子的爱情故事,之后她离开了闹市,来到了这个小地方,开了一间这样的店。

辛钰坐在里面,店外面的小路边就是湖,开着窗户,等店里音乐停了的那一会儿,会听到水声一阵阵地拍打湖岸的声响,她心事满满又什么都想不起来。几个男人找她喝一杯,她有点落寞地笑了笑,不愿意搭理。

"你一个人来这里不害怕呀?"

"不害怕,你不是还居住在这里吗?"

"不是害怕,是烦躁呀。"

"怎么?"

"起初都是美好的,现在就觉得烦躁,整日听着湖水,什么也没有。"

"不是还有你的爱人?"

"你也知道这里都是走婚,其实他不是真的和我生活在一起的。"

"但我觉得你也挺传奇的,有了自己的小客栈,还有点像是龙门客栈呀。"

"姑娘,看你年轻得很,又长得这么漂亮,一个人出门还是要小心的。"

"谢谢。"

"不过这里每天新鲜的空气和健康的食物,也算是比城市好很多吧。"

"你吃过猪膘肉吗?"

"天天吃,最喜欢了。"

"那你还这么瘦。"

"我以前挺胖的,后来在这里,大吃大喝地反而越来越瘦了。"

"真的?"

"给你找照片。"她说着,转身走进吧台,拿了照片夹子出来。

"你看,里面有我第一次来的时候照片,还有我的摩梭汉子。哈哈,但是妹妹你也很瘦呀!"

"我是第二次来……我……"

"有什么想寻找的吗?"

"是呀……"

"是不是遇到什么人呀？"

"倒是认识了一个叫做杨由丁次尔的，不过也不算是找什么人。"

"那……"她说着，指了指照片上一个站在船上划着桨的男人。"这个就是我的爱人，哎，就是为了他留在这里了，你往后看，我们儿子你看看像谁？"

"都有儿子了？那儿子呢？"

"我送到城里娘家了，孩子必须要上学呀！"

"哦，你觉得这个民族的人都这么瘦，是不是有什么……"

"可是你这么瘦还要瘦？"

"怎么说呢？"

"你节食吧？我看你坐进来后要了一杯果汁，但是你只喝清水，而且要的小吃也根本不吃，其实没有那么可怕的，吃一点没什么的。"

"我害怕变胖。"

"女孩子都爱美，不过我到了这里生活后，心态好多了。其实这里的女孩黑一点、胖一点儿更好看，因为这样是自然的健康。"

……

那个晚上，辛钰和一个成年的有了孩子的女人聊了很多，即使有年龄的跨度，但女人们在一起总是可以说到很多，关于寂寞关于人生，辛钰觉得自己又长大了很多。然后他们相互留了地址和联系方式。接下来的事情，就是等辛钰回到了学校后已经有一个包裹等着她了，打开后是分别装在两个盒子里两种颜色的胶囊。

"切记不可多食！切记不可告诉他人！一天各一粒，清晨用一杯清水服下，开心过好每一天。"辛钰把纸条小心地握在手里，有些紧张有些激动，她不知道这样的胶囊是否可以吃，又觉得这似乎就是自己一直想要得到的。

"小钰，我买了一件礼物给你，你现在下楼。"她正犹豫紧张的心情被这条短信打断了。她来不及回过神来，立刻把那张纸小心地夹在钱包里，合上了那两个装药的小盒子，把它们连同包裹一起塞进柜子里，小心地关了柜子，锁上锁子就走到宿舍门口，又折回来拉了一把柜子，确定关住了。

她还没有走出宿舍楼的时候，就看到院子门口站着沈阳。他穿了一件白色的帽衫，发白的牛仔裤下面似乎是一双白色的球鞋。辛钰这会儿觉得他好像过了个国庆节变胖了，她觉得自己似乎也没有那么喜欢他，那时候，她看着站在阳光下的他，突然觉得，没有什么大不了的。

于是她对着楼里的大镜子照了照，看到镜子里的自己又瘦了一点，拨弄了一下头发，对着镜子里的自己挤了下眼睛……这是全世界最幸福的事情了，辛钰喜欢看到自己越发楚楚动人的模样。

"学长好！节日过得如何？"

"哈哈，你说呢？看来你过得很好嘛！"

"自己找开心嘛！"

"听说你去云南了，有没有遇到帅哥？"

"那是当然了，很多少数民族的帅哥。"

阳光下两个人站在那里，明明在云南的每一个日子里，两个人几乎都有短信和电话，明明不需要这样说话的两个人，在这样的白天里，和说梦话一样地交流着。辛钰刚刚好一些的心情又有些隐隐难受，刚觉得沈阳其实什么也不是，但心里的那种感觉又骗不了自己。

"哦，那挺好。"

"哈哈，学长穿得很显眼啊！"有同学从身边走过，辛钰故意放大了声音。

"送你一个礼物，给你。"沈阳把一本书递给她，然后压低了声音说："其实主要的那个礼物夹在笔记里，笔记你也可以看看，全是播音生僻词的念法，都是实用的，希望你收下。"辛钰大方地接过礼物，虽然不知道里面夹的是什么。

"以后别叫学长了，沈阳就行。"又有同学过来，沈阳也大声地说。

"那张倩学姐知道吧？"

"辛钰，哪天有空咱们再一起出去好吗？"

"我一会儿给学姐发个短信，说谢谢她让你给我的这个笔记，回头请你们吃个饭，或者吃个饭去唱歌也行。"

"我……我有话想说。"

"我上楼啦，88！"辛钰手里拿着那个笔记本，转过头对着沈阳笑了笑说："谢谢你，沈……阳……学长！"

辛钰上楼梯的时候已经打开本子了，里面用胶带纸贴着一把钥匙，上面写着："车棚里有一个粉色的自行车，车筐是竹编的，送给你的礼物，以后去上课就方便多了。"辛钰并没有因为他的心细激动一些，相反，她被那些胶囊所占据的大脑，已经从未有过兴奋了。

她放好了本子，拿了钱包，直接奔去学校的超市或者文具店，她已经想好了，立刻要买一个漂亮的小药盒，不会特别引人注意的那种，但这样又可以保证时刻都会装在身上，随时方便拿取。她一边走着一边就打了电话给张倩。

"学姐呀，是我。辛钰。"

"哦，你回学校了？"

"玩回来了，去云南给你们带了小礼物哦！"

"你太客气了。"

"我还要感谢你们呢，那些生僻字多难弄呀，都直接给我了，你和芳芳姐什么时候方便，一起吃个饭，还有点想去夜店玩玩，没有去过呢，她说以前你们会一起去的。"

"哈哈哈哈，小妮子还没有玩够呀！"

"学姐，你害怕男朋友生气不敢去呀，要不要我和芳芳姐一起给你请假。"

"学播音的嘴巴真的是厉害呀！"

"那就是同意了哦。"

"你别请客哦，上次你都请我们吃饭了。"

"那下次你叫我去玩我就不请客，我叫你们肯定是要请客呢。"

……

"小钰你吃得好少呀，你是不是减肥呢？"

"芳芳姐，我实话告诉你，现在这一顿饭是我以前一个月都吃不了的，我觉得我挺瘦了，不用了，但是也许我饿得胃小了，所以一下子吃的没有那么多。"

"王怡芳，你这个妹子一点儿也不做作，什么都愿意说呢。"

"要不咋能和咱俩一起玩得起来，受不了那谁谁，和男人和女人说话都不是一个音调。我给你学哦,这边正骂着什么你大爷、操你妈这些话,那边电话响了,接起来就是一个嗲气的拖音儿……喂……你讨厌,人家心情不好呢,不过人家才不要计较那么多呢!"

"我现在努力多吃,因为厌食身体不好,我也喜欢你,才总是找你们玩呢。"

"你芳芳姐说你是非常好的学生,而且看你天天练声,以为你就喜欢学习呢。"

"说实话,你们别笑我,我就是真的想当一个漂亮的女主播,真的别笑我。"

"哈哈哈哈哈哈!"两个学姐真的一起笑起来。

"你们不要觉得搞笑好不?"

吃了饭后,王怡芳带着她们去化妆店,辛钰还只是当初考试的时候去过这种只是为了化妆和弄头发的店铺,但绝对不是理发店,这里只能做出头发的造型,但是要是洗洗头发、剪个发型就不行了。她看着王怡芳很熟悉地和店员们打招呼,她问小妮今天不在吗?店员笑了笑说她吃饭去了。

"我要让小妮给我画,你俩要等还是随便谁都可以?"

"我谁都可以,你看张倩姐。"

"我也没有那么多事儿,你看谁闲着给我化个妆,我还要把头发夹卷了。"

……

"我就知道沈阳不会舍得你自己去的。"

"姐,你好幸福呀。"辛钰说这句话的时候,倒是发自内心的。

"得了吧,你们单身才幸福呢!"

"啊呀,你就当着钰的面儿说说,我不知道你。"

"好了啦,我自己幸福。"

那天的情景里,辛钰傻气极了。王怡芳穿了一件黑色蕾丝袖子的连衣裙,下面是长靴子,张倩的衣服更漂亮,很多黑纱的流苏,右边胳膊的袖子上有一个很大的开口,手臂上的肉在里面若隐若现,下面是紧身磨白的牛仔裤,她的腿型很好看,搭配着高跟的鞋子和一头金色偏白的大卷发,背面看起来有点欧美女明星的味道了。

辛钰的头发还从未被染烫过,这一次被两个学姐鼓动着弄成了大波浪,原本散开挺好看,她就是觉得不好意思,于是自己又松松地绑了两条辫子。她的打扮和衣服出现在夜店里真是太可爱了点儿,白色的背心裙子,下面还套着裤子,第一次画了烟熏妆的她还穿着小姑娘的衣服。

进入夜店的时候,先要把手提的包寄存了,然后通过安检一样的地方,这时候,已经有轰鸣的乐声传来了,她俩已经开始进入状态了,身体跟着节奏动着,脸上的笑容带着妩媚,辛钰好奇又局促,突然觉得自己格格不入起来。

"你这样真可爱……更性感!"喝了酒的她只记得耳边沈阳说过的这样一句话,记得初次见面时,耳边提醒她小心说话的感觉交织起来,只记得那是同样的心里很痒很痒,痒的感觉不知道是舒服还是难过。

有情人

辛钰也会有失声痛哭的时候。她怀抱着头,起初的时候,她仅仅只是觉得有一种无以名状的疼痛,在心口,带着一些恐惧感,在这个宿舍的小床上,床是被帘子包裹起来的,没有人能知道里面的她在干吗,她也并没有开灯。这个时候的女孩辛钰,只是想把压抑在内心的感情用泪水释放一下,可是夜就是这样,可以很疯狂,这种疯狂可以是欢乐的,也可能是痛苦的。

"孩子,我给你的最好祝愿,便是一点点不幸。"辛钰的心里默默地念着这句话,她希望这句话可以抵抗住这种恐惧和疼痛,默念的声音像是一阵一阵的风,这风的声音越来越大,盖住了树叶"沙沙沙"的声响。她第一次体会到心绞痛的感觉。于是她内心里的声音,不知道如何的就低沉地念了出来。

"孩子，我给你的最好祝愿，便是一点点不幸。孩……子，孩子……我给你的最好祝愿，便是一点点不幸……孩子……"

"小钰，钰，钰你说梦话呢？"

"咋了，小钰醒醒吧！"

"你说什么呢？听不清楚呀。"

"嗯……我说……我……呜呜呜呜呜……"

"怎么了？宝贝，你哭了，这是怎么了？"

"刚上床前不是还好好的，咋了？"

"家里没出事吧？"

"梦梦……"

"我在我在，你怎么了？小钰。"

"怎么了我也不知道，我胸口疼我害怕。"

"没事的，没事的，估计是小钰做噩梦了，哎呀，没事的，来，我这就过来了，别哭啦，都过去了，不过是梦，梦一场哦！"

"梦一场，对呀，孩子，只不过是梦一场，而这些都是为了让你变得更坚强。"辛钰听到了梦梦的声音，就好像是一粒安神的药丸一般，她觉得恐惧正在被一种真实的存在代替。她感到床轻微地摇动，但住在另一边的梦梦下床是不可能带动她的床铺的，而那是一种很明显的震动感觉。

等到梦梦顺着梯子爬上了她的床，那种震动的感觉和之前的完全不同，于是她更加确定刚刚是自己身子颤动起来了。梦梦上床后，像虫子一样扭动着爬到了她的身边，然后就有一个温热的毛巾捂在她的脸上。

"梦梦,我身子在颤抖,我不能控制的颤抖。"

"好啦,没事的,我懂得我懂得,梦一场,醒了总是会这样的,好了好了,快擦擦眼泪吧!"

辛钰的身体还对着墙,她说这些话的时候是转过了头,这个角度很难受,她说完后就转了过去,她把胳膊伸向身后的梦梦,她也努力地向着她靠了靠,梦梦的身体也同样很瘦,她的背部到腰那里一点儿肉也没有,这样的角度刚好可以抚摸到她突出的脊椎骨。

"梦梦。"

"怎么了?"

"你背上的骨头好突出呀。"

"对呀,不知道为什么,别人好像都是凹进去的。"

"我知道为什么。"

"啊?"

"是为了让你和别人不同,因为你和所有人都不同,你是我最爱的梦梦。"辛钰说着这句话,眼泪就更加不能止住了,不能抑制的流泪也是有区别的,比如刚才情不自禁哭了出来和这会儿掺杂着悲伤和幸福的状态是不同的。此时此刻,流泪越多,释放也越多。

夜晚是怎么度过的,常常连当事人也说不清楚。辛钰觉得自己做了一个复杂而漫长的梦,只是就如同梦梦所说的梦一场而已。另一个清晨的六点钟,她的闹钟就这么准时地响了,身边还睡着梦梦,两个手就这么一起挽了一夜。

"啊,吵死了,你忘记关闹钟了。"

"乖,你睡哦,我去练声了,回来带早饭给你。"

"啊？昨晚的伤心是白伤心嘛，你别给我带早饭，我要睡到中午。别再吵我呀！"等到辛钰从梦梦身上钻过去，爬下梯子，伸了半天的脚够不到鞋子，干脆光着脚了。

地板还是挺冰的。

而这个早晨，当辛钰如同往日一般起床，踏在冰冷却实在的地板上，她知道自己已经可以好起来了，只是可能还需要一些时间，虽然痊愈是不可能的。

"钰……别光脚行不，你昨晚刚哭过没有睡好，别生病了。"

"睡吧，你个懒猫。"她抬头看见从帘子缝里挤出这句话的姑娘，她的眼睛还没有睁开，却知道她没有穿鞋子，她的心里先笑了。弯下腰去取了拖鞋，踩上后，拿起水壶，对着还剩半杯冷水的杯子里倒了热水，再从自己的包里顺手摸出她的药丸，两个颜色各一粒地吃下去。

踢踏着拖鞋的她走到洗手池前面，镜子里的她眼睛微肿，还好，昨晚梦梦给了她热毛巾，所以伤心过的痕迹并没有那么严重，加上这个镜子是全楼层把人照得最丑的一面镜子了，所以她安了安自己的心，捧着冷水洗了脸，去完洗手间，坐在桌子前面。即使是大早上，她出门前也要简单地化妆，隔离霜是出门前永远要用的，她太害怕灰尘和紫外线对肌肤的侵害了，另外要把睫毛夹得卷翘起来，涂上睫毛膏后，还要简单地用眼线液在眼尾处勾一个稍稍上翘的尾巴，这样她的眼睛看起来就很有神了，来得及的话会在鼻子上加一些高光，脸蛋上要用橘色的腮红。

辛钰记不住从哪一天开始，哪怕是大雨天，她也会打着伞在有屋檐的下面练声,这成了一种习惯,更是一种信仰。

今天是不同的,昨天是不同的,她有理由让自己松懈一次。

辛钰知道,任何理由都可以成为理由,也可以狗屁都不是,所以她选择了站在食堂不远的花坛边,对着清晨的空气和蓝天还有清净的校园开始练声。

"嘿……嘿……嘿嘿……嘿嘿嘿……"这样的练习既是对于自己专业和梦想的追逐,也成为辛钰这些年来委屈、无奈、忧伤的发泄方式。

"啊……啊……啊……啊啊……八了百了标了兵了奔了北了坡,炮了兵了并了排了北了边了跑,炮了兵了怕了把了标了兵了碰,标了兵了怕了碰了炮了兵了炮。哼……哼哼……八百标兵奔北坡,炮兵并排北边跑,炮兵怕……"

她本来已经利索到快要起飞的嘴巴突然停住了。

"我想看看你今天会不会……也许不来练声了。"

"为什么不练声?"

"你没事就好。"

"没事就好!"辛钰重复了这四个字,她本来快要好起来的心情又一脚踏进泥潭。"是呀是呀是呀,你说得对,没事就好。"

"钰,我其实本来想告诉你,但是……我短信写了删删了写,我……"

"别说了,我要练声了。"

"你……我不想解释,我……我只是希望你没事。"

辛钰听到这句话,她一动不动地看着眼前的这个男人,这个叫做沈阳的男人，她本来就特别大特别明亮的眼睛更水灵了，她的眼前沈阳的脸开始模糊，她只能把眼睛睁得再大一些，她越是这么做，越觉得什么也看不见了，只有耳边轻轻的声音："小声点，这里可是回民街，这里只有牛羊肉。""你这样真可爱……更性感！"

"钰，你怎么了？"

"我讨厌别的女孩得到本应属于我的，但是我是第三者，对吧？"辛钰已经抱住了他。快四年了，她第一次在公开的场所里抱住他。她知道，在这个清晨里，是她最后的机会了，这是她在这里唯一深爱的男人，也是最后一个属于她的机会。

谁没有为了感情而不顾一切过呢？这样看来，她压抑了这么久，这又算是什么？

"钰，我……哎，我真的……"

"谢谢你没有推开我。"辛钰听到他的叹息，她知道冲动已经过去了。

"倩倩！"辛钰听到耳边的沈阳叫了一声。她慌乱了一下，接着更紧地抱了一下他，她能感觉到随着她胳膊的力气，沈阳明显不自然了，她很快就松开，转过身，朝着沈阳面对着的方向跑过去。

"倩倩姐姐，快给我抱抱，我都要感动死了，是不是要说我必须相信爱情呀！"辛钰知道转过身那个方向是张倩，她知道自己要做的是什么，于是此刻她也更加用力地抱了抱这个女人。

"我来买早饭，昨晚闹得也没睡好，所以起了个早。"

"我练声呢，碰到你的那个那个……那个……应该说是未婚夫了，哈哈，所以赶快趁着这个机会抱抱帅哥，以后可不敢抱了。"

"随便随便,要了你就抱走。"

"别口是心非了,一会儿沈学长听了要伤心了。"她知道此时此刻的沈阳已经站在她的身后了,"沈学长"这个称呼是曾经他自己说的。大二的时候,某人追小钰,在教室的门口堆了99朵玫瑰花,桃红的玫瑰,每一朵用青绿色的塑料纸包裹着,显得特别多,特别壮观。很多人都来看。沈阳给她短信:"听说你很幸福啊!"

"翠花专用红配绿,还挺好看。"

"沈学长听说要伤心了。"

"只是好看,比不上沈学长的这句伤心,听了觉得好幸福。"

果然,沈阳已经走了过来,和小钰擦身而过后走到张倩的身边,他的表情也看不出丝毫的尴尬和犹豫。"啊呀,被老婆抓住了,刚求婚就看得这么紧呀!"

"谁要抓你,你能抱抱小钰还不是托了我的福,对吧?钰。"张倩说着这句话,她的手已经挽住沈阳的胳膊了。

"八了百了标了兵了奔了北了坡,有了一个两个一对人呀秀幸福……"辛钰就说着转过身去了,她好像听到身后有星星坠落的声音,在这个清晨的校园里,她无所顾忌地抱住了那个人,然而不过一眨眼的工夫,她必须同样地伸出双臂,去拥抱那个代替她享受了属于自己幸福的女人。

那真的用大白天陨落星星来形容再贴切不过了。

南瓜车

她可以想象到沈阳穿着西装的模样。她估计沈阳会穿黑色的西装,也许会是深蓝,里面的衬衣必定是粉红色的,可以衬托出他圆圆的脸蛋和圆圆的眼睛,不仅正式还带着一点点的可爱。

如果她是站在他身边,挽着手走进礼堂接受祝福的那个女人,那么她一定要让沈阳这么打扮。

她无法想象自己会穿着什么模样的衣服,因为她的心里,成为新娘是一个遥远得连梦里都不会有的画面。所以当沈阳挽着新娘步入礼堂的时候,辛钰骑着她有着竹编筐子的粉红自行车,穿过熟悉的校园。她发现学校看起来比她初来报名时漂亮多了,那些没有修好的路和建楼时堆积起来的土堆,不知不觉搬离了,那些小树已经长大了。

已经春天了,于是他就要毕业了,于是他结婚了,于是辛钰也开始抓紧自己的梦想了。

她穿着深黑色的西装,里面是简单的牛仔裤和T恤衫,车筐里的包里,塞着她今天第一次上培训课的课本和笔记本,还有她也许要穿的衬衣和A字裙。那天他们是"偶遇",特意没有去小寨,去了钟楼,他去买礼物给张倩,她去选实习培训穿的衣服。

他们俩特意这么巧合的。辛钰当时觉得衬衣有些贵,也许小寨有能买到的那种。于是她试了试并没有买下来,等她去洗手间出来,沈阳已经不见了,等了一会儿,他没有从厕所出来,而是提着那件衬衣和一条A字裙来了。

"我请你吃饭吧。"

"我请你。"

"你结婚那天我去不了,所以我请你吧。"

"你现在正是花钱的时候吧,实习来回坐车,买衣服化妆,如果有困难告诉我。"

"肯定告诉你。"

……

辛钰骑着车子,从春天的校园穿过,他们的对话一遍遍地浮现出来,此时此刻,应该已经开始从家里接到酒店了吧。她如此想着,车子刚好从减速带骑过,颠得她差点摔倒。她把自行车放在大门口,拿了包往车站走去。多亏了600路的终点站是他们学校,不然永远都不可能有座位了。

辛钰想到关于和沈阳的点点滴滴,第一次在回民街遇到的那个冬天，回民街里面那么拥挤，那么热闹，但是都没有吸引辛钰，辛钰只被沈阳吸引了，究竟是他的眼睛还是耳边的那句话吸引的呢？他们再相遇的地方也是火车站，依旧是那么拥挤，两个人的手就拉在了一起……等到张倩真实地出现，她却还是没有抵抗住，半夜逃宿了。和沈阳出去，大概是她唯一的一次逃宿，两个人坐了600路的末班车……辛钰记得那晚的花朵、记得那晚说的话、记得两个人的手紧紧的拉着，那晚成了辛钰记忆里最温馨的时刻。

也就是那晚，辛钰的心被沈阳紧紧地拉住了。但她也明白，一个突然出现的自己有什么资格搅乱沈阳的生活，以后的日子里，辛钰一遍遍地鼓励自己忘了沈阳，又一遍遍地见到他后爱上他，一次次地看到张倩和他在一起，告诉自己这是最后一次，可是受虐的心态上了瘾，下一次约着出去，只要沈阳在，又和蛾子一样扑了上去。

可是现在，一切都尘埃落定了。

……

辛钰站在600路公交车站，因为是周末，已经有挺多等车的人了。她知道自己将会有越来越少的时间坐这辆车，也知道会告别这个学校，她希望就像告别沈阳一样，一切都会过去。

现在她已经开始在西安的一家电视台培训学习了。她并没有十足的把握，在众多培训的人中，可以最终留下她，但是她很愿意尝试。参加培训的考试中，辛钰第一次做了自己也觉得不齿的事情。虽然犹豫过，最终还是做了。对于一个外地的女孩，没有特别牢靠的关系，即使她知道自己已经很努力了，即使可能这个电视台是很多人根本看不上的，可是她还是要抓住这个机会。她是这么告诉自己的：不仅仅是她,如果是任何人,都会像她这么做的。

当初得知这个电视台要招人,报名后没有几天,第一次面试的项目其实已经通过张倩告诉她了,并且嘱咐她一定要告诉其他的同学,那个晚上辛钰一直在想,原本她想问问梦梦,她想最后一天再告诉大家,这样她有比别人更多的时间准备,起码确定在第一次的考试中她可以被留下,她不知道这样算不算是道德败坏。

在那个夜晚熬过去之后,她悄悄地开始准备着考试的题目,并且做好了谁也不说、装傻装忘记的思想准备。

于是她考了第二名。三年来积累起来的好人缘,被各种谩骂替代。辛钰始终觉得自己是值得的。她已经坐上了公交车,她没有上二楼,从心里来说,这几天是悲伤的却也是值得快乐的,她终于可以参加电视台的培训,也终于看到自己大学唯一爱过的一个男人结婚了。

现在的她回想起那天的情景,她不知道有没有下雨,也不知道是晴天或者是阴天,她只记得自己伸手去摸装在袋子里沈阳买给她的礼物,她觉得自己的肌肤很渴望被抚摸。

第一天的培训是在一间阶梯教室,并不需要真的上镜,那些衣服也不用换上,除了其他几个学校通过第一轮考试的几个人,实际上还有另外三个辛钰的同学,辛钰很识相的,没有要求一起从学校出发,她知道别人都怨恨她。

从做这件事情起,辛钰早就做好了全部的准备。阶梯教室很大,今天早上,来了一个电视台的负责人,只是讲了讲培训的意义,然后告诉他们课程是如何安排的,以后每周六、周日,早上九点到十一点半,下午两点到五点半,将会有各种相关课程教给大家,需要来的人签到。

辛钰听到有人小声地抱怨着,说怎么这么麻烦,好不容易的假期就要泡汤了。而她什么也不想说,也许是心情也许是这个机会对她太来之不易吧!

"中午吃饭我去找你吧,反正结婚的地方也不是很远,我已经随礼了,一会儿开始就过来如何?"

"不用了,梦梦,我自己可以吃。"

"今天怎么样?有没有上镜?"

"没有,只是讲注意事项,以后周六日都要全天上课呢!"

"那你好好听课,别管别人怎么说,那你中午怎么办,她们就是那样,别理她们。"

"我想问问你沈阳穿的什么颜色的衬衣呢?"

"你别想了,不是粉红色的。"

"呵呵,不回啦!"

中午两个小时休息的时间,辛钰打车去了回民街,她要了一碗炒凉粉。她吃着吃着就哭了,是为了自己的感情还是为了现实?她觉得自己都令自己恶心。

第一天课程结束后,她走出教室,觉得很沮丧,一个人去洗手间对着镜子里的自己看了又看,不顾脸上是不是有妆,她捧起自来水给自己脸上来了几下。

"加油,辛钰,振作起来,你离目标越来越近了。"

"你咋出来的这么晚呀,给你电话短信都不回。"

"梦梦,你一直等我呢?"

"没等呀,我逛了一圈,咱刚好吃个饭。"

"你真好。"她抱住梦梦,她觉得自己已经足够幸运了,在这样的时刻,有人愿意等着她,有人知道她需要这样一个可以拥抱的身体。

她们一起去了一家小的烧烤店。本来说好要喝点小酒的,最后还是没有。她告诉梦梦:"已经过去了就过去了,伤心的时候是不能喝酒的。"她们坐600路回学校,叽叽喳喳地说了很多话。到了学校,天已经黑了,找了几圈自行车都找不到,辛钰努力地想了又想,觉得自己大概忘记锁车子了。

"哎,梦梦,他送我的第一个礼物,我好喜欢竹筐子的小粉车子。"

"小钰,我一直想劝你,你说你和他是你插进去,你不想破坏,你觉得和张倩在一起才是他的幸福,但作为外人,我看得真切,他给你的一切都是见不到光的,就和我们都知道的俗气的灰姑娘那样,南瓜车漂亮的礼服,一切的一切都是12点后就没有的。而你,不是那个会有王子拿着鞋子去寻找的灰姑娘。"

"你说得对,宝贝,我需要的是在培训后被留用下来,这样就可以留在西安了,就有你不管在我成功还是伤心的时候都陪着我,不是这个破烂的南瓜车。可是要辛苦你和我走回宿舍啦!"

"走就走,我们散步,多浪漫。"

……

辛钰在众多的培训人员中被选拔出来的时候是周日上课的最后一天,大教室以及形同虚设的签到,令开始还签了到再走的人干脆直接不用来了。辛钰原本是想坐得更前一些,但前面六排根本没有人坐,明明想听课的她只能坐在第七排的位置,她记得七这个数字,这是她经过一番观察得出的,她总是到得稍早一些,所以,她要数好排数,就可以早早坐下来了。

她在此期间认识了一个女孩,长得有点胖,个子挺大。她看起来生活就很好,说话嗲声嗲气的,她问辛钰是不是每节课都会来呢,辛钰觉得奇怪,但还是回应了她,说如果没有特殊的事情,一定会赶来上课的。

"那我请你吃饭吧。"

"你说什么呀?"

"我叫李娇娇,叫我娇娇就行,有话我就直说了,拜托你了,帮我签名吧,我以后都会感激你的,好不好嘛?拜托拜托了。"这个姑娘说着说着,还拉起辛钰的胳膊。

"那没问题,你的娇是不是娇气的娇呀,很会撒娇呀,我帮你没有问题啦!"

"你真是太好了,我看你似乎会一直来的模样,还坐在前排是记笔记吧,到时如果你有事情,还要拜托你短信我一下,老师讲的题目什么的。"

"你既然愿意学习干吗不来呀?"

"不是我不愿意,但我害怕我爸妈,他们万一问我,我好知道怎么回答。"

"哦,你是西安人吧?"

"嗯!西安生长的,你不是西安的?"

"我是新疆的。"

"哦,可是长得不像新疆人,但是也很好看。"

"谢谢夸奖,所以我必须要帮忙了。"

"我都不知道怎么感谢了,如果你不让我请你吃饭我就要去死了。"

"没事没事,这又不是什么难事。"

于是,辛钰每节课都把笔记的题目和主要内容编成短信告诉她,其中有两个内容辛钰觉得讲得特别好,一个是"新闻稿的编写能力",另一个是"主持人的副语言如何把握",她还特意地复印了这两章的笔记准备结课那天给她。

那天辛钰刚走到教室门口,就被叫住了。

"是辛钰吗?"

"您好,我是辛钰。"

"我是制片,姓张,你跟我来一下。"

"哦,张制片,您好。"

"你手里拿着什么呀?"

"这个呀,哦,这个是复印的,哦,一个朋友这两节课没有来,我的笔记她想看一看。"

"是吗?那我一会儿看看你的笔记可以吗?"

"可以呀,但是您还用学习这些呀?"

"不用,不用,就是好久没当学生了,一会儿给你粗略地讲讲一些机子的作用以及我们栏目的安排。"

"这也是辅导的一部分吗?"

"也许比你的笔记有用。"

"那我一定认真地记住，不用本子，用脑子记。"

"呵呵，小姑娘又漂亮又可爱呀，不过以后要学习的东西还有很多呢，我们的栏目有两大块，一块是直播间录播的，还有一部分是外拍，外拍比较辛苦，实习生出去的概率高一些，你必须要做好准备，也许半夜，对了，你大三了是不？那课还多不？晚上让你出来怎么办？"

"我会努力安排好的。"

"你们学校很远，但有时候要一大早录节目，你可不能晚到让所有人都等你。"

"不会的，我肯定会按时的。"

"不要拿学校有课或者什么来请假。我们就准备录用你了，但还有最后一个实习的考核。"

"我？录取我？"

"来，过来，咱们从机子认起，这个是……"

这一年，辛钰上大三，已经是下半学期了，她开始准备毕业的论文，也开始有了上镜的机会。这一年太辛苦，除了身体的劳累以外，还有因为委屈带来的心里的悲伤和不能化解的寂寞，她偶尔会在学校遇到沈阳，他已经留校开始做学院的行政工作，有的时候，辛钰盖章要通过他的手，辛钰觉得他变得成熟一些了，明明知道她来了，也能做到忙碌着自己手里的各种文件、电话，像对待所有学生那样，在辛钰请他做事情的时候，微微地正正身体，不紧不慢地放下手里的工作，对着辛钰笑笑，然后讲解明白他知道的事情。

"辛钰不错呀，越来越有大主播的气势了。"

"谢谢哦，夸奖了。"

"加油哦，学校都支持你。"说着，从抽屉里取出一个塑料袋，装着各种的红章，一个个地看一遍，取出一个在辛钰的资料上盖上章。

"好了，拿着吧。"

"谢谢学……谢谢你！"辛钰接过来，到嘴边的学长叫不出来，她顺着他的手看他的手臂还有肩膀，发现他白色的polo衫上有两根头发。

现在的他已经不穿运动的T恤了，穿这种带领子的衣服。

"辛钰？"

"哦，再见，辛苦了。"她接过来，来不及装进包里，着急着就走，每个人都害怕不能自控的时刻吧。她推开办公室的门，走过楼道，走出大楼的门，阳光不设防地往眼里钻，她觉得自己要去吃点什么东西，她有种说不出来的感觉，和饥饿有点类似。

"怎么刚才看你突然不舒服的样子，没事吧？"手机里很快传来这条短信，她在阳光下吃力地阅读出来。

"可能跑神了吧，没事的。"

后来辛钰忙到这样的时刻都没有了。她很努力地学习每一件事情，从最初的一句话要背好几遍，到后来一大段的话，眼睛很快地扫一遍就能记得差不多。她学习外拍时自己先查好相关资料，报道的稿子自己就可以写。大三的一整个暑假，她常常住在电视台，也就一个小的沙发，梦梦让她住在自己的家里，但梦梦的家里毕竟还有父母，所以她就借口说自己要在台里加班学习剪片子，实在不想跑来跑去的。西安的夏天很热，台里到了晚上空调是停了的，她窝在皮沙发上实在热得难受，她自己准备了一个小的盆子，用热水壶烧了水，掺成温水，热得不行的时候，就擦擦身上，因为总是上镜，头发上也总是各种的发胶，有时候，就去外面的理发店洗个头发，出镜太晚了，理发店都关门了，只能自己洗。一个小的热水壶烧的水就那么多，就直接在水龙头上用冷水洗，最后头皮才用温水冲冲。假期的时候，她去梦梦家，梦梦的父母就给她做很多好吃的，看她太瘦了，劝说她到家里来住。有几次，她突然就想哭，有点想念自己的爸妈，她不敢告诉他们自己睡在台里，不敢让他们知道自己其实并没有租房子，她在电视台实习，说好的是给她一个月1200块钱，从她被确定留下来开始，春天过去夏天也接近尾声了，但是钱从来没有发过。

一般出外景什么的是可以自己化妆的，但是正规的新闻节目她都需要去专业的化妆店，虽然办了化妆卡会便宜很多，但一个月下来就把父母给她租房的钱全用了。台里也并不会给一个实习生提供上镜的衣服，而上镜的衣服又不能太重样子了，她做的栏目又是偏向新闻类的，这样下来也是一笔很大的开销。

辛钰会想起从云南回来，在那个饭桌前，她要求要参加播音主持的考试。那时候的她，就好像身体里住着另外一个人，那个人自闭、自卑，还开始患上了厌食症……她这么想着就觉得自己心里装着一个奔头还是好的。

这个暑假里还发生了太多的事情，辛钰在台里剪片子太晚直接趴在机子上睡着了，后来感觉什么东西动自己，猛然醒来看到一只大老鼠，它就在自己的手边，辛钰惊叫的声音吓走了它，大概是在偷吃辛钰吃剩下的一个鸡蛋糕。本来困得已经快要坚持不住的她吓得睡意全无了，她拿起自己的洗脸盆去厕所接了水就往自己身上浇，一次又一次的，她真的吓坏了、恶心坏了，等她稍微冷静下来了，湿漉漉的她坐在厕所门口的楼道就开始哭，整个台里只有她一个人，一个刚刚21岁的单身姑娘，在夏天这个听起来应该充满了冰激凌、短裙的季节里，陪伴她的只有一只老鼠和厕所里冲醒自己的冷水。

她冷静下来，去拿手机，子夜一点多了吧，她翻看着自己的电话号码，这是她第一次在夜晚这么主动地打电话给沈阳。

电话很快被按了，她拿着被挂断的电话，眼泪在不停地打转，突然电话又响了，她看着沈阳的名字眼泪夺眶而出，可是接起来还没有说话，她就听到沈阳的声音："可能是学校学生闹着玩，响了一下断了，这会儿打过去又没声音了，你快睡，喂喂，你听没声音呀，把你吵醒了，以后我晚上关机……""没事没事，你不能关机的，我不害怕吵，万一是学生有什么紧急情况……"辛钰听着，她捂住自己的嘴巴，刚刚的感动被击碎在地。她没有挂断电话，直到那边终于挂断了电话。

辛钰找了毛巾把自己擦干一些，继续把没有做完的工作做完了，她觉得就是有再多的老鼠她也不害怕了。

有时候，女人会突然变得特别的坚强。但就在这个暑假里，辛钰去参加一个外拍的活动，是西安市南门城墙一个特别大型的活动，活动一直持续到晚上十二点半才结束，原本感冒发烧的辛钰想请假，可是考虑到是大型的活动，是自己的一个锻炼机会，并且编导说，没人愿意去，她还在实习，找理由请假不合适。夏天发烧本来就是一件难受的事情，加上到了夜里，病情总是会加重的，等到结束的时候，踩着高跟鞋的辛钰已经站了至少六个小时，她实在撑不住了，想打车去随便什么酒店好好洗个澡吃了药睡一觉，参加的人太多，所有的人都在等着打车，她根本打不上车。

"大哥，能不能带我一段，随便到能打车的地方，我有点不舒服。"辛钰看摄影的师傅年龄大不了她几岁，而且他自己开车，于是就试着问问。

"那你跟我去我家？"

"这，不麻烦了，我去外面酒店就行。"

"你让我带你就陪我。"

辛钰从来没有想过这些事情，她还没有遇到过男人这么赤裸裸的发问，大学的时候有人追他，也偶尔会有奇怪的带着挑逗的短信，但是这可是同事，并且说得如此直白。

"那，那我自己就可以，不麻烦您了。"

"你以为自己是谁，老子还他妈不稀罕你，像你这样的，能进来实习，不知道多少人睡过你了。"整个喧闹的南门城楼下面，就剩下这么一句话，就剩下一个生病疲劳的辛钰和这样一句莫名其妙的羞辱。

后来还遇到过几次这样的事情，比如张编导让她给李编导带一句话，热情、积极的辛钰当然以最快速度完成了这件事情，可是王编导听到了，就当着人面突然骂起辛钰："你是不是没脑子，人家让你干吗你就干吗？你是不是嘴贱就喜欢给别人带话，还是你觉得自己命贱，不给人跑腿难受……"

辛钰还是年轻，被这样的谩骂吓到了，她没有办法不动声色装作没什么，她只能自己躲进厕所里，哭到想把脑袋塞进马桶里，干脆淹死自己才好。

台里的事情和关系要复杂得多，几个栏目的人一起吃饭，另一个栏目的编导让比她早一年进来的姑娘送喝醉酒的制片回家，辛钰早就知道这个制片中年离婚，一个人生活，本来就有找姑娘的毛病。

"编导，这么晚了，张制片还喝酒了，我觉得她一个姑娘送他不合适，关键她也没有那么大的力气。"

"小辛，我觉得你脑子不清楚，要不就是没让你送你不高兴了。"

"我是觉得吧……"

"我告诉你，有些事情是你情我愿的事情，该发生的就会发生，管不了那么多，也赖不了谁，或者她还要感激我给她这个机会呢。你要知道很多人和你不一样，当初你能留下来知道为什么吗？现在你一个人又是主持又是剪片子，稿子也是自己写的吧，你知道为什么吗？因为制片看上你是外地女孩，没权没势，台里就是需要一个什么都肯干的，当初你们培训，别以为没人看着，有人盯着呢，只有你不迟到不早退，这才选的你。"

"哦，那我大概多嘴了。"

"小辛，你真能吃苦，长这么好看，有时候可以聪明一点儿。"

从辛钰记事起，叫起她的名字来，更多的还是小钰，这是比较亲切的叫法了，她的记忆里，第一次有人这么叫她"小辛"这个听起来似乎带着些陌生的称呼，也许就和所有工作后同事之间小王、小李这样的称呼一样，而这个不知道是好意还是什么情绪的"提醒"，大概就是说明她已经慢慢地长大了，已经从原本可以犯错的孩子，变成一个必须为了自己的决定负责的成年人。

辛钰终于领到了第一笔工资，一共是3000块钱，这和之前承诺的每月1200块钱比起来，要少了很多，辛钰一个人又是内又是外地这么录节目，接了任务自己写稿子，录好了节目自己剪辑起来，没日没夜地干了六个月……

但总归还是很快开心起来了，人生第一笔靠着自己挣来的钱。辛钰在那个时候就已经明白，其实和钱比起来，她赚到是这个可以自己上手操作的机会和更多的经验以及坚持下来的决心。而钱对于她来说，此时此刻可能更为实际也更有说服力。

她用150块钱和梦梦吃了一顿火锅。大夏天里开着空调吃得汗流浃背的。梦梦说，这样才能有深刻的记忆。梦梦陪着她给妈妈买了一个八百多块钱的包，给爸爸买了一条最贵的好猫烟，这个是陕西的香烟，虽然她一直不喜欢爸爸抽烟，但爸爸这么疼爱自己，她觉得这个心意还是要有的。

比较纠结的就是想给沈阳送一件礼物，梦梦说一定要送一个可以一直保留的，才有意义。这个时候的三千块钱剩下一半还多，说多算是多了，说少其实太少了。辛钰知道，这件事情其实是没有意义的，在那个遇到老鼠的夜里，她拿着电话听着那边说完话然后挂断，那一刻她觉得世界是变了的，她以为她的世界起码再也不要有他了，然而她挂了几次他的电话后，心里还是没有办法放下。

"你干吗买护肤品,这个用完就完了。"

"对呀,你知道吗?其实我觉得我对于他来说就是护肤品,用完就完了。"

"哎,我不知道说什么好,沈阳这个有点特殊。"

"也许不是不喜欢,又或者也带着那么些爱,可是程度不够,不足以放在最重要的位置。"

……

辛钰看得明白又如何,明白不代表可以放得开。人和人的关系总是很微妙,男人和女人更是微妙,辛钰把沈阳约出来的时候已经是新学期了,她大四,他正式工作。

"好像很久不见了。"

"你怎么又瘦了。"

"你怎么又胖了。"

"过早地步入中年发福的行列。"

面对面坐着,突然只剩下周围的声音,一阵一阵的声音,却没有属于他们两个的。

"钰,一定很辛苦吧。"

"不辛苦,很充实。我也赚钱了,这个送给你。"

"第一份工资给我买礼物?"

"那给谁?"

"辛钰。"

"干吗?"

"辛钰。"

"干吗?"

"哎。"

"你干吗?这个很高级了,还叹气。"

"省里的电视台招人,没有公布,需要可以直接用的年轻人,但是签约需要试用一段日子再看,你愿意我可以找人操作。"

"我?你帮我?"

"别用帮,我应该的,我愿意的。"

"这……算了吧,她知道会不高兴的。"

"我为你做的只有这么多,我知道你现在做得不错,因为你特别努力,他们肯定会签你的,应该就是最近,而我给你说的这个,签不签并不确定。不过,辛钰,你那么优秀那么努力那么漂亮那么那么好,你该给自己更宽阔的舞台,你又这么年轻,你不会害怕什么的,大不了再去别的地方,所以我希望你好好想想,我这边,答应你的都一定会做到。"

辛钰当然不会知道,自己有点冒险的选择是因为自己很勇敢,还是因为自己愿意在他面前做一个勇敢的人,抑或者是她从来都不想让他失望,不想拒绝他给予她的。

于是她像个传奇一样地拒绝了正式的合同,投入到新一轮的实习中。

于是在拉萨

她终于踏上了开往西藏的火车。对于火车来说,这是一场太平常不过的旅程了。也许从这辆火车出生的那天起,它已经来来回回在这条路上重复走了太多年,路上的河流、树木甚至是过往的动物都在它的眼睛里看着出生、长大、衰老……可是对于小钰来说,一切都是新鲜的。一辆火车会有多少间小屋子?这些软卧包间里的这一间现在有一块是属于她的了。她放好行李,放好想要阅读的书籍,放好路上吃的食物。辛钰脱掉鞋子,她是不常穿运动鞋的,尤其是在上了大学学习了播音主持这个专业后,她更是要学会习惯高跟鞋带给她的气场,然而现在的她是去旅行,是去西藏旅行,出发前她特意去小寨买了一双阿迪三叶草旅游鞋。她把被子和枕头都垫在身后,靠在上面的她又蜷起双腿，两个胳膊习惯地抱住双腿，下巴顺势地架在膝盖上。

火车还没有开。

"就是这个，你睡下面还是上面？"

"急死了，差点赶不上。"

"别着急，没事的，你睡哪个？"

"姐，你睡上面吧，我爱动，要不弄得你睡不好了。"

辛钰的下巴一直贴着膝盖，她转动着眼睛看着两个走进来的女人。姐妹俩拿了一个大箱子，还有好几袋的白色超市塑料袋。开始她们试图把箱子扛到上铺的行李架上，但是太沉了，辛钰原本想要帮忙，她们却已经转而把行李塞进了床下。那些装着食物的塑料袋堆在她们下面的铺位上。

姐妹俩终于放好了大箱子，开始收拾那些放食物的袋子了。妹妹提起它们，直接地堆在两个下铺中间的小桌子下面，姐姐坐下来后开始从桌子下面拽出塑料袋，一个个地收拾。

辛钰看着姐姐把里面的矿泉水、方便面、巧克力饼干等一件件地拿出来，小桌板一下子被占了大半个，只留下了一个放垃圾盘的空间。

"啊呀，洗漱包没有拿出来呢。"妹妹对着姐姐嚷嚷道。然后就蹲下来，也不管地板是不是干净就直接跪在上面，把行李从铺位里往出拉。

这个时候，一个外国的男人弯下了腰，也进到了这个包厢里。男人的头发黄得发白，非常高，就是太瘦了。在这个小包间里，辛钰从她的角度看过去觉得这个人个头要超过一米九了。外国男人进来后看到窝在那里的她和坐着的姐姐,就点着头说"你们好!"他的发音还不错,正在往床下钻的妹妹着急地钻出来打招呼,结果头咚的一声撞在小桌子上面。辛钰忍不住地笑了出来,其他人都没有笑,这让她觉得尴尬,只能问那个妹妹:"没事吧?"问完了,又加了一句话:"你也太可爱了。"

车子就这么开动了。辛钰期待的旅行在不知不觉中开始了。期待的事情总是这么悄悄地来了。或者也会渐渐地离开了吧。

这对姐妹以及那个外国男人都在路上或多或少有了高原反应,尤其是那个开朗活泼的妹妹,夜晚来临的时候,她就开始呕吐,接着的那个白天里她就一直昏昏沉沉地睡着,塑料袋里那么多的零食几乎没有被她们碰过,外国的男人差点晕倒,要不是他的英语很好估计会非常麻烦,还好他及时地在上铺呼吸氧气,辛钰才丢下了书本,光着脚丫冲去乘务员的屋子里,带来了医务人员和氧气瓶。

整个车厢里弥漫着为了期待而备受折磨的气息。辛钰去上厕所或者散步或者洗漱的时候,总能从开着的门里看到包厢里因为高原反应而面色难看的人们,偶尔看到一个包厢里有四个年轻的人在玩扑克牌。

这样的欢乐倒像是假象。辛钰猜想着他们是一起结伴而来的还是萍水相逢的。辛钰看书,有时候,帮同车厢的人接开水倒垃圾,有时候对着窗外发呆,景色一直都说不上斑斓,但是空旷的大地透露出荒凉的期待。辛钰原本想要记一记日记的,但是她一个字都没有写,她也没有戴上耳机听音乐,她不知道为什么这种几乎是没有什么景色的景色吸引着她一直张望着,即便是黑夜了,她看着窗外的黑色也能一直目不转睛。

就在快要到达拉萨的那个白天里,她从火车的车窗上第一次看到了真的藏羚羊,那个一直呕吐的妹妹突然来劲地喊叫起来,姐姐就拿着相机恨不得从车窗跳下去把镜头贴着藏羚羊的脸来拍照。辛钰不知道自己为什么一直盯着窗外却什么也没有发现,接着她还没来得及取出相机,藏羚羊就已经离火车远去了,也或者说是火车离藏羚羊远去了。

这一下子,辛钰的心就空空的,一种失望一下子涌了上来。她去拿压在枕头下面的包,翻出了那本熟悉的书。她的手在上面一遍遍地抚摸着抚摸着,她还是拿出了手机。摁下了几个字后她决定还是不发短信了,她从铺位上爬起来,踢踢踏踏地拖着鞋子向包厢外面走了出去。

"喂,小钰,怎么了?"

"没事,你在办公室还是教室?"

"哦,在外面,方便说话,你说吧。"

"随便打个电话……没……没什么事情。"

"没出什么事情吧。你在哪?"

"我刚才,刚才看到藏羚羊了。"

"什么?你在哪里呀?"

"我,我……我在拉萨,我还没到,在火车上。"

"你怎么跑那里去了?不是一个人吧?安全不?"

"安全,我……我和梦梦一起来的。"

"哦,那就好,你们要注意安全!好好玩。"

"你……你最近好嘛？"

"嗯，挺好的，其实也没什么特别的，长途电话就不多说了，每天给我发个短信报个平安行不行？你们好好玩，注意安全，照相什么的往后退的时候要多看看后面……"辛钰听着，自己点着头。她还想说些什么话，比如我想你什么之类的，可是这些话她又怎么还能说呢，又期待着他能说些什么，可他的叮嘱说到最后也就是这些了。

夕阳西下的时候，火车开进了拉萨车站。

辛钰拉着自己的行李，走下火车，走在西藏的天空下。天色并不明媚，她不知道自己为什么突然变得这么安静，不仅仅是声音，还有她的动作、她的思想以至于她的血液和心跳都慢了下来。

"或者这也是一种高原反应吧！"

辛钰的心里这么想着想着就走出了火车站。火车站距离拉萨市区还有一段的路程，辛钰思索着是否打车。这才意识到一切太匆匆，她没有任何到达后的准备。从前她也是这样的，一个人旅行一个人从这里到那里，可是总是会或多或少的地做一些提前的准备，看一些攻略，提前订好酒店，这些都是最起码的。

何况这里是西藏，她站在火车站的出口，看着阴沉的天空和远远的山，光秃秃的山，远远的像这会儿她不知道该如何寻找的那个西藏。

"美女，你在这里等人？"

辛钰看见是同车厢的那对姐妹，妹妹拉着箱子对着她叫喊。

"你好些了？"

"没事啦，折腾够了，你一个人还是有人接？"

"……我一个人。"犹豫了一下,她说了实话。

"咱一起打车吧,钱三份,你出一份。"

"可以嘛,这么平均呀。"

三个人就坐了一辆出租车,姐姐坐在前面的位子,辛钰和妹妹坐在后排,这会儿的妹妹已经忘记了高原反应这件事情,姐姐却似乎有点蔫下来。

妹妹开始把在火车上没有说的话一个劲地说着,开车的司机也跟着热心地凑热闹。辛钰得到了一些关于拉萨和整个西藏游玩的信息,虽然还不能确定有多少是正确可行的,但是空空的脑袋里开始逐渐有了一些实际的轮廓。

她得知这几天西藏就要迎来一年里最隆重的"晒佛"节,得知西藏的江南是"林芝",得知现在是旅游的旺季,上布达拉宫要提前排队买票,得知她这么一个游客想要看"天葬"是几乎没有可能的。

辛钰还在司机的介绍里确定下来,三大圣湖里一定要看一看"纳木错"。她就这么盘算着,就到了酒店。是这对姐妹定好的,辛钰碰运气的希望有刚好的空房,可惜现在是旺季,运气不够好。

"明天我们这里就有空房了。"

"好吧。"辛钰正要和姐妹告别。

"姐,要不和她挤一晚吧,这么晚了。"妹妹伸手去拉正给前台递身份证的姐姐。

"这个……那……其实也可以,不过酒店不知道可以不?"

"可以可以,多住一个人嘛,反正明天就有房子了。"

"没事,不晚的,我的行李也不多,我自己旅行很多次了,不害怕的,谢谢你们了。"辛钰看得出来姐姐还是有些为难的,这种为难当然是情有可原的。辛钰本来就不想给别人添麻烦,何况一起搭了车来,已经令她心里很感激了。

"真的没事的,火车上我们不是也睡在一个屋子里的?"

"我也不习惯和别人一起睡,这里也不比一般的地方,你们本来就高原反应,再睡不好根本没办法玩了。"

"你真的别走了,你一个女孩确实也不安全,就和我们一起住吧,你要可以晚上请我们吃饭。"

跟着她们随着酒店的指引到了房间,屋子里的摆设很有特色,带着一种浓重的西藏特色。窗框上的印花和被褥上的印花是相似的,还有那些无法被阅读出来的藏文,带着浓重的神秘气息。床是一整个像是用水泥切成的台子,上面被一个木制的桌子分成两个,比起一般酒店的那种标准间每张床都要大一些。

"你随便放行李,就和自己的屋子一样,没事的。"

"好的,真谢谢你们两个了,晚上让店里加个床给我吧。"

"你客气什么,咱们相识在路上,还是在去西藏的路上,多有缘分,你不介意我和你睡都行。"

"可以,只要你不介意,你们两个要洗漱吗?我简单地洗洗,咱们赶着天黑前去街上吃饭如何?"

"好的好的,我补个妆弄弄头发,咱们好好地吃一顿。"

辛钰先去洗手间,她迟疑片刻,想着是否要带上自己的包包,但又觉得人家都让她住在自己定的房子里了,她这样显得太不信任别人了。她半蹲在马桶前,站起来打开水管,让流水的声音掩盖了自己上厕所的声音后，才顺利地解决了。她洗洗手就出去了，打开行李箱，取出洗漱包，这时候妹妹正在画眼线，埋怨地说着自己的眼线总是画不好。

"你等会儿，我洗个脸给你勾个眼线，我大学时候学过化妆。"

"真的假的？那你快洗。"

辛钰自己洗了脸，擦了梦梦送她的毕业礼物，是全进口的护肤品，保湿效果特别好。涂隔离霜的时候，盖子还没有拧开，因为高原而膨胀了的隔离霜已经自己蹦了出来，辛钰干脆就给自己的脖子和胳膊多涂抹了一些，她的习惯是要等一会儿再涂粉，这会儿刚好给那个妹妹画眼线。

几个人收拾好了就出门了。辛钰的心情一下子舒畅起来，她就是喜欢这样美美地出门，她一直在笑，脸上的表情已经不能抑制了。西藏的太阳还没有落下去，但是并没有传说中的那么凶猛，而风不冷也不热，她喜欢幻想着去旅行，更爱旅行进行时。这个时候，她的手机发来了短信："一切都好吗？已经到了吧？住得安全不？"

直到三个人终于坐在餐厅里了，她还是没有回复短信，她依旧还是没有放心这个人，她想让他担心，又知道其实自己害怕他担心。

吃了饭，外面已经黑下来了。这间特色的藏式餐厅已经变成了小酒馆的模样，昏暗摇曳的灯光，似乎一杯酒下肚，眼前就都梦幻起来了。她并没有提议喝酒，毕竟刚来到拉萨的这个事实她还是了解，自己虽然没有高原反应，但该做和不能做的事情，辛钰分得清楚。

"喂……"

"你自己一个人去西藏了？"

"嗯。"

"那你干吗骗我说梦梦一起。"

"嗯。"

"你呀你呀,你一直挺有分寸的。"他的声音从电话那头传来,辛钰明白,他的责怪出自他的担心。她没有喝酒,可是这种情境下,她很希望自己醉了,她就会问他为什么要担心她,是不是因为自己的有分寸,所以就只能把委屈和伤心全咽下去;是不是因为自己的有分寸,就不能要求他选择自己;是不是因为自己的有分寸,所以就必须面对这个事实,永远不能放任自己的情感?

"喂,你那边信号不好吗?怎么了?你……你说话呀?"

"那我挂了,我在这边挺好的,回去给你们带礼物。"

辛钰把电话挂了。他们已经结婚了,而辛钰相信自己还有更多可以去做的事情,除了已经是一个被人认可的主播,还有更多可以去实现和想象的梦想。

她在西藏的第一夜睡得很好,第二天一大早,她就自己去了昨晚问好距离旅店不算太远的大昭寺。去的时候她的脸已经有点干干涩涩的不是很对劲了,可是她还是涂了厚厚的隔离霜并化了妆,觉得这大概并不会有什么问题。

大昭寺门口除了游客和小货摊之外,更吸引人的是燃烧的香火,进到了里面,更是充满了浓重的香料味道。她也搞不清楚究竟是因为阳光还是这些香火的味道,她脸上的皮肤又干又疼。等她回到酒店,昨晚已经说好的,中午等有人退了房子她就可以不打扰别人了,她去询问前台姐妹俩睡醒了没有,空房间有没有了等问题。前台是个比较年轻的藏族小伙子,估计不到20岁的样子,黝黑的皮肤,和泸沽湖的汉子比起来,羞涩的感觉压根没有,他会直接叫辛钰美女,会说姐姐你长得真美,你的眼睛真好看,你的脸蛋红扑扑的,是不是没有戴口罩呢?会说你的皮肤这么娇嫩,在我们这里风还有太阳都会让你的皮肤受不了的……她等了有好一会儿,前台的小伙子接了电话才告诉她,她的朋友们睡醒了,一会儿就下来了。这期间,她问了几个拉萨的景点,得到了一个非常重要的消息,那便是布达拉宫现在是旺季,提前一天订票都不一定可以订得上,因为这种受到重点保护的地方是要控制人流量的。实在自己订不上,可以多花一点儿钱找一个旅行社,这样虽然价钱高一点儿,可是他们有可能提前买了一些票,相对容易一些。

"让你等了吧?"

"没有,我聊天问问情况,早上一早出去影响你们了吧?"

"没事,主要是坐火车,我妹妹又有高原反应,所以害怕她休息不好身体有问题。"

"一会儿她醒了我去拿了行李咱们一起吃个饭,然后我准备去排队买布达拉宫的门票,刚听说最近是旺季,买不上票。"

"是呀,所以我已经电话了几个旅行社,定了一个一天的团队,包括大昭寺和布达拉宫,你要不要一起?"

"我已经去了大昭寺了。"

"感觉如何?"

"感觉我的脸特别疼,你们出门还是戴上口罩吧。"

"哈哈哈,我刚以为你打的腮红呢。"

"是吗?啊……"辛钰摸了一把自己的脸蛋,吓了一跳,她的皮肤摸起来有点好像树皮,又干又涩的,自己情不自禁地叫了出来。

"怎么了?"

"你摸摸,这是不是有问题。"

"啊呀,怎么这么干,你是不是晒伤了还是紫外线过敏呀,其实看起来还好,摸起来有点害怕,小伙子,你们这附近有医院吗?你不行去看看,问问吧,美女的脸上不是开玩笑的地方。"

"有医院的,我告诉你几个地址和路线,你自己去看看,估计是阳光的问题,你们这些美女的皮肤太娇嫩了。"

……

已经看过了大昭寺的辛钰因为去医院,耽误了买布达拉宫的门票,她只好报了这个拉萨一天的旅行团。旅行团的费用是包括一天的,早上的时候去酒店接她,接着就是上布达拉宫,中午的时候和团里的其他人一起吃午饭,接着要去一个卖藏药的地方,安排的项目里写着的是给团友展示藏医藏药的神奇。辛钰当然知道这个其实就变相地要卖药给大家的,她询问了是否可以不用去的时候被否定了下来。原本辛钰拿定了主意,看完布达拉宫,她连午饭也不稀罕,就直接脱离旅行团去玩,辛钰一直觉得在旅行中被别人安排着是一件非常扫兴的事情,尤其是被旅行团拉去那些卖东西的地方,只是想到可以再去大昭寺,想到已经交了多余的那么多的钱,辛钰觉得勉强接受吧。

接受一些到来的事情也没什么不好。辛钰在早上起床后,和所有的清晨那样,她服下了她的药丸。起初的她因为这件事情犹豫了很久,毕竟在西藏这种高海拔的地方,一般健康人都会有这样那样的反应，她不知道在这样的地方，这个药她是否还可以服用。辛钰却没有办法说服自己，她必须要吃下它们才能安心。另外，虽然医生叮嘱了最好不要再用化妆品，可辛钰摸着自己的脸蛋，粗糙的手感令她越加没有安全感了。

是一辆小巴车，她上车的时候已经没有很多空闲座位了。单人的座位脚下有一个大的凸起，是要蜷起了腿才能坐的，还有一个双人的，她蜷起了腿坐下来，把包包放在腿上。她已经太久没有这样穿着了。只有运动鞋和牛仔裤，加上灼烧的脸，于是她很希望把自己的身体全部藏起来。

依着窗户的她却不看窗外，她只是微闭着眼睛。

"很快就要到布达拉宫了，我不知道为什么要去那里，我不是信徒，我只是很想感受它。"睁开眼睛后她还是没有看看窗外，发出这条短信后，她把手机握在手里，继续闭上眼睛。那个时候的她其实想告诉他，真希望自己是文成公主，若是有人为了迎娶她修建如此的宫殿，也许她就能忘记他了。

"大家好，我们现在下车，在侧门那边等一下，我要去买票，一会儿注意不要走散了。"辛钰看了一眼手机，它很安静地躺在手里。她的脸上浮出一丝微笑，心里却觉得很沉很沉，准备好的口罩也没有戴上。

她拿着相机照了布达拉宫的侧面，她的眼中，正面似乎太过雄伟，她的内心已经觉得足够沉重，所以不能容下直面的压抑。她机械地跟着人群走，注意力都集中在手里握着的手机上，手机太安静了，她失落地再次抬起头，看到了一个背着双肩包高高大大的身影，胳膊黝黑粗壮。

辛钰想冲上去看看他的脸,但她不会这么做的。她记得布达拉宫里有着太多的珠宝,女人们大概都应该喜欢吧,只是那些镶嵌在佛祖身上的珠宝太过巨大,显得过于庄严和遥远。从布达拉宫下来的时候,大家都开始照相,这次清晰地看到刚才身影的正面。他拿着似乎挺专业的相机照相,阳光下认真的模样很像布达拉宫一样肃穆。

"需要帮忙给你和布达拉宫合影吗?"

辛钰上前问道,而他只是笑了笑,好像是摇头了,又好像说了"不用不用。"

事情也许该如此就结束了,辛钰的手机始终太安静,她跟着团吃了饭跟着团又去了医药馆,被分配到不同的屋子后,一个号称藏药师的人忽悠了几句,终于听不下去,不礼貌地先出去了。

"你没买点藏药?"

"不喜欢。"辛钰停了停,又问了一句:"你呢?"

"我?哈哈,当然不会买了。"

"你是哪里的人?"

"我?我是东北的。"

"东北哪里?"

"东北的一个城市。"

"你是不是觉得我是坏人!"

"为什么这么说?"

"根据我的了解,您的东北口音我从未听过。"

"哈哈,我是东北沈阳的,但是我在日本长大。"

"哦,你是日本哪里?"辛钰顿了顿,接着说,"还是不用说了,反正我都没有概念。"她在心里笑了笑,努力要忘记一个沈阳,又遇到另一个"沈阳"。

"那你是哪里的?"

"我是中国的西北,新疆,但是我现在在西安。"

"哦,我计划要去西安,但是没有新疆。"

"那你来的时候如果我在西安,可以带着你转转。"

"真的假的?"

"真的呀,我又不是坏人,给你我的电话号码。"

"那你也记一下我的。"

"你多大了?"

"我89年的。"

"啊?什么?比我还小?"

"这……不好意思,我长得老气。"

"不是不是,我不是这个意思,我只是没想到你比我还小。对不起哦,哎呀,我太不礼貌了。"

"没事,男人显得老一点儿也没有什么不好嘛!"

辛钰后来回忆他们相识的这一段时间,总是有不能衔接上的片段,好像很多梦,明明是发展下去了,但总有说不通和想不起来的细节,又可能是只有太多矛盾的细节,说不下去但真实发展下去了。

好像他们去完藏药馆后又没有坐一辆车,明明是一个团的,似乎没有坐一辆车,可是在大昭寺的时候又是相遇后一起进去的,她是第二次来到这里了,明明更严重的脸蛋,灼痛好像没有了,香火的味道也并不那么强烈了。她想和一只黑猫照相,只身一人蹲在地上,只能自拍……

结束了大昭寺之行后,她带着那个比自己小、却自称男人的他,一起去了到达拉萨第一天和两姐妹去的餐厅。这个她记得,因为那个男人说:"能不能给你照张照片?"她犹豫了一下,她觉得正在过敏的脸蛋有些粗糙,但辛钰同意了。

这个便是他给她照的第一张照片。

摘星人

"梦梦,我认识了一个男生,日本长大的,除了外形不是你喜欢的类型,但是总算是日本的嘛,拉萨之后似乎是要去西安的,到时候我们一起带着他玩。"

"你这是要给我介绍了?"

"哎呀,喜不喜欢还要你自己看嘛。"

"这么好干吗给我!"

"比我小,而且我又不爱小日本,你自己喜欢日本小男生。"

此时此刻的辛钰坐在拉萨八角一条街道边的类似咖啡馆的地方。这里是她花了一番功夫才找到的,第一次被自己心爱的男孩认不出来,她躲在书店里,走进外面的世界来寻求慰藉,那首特别美丽的诗

句刻在她的心里:

> 那一刻,我升起风马,不为乞福,只为守候你的到来;
> 那一天,闭目在经殿香雾中,蓦然听见,你颂经中的真言;
> 那一月,我摇动所有的经筒,不为超度,只为触摸你的指尖;
> 那一年,磕长头在山路,不为觐见,只为贴着你的温暖;
> 那一世,转山不为修来世,只为途中与你相见。

后来她还阅读了很多诗歌,海子的还有顾城的以及有些并不清晰的关于莎士比亚的诗句,而这样的几句因为最初的向往,永远排在最前面。而此刻她坐在这间坐落在拉萨街道一角的房子里,不管真真假假,传说写出那几句诗的喇嘛,是一个浪漫的诗人,他就在这里和他的情人会面。辛钰选了一个临窗的座位,这时候的她还很喜欢坐在窗边,尤其是对着阳光和着喧闹的街道,来来往往的人群在阳光里是镀金的明信片。

她很想把这些都讲给沈阳听,也知道如何挣扎也是徒劳,突然想起另一个沈阳。

"Hello,你在干吗?我这里有更好的地方要不要坐坐?"

"哦,我准备去布达拉宫前面的一个摄影展看看,请问你有时间吗?"

"哦,这样……没有问题的。"

天色已经微暗下来,但只是没有那么明亮了,天空更加清澈,蓝得一尘不染起来。她就在这样的蓝色里再次见到他,高大、健壮、黝黑……她刚刚的心情被一种愉悦完全取代了,这哪里是梦梦想要的日本小男生,似乎更符合自己要求的模样。"可惜年龄太小了。"自言自语地说了这么一句话,她就对着他挥手起来。

"你好。"

"哈哈,你的开场白。"

"我还不知道你叫什么呢?"

"哦,对了,我偷偷叫你沈阳来着,要不你叫我西安?"

"这……我叫吴现。"

"无线?无限?"

"你就当是出现的现吧,其实原本是,太阳的那个日旁边一个见,但是这个字比较生僻,所以就干脆用了出现的现了。"

"什么寓意?"

"就是看见太阳的时候出生的,你呢?"

"叫我小西?"

"小西?"

"逗你呢,小西,因为我说我叫西安嘛!"

"哈哈,有意思,小西。"

"我叫辛钰,钰钰也可以,小钰也可以。"

"挺好听。"

"认识你还多认识一个汉字。"

"那以后你就叫我吴现,我就叫你小西,怎么样?"

"好啊,挺好的。"

"去看看摄影展吧,听说挺不错的。"

"你喜欢摄影?"

"还可以吧,一般一般……嗯……觉得有意思,但是我不会。"

"去看看啦,看完摄影展我带你去看看我喜欢但是也不懂的。……"

"你见过这样的树木吗?"

"长得好特别呀,都全被这样一圈圈地缠着,而且好大个儿。"

"我觉得好特别,也许你会喜欢分享。"

"你是自己一个人来西藏的?"

"是的,一个人。"

"我也是一个人,从日本刚回来,准备了一个相当长的旅行计划,想多看看祖国的大好河山。只不过……你是一个人?"

"我喜欢一个人旅行。"

"你不害怕吗?这种地方。"

"我害怕我的皮肤一直好不了。"

"怎么了?看不出来呀。"

"因为化妆了,但是我应该是紫外线过敏了或者晒伤了,反正很难受。"

"那不应该化妆吧。"

"我素颜不能见人。"

"是……是吗?挺好看的。"

"没有说不好看,就是没有化妆了后好看呀。"

"其实我在日本的时候,女孩都是化妆的,我都看习惯了,回国有点不习惯,看到你就觉得挺不一样的。"

"我是尊重看到我的人才化妆的。"

"也对,不过过敏的你还是挺好看。"

"你摸摸就知道了,和树皮差不多了。"

"那就不摸了,直接摸摸那些缠在一起的古怪的树木就印象深刻了。"

"你知道吗?我第一次听说西藏,有人说一定要和自己爱的人一起来,如果一个人,就会在这里遇到自己的真爱。"

"是吗?真的假的。"

"以后和你讲故事,还有关于狗狗的故事,不过现在,和我回房间,我送你一件礼物,我们就算是在拉萨相遇和告别了。"

"去哪?去……去……你的房间?"

"对呀,我住的酒店,走吧,晚上有点冷了,之后就希望西安见面了。"辛钰说这句话的时候,自然地把手臂交叠地抱了抱自己的双肩,她没有注意到吴现有点儿犹豫的表情,她放下手臂后顺势拉了一把他的胳膊,示意他跟着自己走。辛钰多余的什么都没有想,她只知道天空有点黑暗下来,知道风起了知道温度有些低了,她想回去洗个澡然后睡一觉,她想忍住不要给沈阳发短信。

辛钰记得他们相遇的那天,吴现的眼前是壮观和充满魅力的布达拉宫,她的眼中是站在壮观和魅力的前面的背影。

辛钰请吴现来到自己酒店的房间。她在自己的行李里翻弄了一阵子后,双手捧着一根洁白的哈达,请他弯下了腰,他高出她实在太多了,于是他很努力地弯下腰,如同鞠了一个非常虔诚的躬。

这就是他们的相遇也是告别。人生在路上,辛钰最喜欢的就是无法坚持努力的时候就幻想去旅行，于是挺过去，直到那个幻想就在眼前。她却从来没有想过要在这个路上邂逅什么人，她相信一段段的故事，相信一个个短暂的永远，也期待一个无限的永远，但是她越来越不知道自己会不会遇到摘星人。

她记得自己躲在厕所里，看着刻在墙壁上的被桃心圈起来的陶博和小钰，记得自己的伤心，也记得终于见到梦中人的时刻，别人的那句话"那个肥妞是谁？"这一切的一切她都不能忘记，她更记得王怡芳告诉她："亲爱的钰，刚刚沈阳向张倩求婚啦！"……这些东西在她的心里，让她觉得自己再也不可能遇到一个可以为了她摘星星的人。

最美好的你

再见的时候,辛钰小脸蛋上的皮肤已经滑滑嫩嫩的了。

他去了灵芝,她去了阿里。原本从拉萨到阿里的路途已经是遥远,但辛钰还是觉得不够,于是在阿里搭了部队的顺车。这样一路上,只有她一个年轻漂亮的女主播,其他的都是体魄很好的男人。一共三辆车,司机都是藏族的男人,除了对这里地形熟悉且身体适应,并且必须保证是一个车队,而不是单独的。

男人并不可怕,路途漫漫也并不可怕,可怕的是遥远的路上全是男人这个事实,必须面对一些最基本的情况。辛钰没有遇到过这样的景色,绵延的山就在眼前,那么近,却怎么走都保持着距离,那么远,却看得如此的真切。人类最基本的就是吃喝拉撒,而茫茫路途,除了这山脉就是那山脉,连一棵树一块大点儿的石头都找不到,男人们下车背过身子就可以小便,可是辛钰是个姑娘,开始的时候,大家也并没有注意到这个问题,辛钰就只是忍着,忍着不喝水,直到她开始流鼻血。

"车后面有伞,你可以打开车门,一边用车门挡着,一边用伞挡着。"辛钰坐的车,是三个司机里稍微年轻一点儿的小伙子,他的普通话还不错,有地方口音,但是听得懂。

"哦,流鼻血是因为不喝水呀。"

"你看咱们,怎么都没有考虑女士的基本情况。"

"没事的,我自己没有想到这一路怎么连个躲避的地方都没有。"

"小辛美女是吧?你需要的时候就说,我们都下车,朝反着的方向走得远远的,你放心吧!"

"真是不好意思,搭你们的车已经很添麻烦了,现在这个真是不好意思呀!"

"啊呀,这一路上这么荒凉,连个绿色都看不到,有个美女,我们的路上别提多么多姿多彩了。"

……

后来辛钰一直记不清楚一路上都遇到了什么,也许是因为高原缺氧,所以这样的一路上几乎不是连贯的记忆,她记得信号也只是晚上露宿兵站的时候,才开始出现一点儿。她给父母报了平安后,开始整理自己记录在手机上的内容。

"从阿里出发,我搭乘了一个车队的顺车,第一次停车后是一片美极了的湖,和纳木错不同,也和阿里神湖不相似,湖上有许多红嘴鸥。有人告诉我这是第一个也是最后一个美丽的景点了,叫做班公错,是一个狭长的湖,大部分在中国,在中国的部分是淡水湖,还有一部分在印度,并且在那里就变成咸水湖了。一天的行程里都是茫茫的山脉,我都挺好,就是上厕所不方便,对了,还遇到了两次藏羚羊,其中有一次我还拍到了挺清楚的画面。"

她编好了这条想要发给沈阳的短信,有人敲门,她没有来得及发出去,就去开门。

"你好呀。路上谢谢你了。"辛钰开门看到是他们的司机。

"没什么,看你一个姑娘,怎么想走这一路?"

"哦,我想看看。"

"说得这么轻松,你男朋友不担心你呀!"

"哦,他呀,这不正发短信给他。"

"我要去找地方加油,你去不去?"

"好呀。可是这里哪有加油站呢。"

"没有加油站,但是前面有个很小的镇子一样的地方,可以买私人的油,我们总是走这一路,就是贵点,但是可以保证没有问题。"

"那快走吧,不是说一会儿还要吃饭呢。"

"饿了吧,我给你带了一点儿风干牛肉。"

"你结婚了吗?"

……他们说着走了出去,越野车的台子很高,辛钰觉得自己上车的时候像是跳上去的一样。

"你一年要这么走几趟呀。"

"好几趟吧,不过我们工作不用全年,阿里快到冬天就没人了,待不了的,我们也就休假了,加上这里气候不好,我们工作一年顶你们工作好几年。"

"是吗?你女友,不对,你老婆是不是藏族?"

"她在成都,等我工作结束了,赚了钱,去成都买个小屋子,做点小生意。"

"那你这么开车赚钱啊?可是女朋友,哎呀,老婆不担心?"辛钰说着,车子已经从兵站开了出去,开始的时候还有条像是路一样的路,开一会儿就觉得没路了,而且天也渐渐阴暗下来。

"还可以吧,这天不好,如果明天下雨,就没办法走了。"

"是吗?会危险?我相信你的技术,没有说的那么危险吧。"

"呵呵,是吗?你觉得没有危险吗?"

"总是说得很危险似的,哪有那么巧的危险呀,这个你们路上吃?我觉得很难咬。"

"美女是不是不好意思大口大口吃呀!"

"好意思,别叫我美女,叫辛钰,或者小钰。"

"好,辛钰美女。"

"你叫什么?"

"我叫次仁巴丹。"

"四个字。"

"你从拉萨过来皮肤还这么好?"

"还好?都过敏了,看起来凑合,摸着像树皮了。"

……他们说着,终于看到一片平一些的地方,两边有房屋,像是维修车的车行，但是破旧一些。

"我去找油，你就坐车上，别下车，我把车门锁起来，这里很多人是在山里找石头的，反正乱七八糟的人，你这么漂亮，我可不敢把你弄丢了。"

"好的，我坐车里等你，我吃肉，努力嚼。"

她坐在车上，好容易咬下一口肉下来，努力地咀嚼着，拿起手机看还有信号，沈阳一直没有给她短信，而这会儿收到两条别人的。

"亲，你怎么样啦？和日本帅哥如何了？没有高原反应吧？"

"小西，你好吗？我已经在灵芝了，这里和拉萨不一样，不愧是小江南，真的很漂亮，你在阿里还好吗？皮肤有没有恢复？吴现。"

"宝贝，我已经从阿里去新疆了，今天晚上住兵站，明天接着走，我想可以顺路回家一次，不过现在还没有告诉妈妈，估计会吓到她们。"这条短信刚发出去，又来了一条短信。

"你收到我上一条短信了吗？是不是信号不好？当初不该让你一个人去阿里，听说很艰苦，希望你一切都好，我很期待在西安可以见到你。"又是一条吴现的短信。

辛钰这一次犹豫都没有犹豫地把原本想要发给沈阳的那一条转而发给了吴现。

等到次仁巴丹回来的时候，她已经咀嚼得腮帮子疼了，还和吴现来来回回地发了几条短信，这会儿让她下车活动活动。她跳下车的时候，让次仁巴丹扶了一把，她看到这个藏族汉子好像不怎么好意思拉她的手。

她就站在一边看有人搬着大的汽油桶给车里灌油，天已经越来越黑了。

"弄好了我们就回去，回去应该就可以吃饭了，刚问了，明天应该不会下暴雨，但是我们应该早上四点就要出发，回去吃了饭你早点洗，八点就没电了。"

"藏族的汉子还这么体贴呀！我要告诉你老婆，说你对美女好哦。"

……

辛钰再次提到这个汉子的时候已经是从阿里到了新疆，回家看了爸妈后又回到了西安，用她终于恢复的小脸蛋对着吴现。

"你都不知道，当时我居然没有看出来他脸上的那种无奈和哀伤，还以为自己开玩笑开得很好呢，后来我们到了叶城，终于可以去好的酒店洗澡休息，喝一点小酒，他几杯酒下肚才和我说，其实他没有结婚，还来不及领结婚证。"

"你开始不是说他都结婚了，老婆在成都？"

"对呀，他和所有人都这么说的，到了新疆，他喝酒了告诉我，在成都的是他老婆的父母，而她老婆其实并没有和他领过结婚证。"

"啊？"

"我当时也挺吃惊，以为他喝多了，或者我没有听懂，他告诉我不要以为危险距离很远，其实危险时刻都有，所以面前的一定要珍惜，有时候计划得特别好，可是突然一切就什么都没有了。"

"你意思他女友死了？"

"嗯，他说这样的路上每年有人走每年有人死，他女朋友就是从拉萨去阿里看他的路上出了车祸，他赶去的时候因为医疗等等的问题，她已经不行了。女朋友说终于能见到他，而且就这么死在他怀里也足够了。"

"天哪，这是真的？"

"他说自己眼睁睁地看着女友在自己怀里永远地闭上眼睛。她特别漂亮的脸蛋因为车祸已经不那么好看了，可是他现在一直记得当时的脸，他特别地害怕自己会忘记，忘记那双带着幸福带着不舍的看着他的眼睛。他就是在那个目光里，答应她一辈子再也不会娶别的姑娘，会告诉所有人他已经结婚了，等到这个工作结束了，就去成都，和她的父母一起生活，就像和她一直在一起一样。"

"给你，擦擦眼泪，一会儿妆花了。"

"你都不感动？"

"本来挺感动，可不想看你伤心，皮肤不是刚好？"

"你很会哄女孩嘛！"

"你这么漂亮，哄的人应该很多吧。"

"我只是没有想到真的能和你一起坐在西安。"

"是我真的没有想到吧。"

"我特意从新疆早回来，只在家里待了一天。"

"对了，你是学生还是工作了？自己在西安？"

"怎么说呢……四年前，是我第一次来西安，你看过地图吗？西安的地图，一个四四方方的城市，在一个夜晚，就在我们身后这个路走过去的回民街里，有一个男孩拉了我一把，轻声地说了几句话……呵呵，然后我就觉得我要来这里。"

"那后来呢？"

"后来,我真的来了这里上学,对了,你是学生?"

"长得有点老的学生,哈哈哈。"

"你还记仇呀!"

"怎么会,事实嘛,要不怎么显得你这么年轻?"

"我确实比你大。"

"这个我知道了,你说过了。"

"那我还和你说过什么?"

"刚说到为了某个人来到这个城市,看来你现在是工作了。"

"是工作了,你学习什么?"

"我学商的。"

"什么?学伤?还有这个?受伤?"

"商业的商,你欺负我说话不标准还是怎么?"

"那以后会很有钱?"

"这要看成功不。"他们两个人此刻坐在西安的钟楼旁边,坐在一间哈根达斯的冰激凌店里,他们都不知道这以后,他们还有没有机会这样地坐着,如此简单、放松地聊天,命运也并没有安排好他们是否会顺着自己理想的轨迹越走越成功。

"等一下,为什么我问你的问题你总是没有好好地回答我?"吴现问着。

"那你现在问,你问我答。"

"你工作了?"

"我今年刚毕业,但已经实习快要两年了。"

"你的工作不是自由职业者吧?"

"不是。"

"你不是艺术家什么吧?"

"不是。等一下,你指的艺术家是?"

"我指的是画家、作家或者……"

"好吧,不兜圈子了,我是电视台主持人,我梦想当一个漂亮的女主播。"

"那算是梦想成真?"

"我觉得可以更漂亮可以更有名。"

"我认识了一个未来的大明星?"

"说说你对西安的印象吧。"

"不是说我问你答嘛。"

"现在换了。"

……

辛钰很久没有这样开心了,太久的日子里,没有一个异性这样陪伴着,她好像习惯了和沈阳在一起的时候,做什么都要提前商量和计划很久,去干吗、做什么、待多久以及遇到什么人要怎么解释。

"我给你照张照片吧,漂亮的女主播和漂亮的冰激凌。"

吴现在西安的时间有限,辛钰也开始录节目。从前如果录制节目到晚上9点10点,她应该已经立刻卸妆睡觉去了,可是现在她想要去见见吴现,哪怕只是一眼也可以。她根本没有时间去想别的,工作都排得满满的,已经九月了,除了本身的工作外,还要安排去外面录制配合节日的特别节目。

好不容易学会了克制自己不发短信的她,又开始哪怕是休息的十分钟也要拿起手机看看了。以前是因为录节目时候静音,害怕错过了沈阳的短信,但每每已经很紧张的时间里,匆匆地翻出手机看看,结果常常是失望,哪怕是一条注意喝水的短信,也令她觉得周身充满力量。

"录节目有没有遇到什么有趣的事情呢?我今天吃了那个奇怪的字写的面条,你吃过吗?味道好像还不错。"

"我在兵马俑,其实挺壮观的,不过外面的阳光很晒,你皮肤注意防晒啊!对了,不知道你这会儿是在室内还是室外的节目?"

"我没有去华清池,提前回来了,你晚上有时间吗?"

"你忙你的,有时间的话我们可以见一下,喝一杯咖啡什么的都可以,不过不能影响你的工作。"

她每每看手机一次,就会有一条字数不少的短信,她补妆的时候很想回复,好几次她都把手机上的字阅读了好几次,看着看着就笑了,琢磨着回复什么,又常常有编导或者嘉宾过来说话,明明很想回复,就被打断了。她就想一会儿吴现会不会再发短信给我呢,应该不会了吧,但短信就又来了。

直到他走的时候,两个人都没有任何的表示,好像朋友又似乎不是。

"梦梦,你觉得这个是爱情吗?"

"你说你这个人,介绍给我的你自己倒看上了哦。"

"那我不是觉得好才给你介绍的?"

"结果我没有见着你自己倒是……"梦梦说着,挑了挑眉毛。

"问你正事呢,你给我好好说话。"

"我觉得什么都比沈阳好。"

"我害怕我不是真爱,而是因为特别。"

"只有沈阳才是你真爱呀,你不是一直说,西藏一定要和最爱的人去,如果不是就一定会遇到真爱……话说也挺戏剧的,你去那里也是因为想要忘记沈阳。"

"可是他现在也是在沈阳,难道我要忘记一个沈阳,去接受另一个也叫'沈阳'的地方再找一个回来?"

"他是一个正常的未婚男性,我认为就这样的一条,也比沈阳好。"

原本吴现计划还要再走好几个地方,是因为沈阳那边他的朋友突然有一个活动,需要一个日语的翻译,正好也是一个商业活动,一时间找不到合适的翻译,对于吴现,也是一个不错的机会了,只好放弃旅行提前回去了。

辛钰也不知道自己怎么了,台里旁边就有一个火车票的售票点,她只有周末有假期,周一的节目可以下午再录制,即使这样,加在一起也就两天半的时间。她告诉自己,如果火车票刚好的话,她就去,不然不能坐飞机,她一边往售票的地方走,一边在心里默念着:既然说了是缘分,那么就看看是不是缘分,有缘分的话,一定可以买上车票。

……

她躺在硬卧的最上一层,担心周一会来不及回来,还是提前录制了一些节目,之后在台里卸了妆的她带了一个大帽子,连出租车都是提前多加了钱预定的,奔到火车站,又交了二十块钱,从一个看似喝茶却可以提前进站的地方进去。到了站台，大部分客人还没有进来，她找到自己的车厢上去后就直接爬到了上铺。

"今天忙得如何？没什么消息呀。"辛钰发出这条短信，她的内心很纠结，原本想要用买不到火车票说服自己，可是刚刚好有退票，虽然是硬卧，但是时间刚好，周五晚上九点半发车，第二天中午到达沈阳车站。现在的辛钰大概更期待见到他，可是今天短信少得可怜，她告诉自己，火车上的这段时间，正好给自己情绪一个沉淀的机会。如果吴现的热情也少了，那么就当是一个短期的旅行，看看东北的模样就回来。

"周末在干吗？好久没有联系了，哪天有时间吃个饭？"

火车已经摇摇晃晃地开动了，吴现的短信没有来，居然是沈阳的。辛钰就捏着手机，不知道怎么回复，她是后悔上了火车，错过了见到沈阳的机会，还是因为吴现没有回复她而焦虑呢？

她被手机的震动弄醒的时候，整个车厢已经都在夜里了。她先是警觉地摸了摸自己枕头下面的包，发现还在，连自己什么时候睡着的都不知道了，然后开始阅读短信。

"不知道你睡着了吗？我刚回酒店，今天好辛苦，你也一定很辛苦吧。周末愉快！"

"睡着了吗？今天对不起了，回复的很少，因为一直在陪日本的客人，是一个大公司的老板以及他的父母，老板是来看一个项目，有点私人性质，所以带着父母，父母都是大学的老师，别看母亲已经60多岁了，可是她依旧还是要化妆的，就想起你说不会素颜。我最近住在酒店三天，这样方便和客人在一起，你呢？周末如何安排？"

"估计睡着了，我洗了个澡，住在一个新的五星级的酒店，叫做新瑞斯，屋子特别的大，可以跑步健身，日本五星级的五间客房估计是这个的一间。明天一早还要陪客人，但是估计晚上可以自己休息一下，希望你做个好梦。"

"我刚睡着又醒了，看看你没有回复短信，估计睡得很香。"

辛钰就是被这条短信震醒的。

整个车厢里是一股沉闷的味道，上铺的她对于车轮和铁道的摩擦声音并没有那么明显的反感，她想起去拉萨的路上，坐在火车上的夜晚，她紧握着手机，突然眼泪汹涌地流了出来。

人生如此相遇。

她很想给吴现回复，想告诉他此时此刻的她正在火车上，和去拉萨时候一样，是一个人。可是那时候的她根本不知道自己会遇到谁，但这一刻，在这个只有火车和铁轨碰撞声的夜里，辛钰内心坚定地明白，她正朝着人生最美好的方向驶去。

"我也刚醒，晚安！"她汹涌的内心只用这几个字来表述，因为知道明天的他还要辛苦忙碌。

"火车擒住轨，在黑夜狂奔，过山过水过坟头。"从前的她不敢给沈阳在深夜发这种奇怪内容的短信，此时此刻，她那种复杂的心情让她终于有了勇气，配合着此刻复杂的心情，她借用了别人的话，就算张倩看到了也不会明白。沈阳大概也不会明白吧。

"那你快点睡吧，明天努力找时间和你说话，你睡觉别看手机了，打扰你休息了，希望明晚多聊聊。"

时间过得很快也很慢，"明晚"眼看就这么到来了。

到达沈阳的火车晚点了快三个小时。出了车站已经是下午了，短信里她已经告诉了梦梦关于吴现住的酒店名字，梦梦已经给她查好了路线，距离火车站也并不算太远，她打车去酒店把洗漱的东西存在酒店，之后可以去酒店附近星巴克之类的地方待会儿，围绕着咖啡馆肯定还有商场，也许可以逛一下。"是不是应该买个礼物给吴现呢？"她的心情像是一个情窦初开的少女一般。

在那样的一刻里，辛钰突然觉得，那个小桃子面前被说成肥妞的姑娘真的离开她了。她在出租车上，看着这座叫做沈阳的城市……这是第一次，她来到一个从来没有幻想和期望看看的城市，然而却遇到了最美好的自己。

"小钰同学，你顺利到达酒店了吗？我综合考虑了一下，觉得你去沈阳大悦城那里吧，距离酒店比较近，而且似乎逛得东西也全面，另外那个星巴克是评价最高的一个。"

"对了，祝贺你在那里遇到真爱。"

辛钰看着手机里梦梦一条又一条的短信，和着刚才那一刻的心情，虽然并不知道会发生什么，可是这一刻的心情就好像幻想去旅行一样，满是憧憬和幸福。

出租车带着她停在一个路口，似乎说是修地铁还是什么被围起来，看起来有点脏乱，而一切的一切丝毫都不可能影响辛钰的心情，顺着司机说的方向朝着里面走，一个宽阔得有点类似广场模样的地方，两边各一座不是很高的商场，朝着里面走，她右手边先看到的是ZARA，西安还没有这么个牌子，她于是就从一堆牌子中拣出了这一间，正对广场的另一边就是星巴克咖啡馆。

辛钰居然没有逛街的心情，她随便地拿了一堆衣服进试衣间的时候，服务员递给她写着9的牌子，她之所以记得如此清楚，是因为她的内心里涌出一种感觉：一切的一切都是冥冥之中安排好的，从踏上拉萨的火车到相遇再到西安以及这个火车的时间，当然还有这个数字9，以及从一个"沈阳"到另一个"沈阳"，她终于就要见到自己与天长地久的人了。

九件衣服中，她只买了一条水红色带着点磨白的短裤，是她准备送给梦梦的，在这个时候，她觉得自己没有心思买任何送给自己的东西了。

"你在干吗？今天忙不忙？"

"我正要发短信给你呢，我今天好厉害，一直地翻译嘴巴都没有停，连吃饭都没有来得及呀，这会儿有点小困，有点想喝一杯咖啡呀。"

"那一会儿忙完喝一杯咖啡吧！"

"啊？好的，我这会儿偷偷在洗手间短信你呢？要是能和你一起喝就好了。那么我去忙了，你的周末开心吗？祝你快乐！"

看这条短信刚抬头，收银台的男人正在看着她笑，她也对着他笑了笑，突然间才意识到，原来他正等着她付钱。她一边拿钱一边有点抱歉地又给了一个微笑。提着梦梦的新短裤，她有点忍不住地想给梦梦打一个电话，正拨电话的时候一个电话打了进来。

"喂，妈。"

"干吗呢？"

"我……我逛街呢？"

"今天不录节目?"

"嗯,今天没有,今天买点儿东西。"

"中午饭吃的什么呀?"

"中午……中午我吃的……哎呀,妈,就一般饭嘛,你吃的什么呀?"

"我和你爸还没有吃饭呢,我们琢磨着把家里的房子卖了,给你在西安买一套。"

"妈,我说了你们不要管我。"

"你看你上次租的那个房子,要不是我去看简直不知道你怎么过成那个样子。"

"现在不是挺好的,那时候实习,怎么能比呢,不一样了,现在租的地方上班距离又近,何况我收入现在固定,加上一些活动一个月也小一万,以后我自己可以买。"

"你一个月两万看看能不能买房子,我们是琢磨着也算是问问你,如果真的打算以后就在西安了,我们就给你看看。"

"我在大街上呢,买出镜的衣服,妈,您和爸别总那么操心了。"

"还有,你一个人也不找个男朋友,怎么别人大学都找,你是真没有,还是一直骗着爸妈呢?"

"亲爱的亲娘,咱们回头说。"

"你有了和家里也说说,也老大不小了,别和有些娱乐圈的人学坏了。"

"你和爸爸照顾好自己,有消息立刻告知,我哪里算是娱乐圈呀,就是一个工作。我不说了哦。"

"好了好了,逛街注意拿好东西。"

"嗯,妈妈再见!"

辛钰的电话挂上的时候已经有二线进来了,她看了一眼居然是沈阳,习惯性地切换过去,已经挂了。犹豫了一下,还是打了过去。

"喂。没有在忙吗?"

"嗯,小钰。"

"怎么了?听着不高兴。"

"我看到你的短信了,看了一夜。"

"嗯,是我在书上看到的,你怎么了,没出什么事情吧?"

"突然想我爸爸,不知道他会不会在另一个世界里。"

"你?沈阳,你和张倩还好吗?家里没有出什么事情吧。"

"都挺好的,特别好,她说想要一个孩子。"

"哦……那恭喜你们。"

"我觉得好辛苦,她真的特别好,可是我想要的不是这样。"

"嗯,我明白,可是你想想多少人都很羡慕你,有一个爱自己的人也不容易。"

"那你爱我吗?"

"你看你呀,这个问题怎么回答呢,其实你知道你要的生活不是我。"

"对呀,我知道,看来你已经想通了。"

"我不想通怎么办呢?你已经结婚了,你们都要有孩子了。"

"我只是觉得你昨天发的短信很有道理。觉得你很放得开,很羡慕你……我觉得人不该有家庭尤其不该有孩子,因为命运无法掌握在自己手里。"

"沈阳,你在哪呢?"

"我在学校。"

"我……我出差去外地了,昨天发那个短信是因为在火车上,我周一就回去了,到时候抽个时间见面说好吗?"

"那你忙你的吧。"

"你这样还挺让人担心的,别胡想了,回去见面好吗?"

"你还爱我吗?"

"我们见面说好吗?"

"我知道了!"

"见面说,我一回去就短信你,到时候我就说问你一些学校的事情可以吗?"

"再见。"

他挂了电话。辛钰的心里不知道怎么的觉得有点不安,她其实可以回答我爱你,但是她已经说不出来了。她拿着电话,忘记了刚才原本是有点兴奋想要打给梦梦的。

她顺便看了一眼手机上的时间,已经接近下午五点了。她猛地想起什么了,这让她有点紧张起来,这么多年从未中断过的习惯。等她从商场出来,穿过广场走进星巴克咖啡馆,习惯先看看里面座位情况的她已经顾不得这些了,她走上柜台随便点了一杯摩卡,此时此刻的她着急着想要一杯水,这杯水可以把早上居然忘记了的药吃下去。店员问她是否需要搭配糕点,因为太着急需要一杯水,所以她一直说可以。她等咖啡的时候，已经先拿着那杯水，站在吧台交钱时候，已经把摸出来的两粒药吃下去，这一刻才像完成了人生大事，整个人从一种被紧绷了的情绪中走了出来。

等到自己端着咖啡和蛋糕的时候，才发现一贯是进门先看好了座位才去选择食物，可是这会儿像是不知道该走向哪里了。这间店的模样在那一刻特别清晰地被记住，是长方形的，店门和吧台在店的正中央，正对着吧台的右边还有一个可以通向商场的门。辛钰端着咖啡坐在了靠近正门的旁边，对着商场里的那个门，她觉得假如吴现真的会来，不至于会错过。

那天她吃了一块辣味儿的蛋糕，看起来和普通的蛋糕一样，切成三角形的模样，上面铺着一层红色的果酱状的东西，刚才推荐蛋糕的时候，只顾着想吃药的事情，完全忽略了选择蛋糕的品种。第一口蛋糕放入嘴里，是一种完全不适应的味道，她紧紧闭着的嘴巴瘪了瘪，很快拿着叉子的手就伸过去，在三角形状上挖了一个小三角塞进嘴里，她的情绪被这种甜中带辣的感觉吸引了，不是好吃，不是难吃，是好奇，就好像她好奇接下来吴现会以什么方式出现在她的面前一样。

"你在忙吗？咖啡喝到了吗？我刚录节目，休息时间稍微长一些，于是替你喝了一杯咖啡。"

"被你说得更想喝咖啡了，可是女人似乎不能喝太多咖啡，会长斑。"

"是吗？还顺便买了一块新款蛋糕，星巴克的，居然是辣味的，不知道沈阳有没有。"

"我太爱吃甜食了,是甜辣的嘛?和韩国的辣年糕味道像吗?要是能和你一起我就不管胖的事情,一定要尝尝那个。"

"你又不胖,我一会儿方便帮你查查,看看你们那里星巴克有没有。"

"嗯,好的,谢谢了,你真好,不过如果不方便就不要了哦。"

"我又吃了一口,味道好奇怪。"

"我去翻译了,不用刻意为我查找,照顾好自己,晚点联系。"

蛋糕盘子里的蛋糕已经下去了一半,她端起咖啡杯喝下一口,咖啡因的作用应该不会这么快,但是她的心有点慌乱起来,万一他忙得太晚怎么办,又万一他不想去咖啡馆呢,当然他可能会去别的星巴克。她越发地忐忑起来。她还在使用诺基亚的手机,并不方便上网,她于是打电话给梦梦,和她诉说自己的焦急。

"你告诉他你上网查了,离他酒店最近的星巴克就是大悦城的,而且沈阳也已经上了这种甜辣的蛋糕。实在为了保险,你就告诉她,你电话找人帮他在大悦城买了咖啡和蛋糕,让他去享受就行。"

"啊……这样多假呀。"

"那你要怎么样,我觉得没啥。"

"好吧,你最近咋样。"

"不和你浪费长途话费啦,你安心等待吧!"

再也不会有如此的巧合出现在辛钰的生命里了,再也不会了,命运原本可以成就一段美好的,原本遇到了最美好的那个人……

"我终于忙完了,好累呀,本来不想大街上转转了,可是约了美女主播喝咖啡的,所以一定要去喝一杯。"

"是吗?那你已经迟到了。"

"所以正在火速赶去。"

"你想去哪个星巴克。"

"前几天,朋友带我去了一个大悦城,那里有星巴克。西安有大悦城吗?"

"没有的,那你加速哦,已经迟到那么久了。"

"不过不吃蛋糕,要减肥啦,回国一次胖了好多。"

"那你不饿?"

……辛钰异常地镇定下来,要迎接这样的一刻到来,她从随身的小包里拿出化妆镜照了一眼,拿出棉签把有点晕了的眼线擦了擦,又补了一点儿睫毛膏和高光,外面已经全黑了,里面深黄的光让她的脸看起来更精致,皮肤上一点儿瑕疵也看不到,五官更加突出了。她不允许自己闭上眼睛回忆吴现的模样,害怕闭上眼睛她就会错过了他。

"饿过了,我已经到大悦城了,正在往过走,可惜你不可能等着我,不然我会激动死的。"

"能跨时空地约着喝一杯咖啡,我已经很激动了。"

"以后就算去了日本,希望我们也可以一起约着去星巴克,那里有网络,带上电脑可以网上视频,不过你大概没有那么多时间。"辛钰看到这条短信,感觉左边靠着广场的玻璃门被推开了。说服自己不能太激动的她还是明显觉得自己拿着手机的手抖动了一下,她静静地坐着,和椅子融为一体了,没有丝毫可以站起来的力气,也没有任何能量可以开口叫他的名字。时空从西安交错到了沈阳,就像从日本和西安交织在拉萨的布达拉宫一样,只剩呼吸的她呼吸着他的身影。从推开的玻璃门进来的气息,呼吸着他的到来——就这么简单,简单得像是一个被推开门的动作进入了她的生命。

吴现穿着一身西装,深色、笔挺的西装,侧面看过去还没能看清楚他里面衬衣的颜色,辛钰很清晰地记得在那种带着暖暖色彩的灯光下,他匆忙地推开门,应该先是第一眼看了看正对着的吧台,明亮的吧台陈列柜里有着那个他们讨论过的辣味深红色蛋糕,辛钰打赌他没有一眼认出蛋糕,他很快地转了一下头,也许是每个人在进入一个场所里的习惯打量……辛钰身体有点颤动了,手里还在紧紧地握着手机,吴现的目光此刻一定从一群人中认出了辛钰,她打赌他认出了,因为他身体更大幅度地朝着辛钰的方向转了过来。没有人记得这个穿着正装的男人那一刻堵在门口,他的胳膊缓缓抬起来,捂住了自己的嘴,而辛钰记得,记得他每一个轻微的幅度,记得站在门口的他穿了淡粉色的衬衣,就是她曾经想为沈阳婚礼挑选的那种衬衣。

辛钰觉得自己那一刻好像新娘一样,被爱着的新郎看到她穿着婚纱的模样,着迷般地呆住了。最美好的他给了她美好的时刻。

接下来的场景就像梦境一样,无法被人清晰地描述出来,她忘记了吴现最终是怎么走过来,是否是坐下来和她说话还是就那么呆呆地站着,又或者他们都站了起来,像两个初恋的孩子相互表白了那般,美妙又羞涩,甜蜜又忐忑。

"我说过了,你已经迟到很久了。"

"你等着我,我马上回来。"他过来说了这句话后,按照原来的路径推门出去。

在他到来的这似乎很久的一段时间里,辛钰好几次用手指甲划了自己的皮肤，对于这突然的出现和离开，在这恍如梦境的暖色光线下，令她觉得一切都还没有到来，只是一个梦，一个因为太过期盼而产生的幻觉。

难道是梦里？她一直一个人在咖啡馆里……等待着？

不要崩塌我的世界

"那么辛苦先生现在需要喝什么呢?"辛钰看着吴现再一次站在自己的面前,多余的担忧都不愿意想了,此时此刻太过重要,在不在梦境都要珍惜。

"天哪,你怎么会在这里?"

"和你一起喝一杯咖啡呀。"

"这……这绝对是做梦。"

"我也觉得是美丽的梦。"

"我刚推门进来看见你,我简直疯了。"

"我看你很正常地站在那里。"

"我害怕吓跑你。"

"刚你不是已经被我先吓跑了。"

"我爸爸开车送我过来的,我让他先走了。"

"啊?对不起呀,那你怎么说的?我是不是太冒昧了?"

"不冒昧,我好喜欢,太喜欢了,已经高兴得语无伦次了。"

"还没有说喝什么,要不要吃这个蛋糕,辣味的。"

"我喜欢甜食,你喜欢辣味的,这是我们的组合。"

"你不坐下来吗?"

"我太激动了,我带你转转沈阳吧,你等了很久吧,我也不知道我想说什么,你怎么可能真的就在我的面前,你不是还要录制节目吗?"

辛钰看着面前的他,"转转沈阳"这几个字在她的脑中,而眼前不是"沈阳",眼前是她从西安奔来要见的人"吴现"。她突然觉得这一幕好像见过,谁都有似曾相识的感觉,但此刻的辛钰并不因为这种感觉而幸福,她有点害怕,闪过脑中的是"命中注定"这样的字眼,而她害怕逃不出命运的结局。

"我们一起回酒店可以吗?"

"回酒店?"

"嗯,我把东西存在酒店了,我哪里也不愿意逛,我们随便走走,然后累了打车回去好吗?或者先陪你吃个饭,饿着可不行。"

"我其实有个问题,我不好意思说。"吴现说着,辛钰已经站了起来,她没有在意吴现说的这句话,她觉得吴现更高了,她很想靠靠他。

"走吧,一边走一边说,你想吃什么?"

"你饿吗?你这么瘦,要多吃点,是不是主持人对身材要求也很高?"

"有吧,上镜本来就会把人放大了,胖了不好,可是我挺爱吃的,不过对甜食并不偏好。"

"我看出来了,上次吃冰激凌,你几乎不怎么吃。"

"你爱吃,留给你哈哈。"

"其实我对于沈阳也不熟悉,发展太快了,我在日本待的时间太长了。"

"吴现,日本和这里像吗?"

"你好跳跃呀,你想去的话,假期来找我,带你玩?"

"是吗?和这里像吗?"

"不像吧,这里好吵。"

"你知道吗?我总是幻想着去旅行,每次厌倦的时候,我就幻想去什么地方,此时此刻,我觉得好累,没有想到去拉萨会遇到你,也没有想到此时此刻会在这里,还是和你在一起。我觉得世界上是不是都是一样的,不管在任何地方,我们都在幻想着寻找一些不一样的感觉?"

"这样的你和我认识的不一样。"

"你认识的是什么样的呢?"

"我第一次看见你,就觉得很顺眼吧,因为回国后大部分女孩好像不化妆,尤其在西藏,可是你很好看。"

"应该是觉得化妆不好吧,都喜欢素颜自然的女孩嘛!"

"我觉得化妆挺好,我不喜欢不化妆的,看着怪怪的,女孩就是要打扮嘛！"

"那我睡觉要卸妆的，哈哈，那是不是不能让你看见呀。"

"你卸妆肯定也好看。"

"可不一定。在日本女孩都化妆？"

"是呀，不化妆不行，不化妆不能见人的。就连我这几天接待的外宾，女的都60岁了，出门也要化妆的，也算是对别人的尊重吧。"

"真的呀？这么大年纪化妆皮肤也不好了。对了，那你女朋友也是？那你见过她素颜吗？"

"我交往过的中国女朋友都见过素颜的样子，可是我有一个日本的女朋友，我们住在一起的时候，她会等我睡了再去卸妆，早上都比我起来得早，如果先去上学了，还会做了便当放好。"

"真的假的？素颜都没有见过？我以为我够可以了，还做便当，那你也舍得分手？"

"都有各种各样的理由。"

他们踏着一样的夜色，心里却各有各的念头。他们走过步行街，过了一条马路，等了不久就打上了车。

"西安打车太难了。"

"对呀，有钱了买辆车。"

"你做主播不挣钱吗？"

"我才开始，一般般，以后比一般人稍微多一点吧。"

"对了，你看那，那个剧院是演二人转的，你看嘛？"

"不看不看，我不喜欢，我觉得很色情。"

"说到色情，我有个事情和你说，你记得你在拉萨的时候请我去你房间吗?"

"当然记得,之后你去了西藏的江南,我去了西藏的荒芜。"

"说到色情了,当时你叫我去你房间,我特别犹豫。"

"犹豫?"

"因为我犹豫咱们上床是不是有点早,而且担心,导游说刚到西藏,头三天不适合洗澡,更不要和女人发生关系。"

"啊?你这么随便?"

"有点想又觉得有点随便了。"

"我叫你去房间怎么可能是叫你……"

"那你干吗叫我去房间?"

"就是给你礼物呀。"

"我后来知道了嘛。"吴现说到这里笑了笑,辛钰仰着脸看到侧面的他,一张不能用帅气形容的脸,但她喜欢这张并不白白净净的脸,他的眼睛并不大,可是整张脸还是充满着男性的雄性气质。此时车窗外移动的夜色衬托着他的笑,辛钰突然想到小桃子,想到那个胖胖的小眼睛的自己。

"我靠着你行吗?"辛钰不再仰头看着他的脸,她嘴里问着,没等回答已经靠在上面了。"我以前也这么靠过一个男人,靠了一夜,我告诉你这是我唯一和男人一起过夜,你会相信吗?"

"啊?"

"我从拉萨偶遇你,又在西安短暂相处,就这么突然来到你的城市,我知道你会回日本,我不知道我想要什么,也许只是想这么靠着你。"

辛钰很多年后回忆起和吴现的点点滴滴，总是觉得有很多盲点，也许是时空转换得太多，也许是自己的记忆筛选只记住美好，也许……辛钰告诉自己，也许本来只是一场梦。

吴现住的酒店屋子空间果然足够大，辛钰躺在大床上时，才发现床原来这么宽敞。

"你累吗？哪天回去？我给你订机票。"

"赶我走吗？"辛钰从床上坐起来，双手抱住蜷起的腿。

"你好小呀，这样看起来这么点儿。"吴现把手里的东西放在桌子上。"我怎么可能赶你走，我恨不得把你再变小一点儿装在口袋里，但你不是要录节目？等你回去我忙完这些事情回日本前就去西安看你。"

"吴现，我想靠着你睡觉，我不想做爱。"

"我……我从来没有和哪个女孩过夜还不做爱的，但我的意思是我不是非要和你做爱。"

"我没有和男人那个过。"

"我觉得你这么大了，你年龄比我大，而且你很漂亮有魅力怎么可能没有过，这也太不正常了。"

"我不知道，我还不愿意。"

"那你自己不难受吗？"

"我爱过一个人，他结婚了。"

"我努力吧，我是说，你对我又不是没有魅力，一起睡觉不那个太难受了，要不我再开一间房子，我会充分地尊重你的。"

"我想和你一起，想靠着你，我看见还有一个大浴缸，我还要一起和你泡在浴缸里,喝一点儿红酒,面对面地说话可以吗?"

……吴现拉着辛钰冲出酒店大门的时候,他知道自己彻底疯了,从他让爸爸开车送他去大悦城,为了买一杯咖啡的时候,他就知道自己不对劲了,可是他愿意去,为了辛钰,他觉得应该去喝一杯咖啡,哪怕只是在不同的城市里。他自己也无法形容推开咖啡馆的门时的感觉,迎面的气息里不是咖啡的香气,而是辛钰,是这个姑娘存在着的一种气息。他压根儿来不及回过神来,他喜欢这个比自己大的辛钰,她漂亮而且能干,但重要的不是这些,而是她散发出的一种就在眼前但又神秘的气息,就像布达拉宫就像西藏就像是吹拂皮肤的风。所以他已经不去在乎她为什么没有和男人在一起过,无论是一种欺骗还是她自身的问题,这些换到别人身上吴现就会介意的事情,如今换到辛钰身上都不是问题,只是此时此刻她在身边,这一点已经太珍贵、太不易。

"我只能带着你试着找找,因为大商场就要关门了,其实我对沈阳也不是很熟悉。"

"没事,咱们就当散散步,你累了晚上就能好好睡觉了。"

"原来这样哦。"

"要不怎样?"辛钰挽着他的胳膊撒娇地反问一句。"要不你也不能怎样,你不会的,你肯定是尊重我的。"

"哎,还有这样的事情,非要一起睡觉但只是睡觉,提议一起泡澡却只是泡澡,我的人生也算是被你颠覆了。"

辛钰听着他的声音,心里很想告诉他,自己的人生也被他颠覆了,可是她没有说,她挽着他胳膊的手滑到他的手上,挽住他的手跑了起来，高跟鞋跑不了太快，但她觉得自己很久没有这么奔跑了。

没有买到"浴泡泡"的辛钰情绪并没有受到影响，她回到房间第一件事情就是拿着香皂把浴缸洗了好几遍。

"一会儿我要卸妆了才泡澡，怎么办呀。"她已经开始放水了，边走出浴室边说着。

"可以呀，为什么不能卸妆？"

"你不是不喜欢？害怕你看了卸妆的我把我撵出去了。"

……

他们面对面，关了灯点了一排小蜡烛，辛钰蜷缩在浴缸的一头，对面的他在水和烛光的反射里变得不一样，原本很轻松的辛钰因为这样的不同而不自在起来。

"你别看着我。"

"那我看什么？"

"我就是觉得不好意思。"她说着，蜷起来的腿朝着胸口缩近一些，手也抱得更紧了。这会儿吴现捧起一些水朝着她洒过去。

"放心吧，我能控制好，我会尊重你的，你就是有这种神奇让我愿意接受。实话来说，你化妆更好看，眼睛更大更美，不过这样也好看。但我确实觉得你的想法很奇怪，你比我还要大，怎么可能都没有男朋友，没有发生过那种关系，你不觉得压抑吗？"

……

那一夜，辛钰真的枕着他睡了，从开始的不安到最后放下情绪躺在他的怀里，她睡得很沉很沉，醒来的时候已经接近中午了，她慌忙查看回西安的航班，居然有无数个沈阳的电话，如果不是因为一夜都充着电，估计她的电话早就被打到没电了。

她着急地回过去，电话关机了。

原本刚刚和吴现燃起的情绪瞬间就没了，沈阳从来没有这样过，究竟发生了什么令她觉得说不出来的害怕。她给梦梦打了电话，也似乎并不知道有什么，梦梦答应她帮她问问情况。

其实辛钰也不知道自己是怎么飞回西安的，吴现说要不送她回去，被她拒绝了。飞机起飞前，她看着手机才注意到有短信："我也想和你一样可以去很多地方，敢于追求自己想要的，如果不再回来，请你来看看我。"

辛钰不知道之后吴现会不会崩塌她的世界，而沈阳已经做了。

……

"喂，梦梦，我手机静音马上录节目了，你怎么打台里了快说。"

"我着急，不然不打台里的电话，请你顶住，两个事情，第一个张倩正在闹，说你和沈阳是狗男女，另一个是，另一个没什么，你先录节目，我就往你台里来，录完说。"

辛钰不害怕张倩，她觉得爱过就爱过，而事实上，她早就放手了。她突然觉得也许那晚很多的电话并不是沈阳打给自己的，而是张倩吧，那么那个短信又是什么意思？她觉得自己真可笑，她拿出已经静音的手机给梦梦发了一条短信："亲爱的，不用来了，张倩爱怎么想就怎么想，我也没有睡过她男人，我就是爱过，但已经不想爱了。"

这些天悬在心上的那个劲儿终于过去了，她终于又恢复了录节目的那个状态。

"梦梦,你怎么还是来了?"

"辛钰,你过来,我还有更重要的一件事情。"

"干吗?张倩还要来闹?我不害怕。也算我活该。"

"你要去一次公安局,我陪你去,张倩也在。"

"我又没有偷人,偷人也不用去公安局吧,这什么年代了。"

"我不知道怎么说,沈阳死了,自杀的,前天在上海跳楼自杀的。"

从电视台到公安局只隔了一小段路,电视台和沈阳的家也就一站路,属于一个片区。辛钰一直拉着梦梦的手,一句话也说不出来,她知道张倩也在那,她觉得沈阳肯定也在那。可是她又自责,责备自己为什么刚刚没有追问清楚梦梦说的第二件事情,就自以为是地做了决定。

她脸上是上镜后没有卸掉的妆,在警察局显得稍微浓烈了一些,尤其是面对着那个头发一半扎着一半散着,眼睛又红又肿搭配着一脸憔悴的张倩,她突然觉得自己的打扮这么不合适。

"学姐。"

"你就是辛钰吧,和我们进去作一下笔录,你不用担心,事情已经算是明了,和你没什么关系,但是事发前死者给你打了很多电话,你都没有接听,所以有些事情我们还是要询问一下。"

"能稍等一会儿不?我和她说句话。"

"好的,你先说。"

辛钰走过去,她伸手拉住张倩的手,身体缓缓地蹲下来仰起头看着张倩。

"我就相信你,你告诉我沈阳没有死?"

"我真想狠狠地扇你一巴掌,我当你好姐妹,可是你呢?"

"张倩,他俩真的什么都没有,就算有也就是那么点儿好感。"

"梦梦你别说了,张倩,你就告诉我沈阳没有死?"这句话还没有说完,张倩一把抽出了自己的手,用力地把拉着她的辛钰甩了出去。

"他死了,真的死了,他死都死在了外面,他告诉我羡慕你去过那么多地方,他觉得很累,所以要去外面走走看看,是你害死了他,你知道吗?你给了他梦,可是他需要的是真实的生活。你让我告诉你他没有死是吗?那么我告诉你,他死了,他确实死了,他死了也还是我老公,和你没有任何关系。"

录完口供从警察局出来,辛钰还是没有哭,她哭不出来,她压根儿不相信沈阳死了,一个那么负责的人怎么可能做出这么不负责任的事情。辛钰怎么也觉得这些都只是一个玩笑。

"吴现,我唯一爱过的一个男人死了,就在我找你的那晚,他打了很多电话给我,而我错过了。"

辛钰发完这条短信,眼泪还是流不下来了。她抱了抱梦梦,站在警察局外面的两个人在夜色里都不说话,对于一个熟悉的人突然离去,除了感叹命运的多变之外,更多的是疑问和不理解。

"喂……"辛钰接起电话,她知道是吴现打来的。

"你还好吗?"

"还好,就是哭不出来。命运真是奇怪,他居然就这么死了,在我奔向你的时候他不声不响地死了。"梦梦看着夜色里对着电话一字一句说着的辛钰，她显得更消瘦了，在马路上来来往往的车流、人流中，显得那么渺小。而梦梦一直以来都觉得辛钰特别伟大，上学的时候她成绩优秀，长得好看但专业课学习又特别刻苦，无论什么样的流言蜚语到她那都是一笑，尤其是在她对沈阳三年来的情感里，她明明知道结果，却无怨无悔地走下去。辛钰总是说她梦想做一个漂亮的女主播，为了这个梦想，什么艰难困苦都是小菜一碟。此时此刻，辛钰闪闪发光的模样突然变得这么渺小。

"梦，你看着我干吗呢？"

"我一直觉得你特别高大，有一个很傻但是自己努力的梦想，这时候，突然觉得你也很小很渺小，在命运面前，显得那么渺小。你抱着我哭哭吧！"

"你说我不哭是因为我有了吴现还是因为我不相信他死了？"

"我也不知道了。"

"梦梦，我要去上海，我要把他带回来。"

"你疯了？你让人家张倩怎么办？"

"可是他给我说如果他不回来让我去看他。"

"辛钰，你醒一醒，你们都活得太浪漫了吧，我不知道沈阳为什么自杀，如果和你有关，三年、四年或更长的时间里，他连承认都不敢，不仅不承认，他自己还和别人结婚了。现在他却有勇气去死。"梦梦严肃的表情，眼神坚定得让辛钰陌生。她伸出手，拉住辛钰的手接着说："宝贝，我知道你难过知道你委屈，可是张倩毕竟是他的妻子，这件事情需要时间，你给自己一点儿时间慢慢消化好吗？"

"不,这是他最后和我说的话,最后呀,梦梦,以后再也没有机会了。"辛钰从梦梦的手里抽出了自己的手。

两个好友面对面站着,刚刚还拉在一起的手垂在身体的两侧,显得没有精神。

"辛钰,你知道吗?我和王怡芳费了多大的劲儿安慰劝说张倩,不然你今天还想录节目吗?她早就冲去演播室了,这么一闹,你觉得台里人还要怎么说你?你好不容易有机会进了这里,你不是有梦想吗?可是你想自己毁了自己的努力吗?"梦梦提高了嗓门,几乎呐喊一般地冲着辛钰说着。

"我求求你了,我真想扇你一巴掌,为了沈阳这种男人值得吗?他倒好,一句我要去外面看看,如果不再回来请你来看我。他自己就丢下老婆去死了,他死就死了,还有他妈妈呢?我说他就是活该死。死了就死了,还要害你。你自己是不知道台里正有很多人想要找你闲话啊?你倒好!自己口口声声说为了当一个漂亮的女主播什么都可以,什么都可以是吗?我一直挺崇拜你的,觉得你有主意能吃苦有梦想敢于实现它们,而你现在看看……"

那是2010年,辛钰醒来准备去台里,她知道什么事情她都不会迟到,即使台里对于主持人并没有坐班的要求,她觉得自己作为一个新人,有些事情必须要做到。她醒来坚定地告诉自己世界其实还是一样的。

只是世界上再也没有沈阳这个生命了。

再也没有沈阳了。

再也没有了。

她打开小药盒用清水服下两色的药,开始化妆,对着自己的脸,她一笔笔地瞄着眼线,手术刚做好的时候,并没有这么大,只是双眼皮又肿又胖,算一算这双大眼睛跟了她这么久了,越长越像是自己的,加上她瘦了这么些年,就显得眼睛越发大了。

这个大眼睛可以流很多眼泪出来,但是她此刻流不出来。这一周,她要越发努力地工作,为了自己为了所有的所有。

"我要更加努力工作,周末的时候,我准备去上海,我答应了去看他,而他已经不在了,但我要履行他最后说给我的话,也算是告别吧。"

"周末是周五还是周六?"

"我去陪你可以吗?"

"我担心你。"

……三条连续的短信,然后他们就真的在上海的机场相遇了。辛钰什么行李也没有带,只有一个小的化妆包和她的小药盒。已经是夏天了,她穿了一件白色的衬衣,深色的牛仔短裤。她很少穿白色的衣服,一是上镜的关系,更因为她内心深处依旧还是害怕自己会显得胖。

出了机场已经在下雨,都晚上八点多了,路上拥堵得一塌糊涂。两个人坐在出租车的后排不怎么说话,辛钰一直看着外面的车辆,外面的世界如此拥挤混乱,所以沈阳才失望了吧。到了吴现定的酒店住下了后,因为没有带洗漱的东西,他们决定在附近的商场买点,辛钰说她想喝酒,算是从见面到酒店说的第一句比较正式的话了。

出了酒店的门没有走几步,刚停了的雨又哗啦地下大了,不仅下雨还打闪电，吴现拉着辛钰的手跑到路边商店的屋檐下面，这么大的雨成了辛钰对于上海的记忆，整个城市除了下雨就没有任何别的事情可做了。

"你的头发全湿了。"

"没事，反正洗澡时比这还要湿。"辛钰终于笑了。

"以为你不会笑了呢，不过你的衣服也湿了，都透明了。"辛钰低头看了看，自己穿着浅色的内衣，可是淋透的衬衣还是把胸衣的形状全部暴露了。

"你喜欢看就多看看。"说这句话的时候，她想起了沈阳，此时此刻她就在上海，他还在上海吗？他永远也看不到她了，而自己再也看不到他了，最后一次见他是什么时候呢？怎么也想不起来他的脸，是不是因为一个人死了就真的没了，所以连记忆也带走了？

此时此刻，屋檐下的雨已经下成了帘子，辛钰知道她和沈阳从此隔着生和死。辛钰湿漉漉的身体抱着吴现，反正已经湿了，就这么哭哭吧。

辛钰当然还意识不到吴现给了她什么，他只是站在她的身边，从沈阳飞来陪着她完成这个荒唐的约定。他们推着超市的手推车，从一楼到二楼再到三楼，把各种喝过没有喝过的啤酒都装了一个遍。

"你不介意我是为了别的男人来到这里，你还陪着我？"

"你需要陪伴。买这么多你能喝吗？"

"我是新疆长大的，西北女孩能喝。"

"我可是东北爷们，你不怕喝醉了？"

"算了吧，一起湿身都没有干吗。"

"哎，我其实倒是想。这样吧，我一杯你三杯，谁喝醉了就听对方的。"

"哇哦，那你肯定输了。"

"那可不一定哦。"

辛钰大概这辈子都不会这般喝醉又这般清醒过，她喝着喝着就笑，笑着笑着又哭，她感谢上天给了她现在的一切，更感谢此时此刻眼前一杯杯陪着她喝酒的吴现，可她难过，就算她的生命里沈阳注定是要离去的，可为什么要走得如此干脆如此不留痕迹？

"吴现，我想抽一根烟，想抽一根上海的红双喜。"

"你是主持人可以抽烟吗？"

"不可以，平时不可以，今天可以。"

下过暴雨后的凌晨三点多，酒店外的道路冲刷得干净极了，空气因为没了拥挤的车辆而异常清新，吴现拉着她的手，在只属于他们的夜里寻找二十四小时的便利店，要是西安恐怕很难找到了，而这里是上海，走到一个三岔路口就看到一间，辛钰买了最便宜的那种红双喜，酒精令她觉得眩晕，那些记忆就变得模糊，似乎是坐在一间小摊子前要了一碗小馄饨，又似乎只是要了两瓶啤酒。她只记得那根烟越抽越短，很快就燃尽了，好像沈阳和她的缘分。

醒来的时候身边没有吴现，她的衬衣和短裤都裹在身上，压得皱皱巴巴的，脸上的妆也没有卸，但也晕得基本看不到了，她在镜子前面努力地抬起胳膊，一身的酸困。刚打开水龙头准备洗脸，就有推门的声音。

"你醒来了？"

"你去干吗了？我的天哪，什么时候睡着的都不知道。"

"对呀，我也是，还想等你洗脸了再睡，自己也不知道怎么就睡着了。"

辛钰关了水龙头，从洗手间走出来。

"你去买早饭了？"

"我买了披萨和三明治，不知道你的口味，喝的东西有粥和咖啡。"

辛钰站在洗手间的门口，看着那个高大的身影正在从塑料袋里把食品一件件往外掏出来，她第一次有一种很奇怪的感觉，就是想要嫁给他，内心里的温暖涌上眼眶后就有些酸，她伸手摸了摸眼睛，就笑了。

"笑什么呀？"

"想起一个笑话。说有一个男的和一个女的过夜，女的在两人中间放了一碗水，女人告诉男人，如果第二天这碗水洒了，男的就是禽兽。然后第二天女的醒来，水还是好好的在他们中间，于是女的狠狠扇了男的一巴掌说'你真是禽兽不如'"。

"你这是骂我吧？"

"中文不错，听出来了。"

"快来吃点吧，别生病了，喝那么多酒。我给你买了一点儿化妆品，昨天光买了卸妆的，你不是说不化妆不出门吗？"

2010年上海正在举办世博会，可是对于辛钰来说，她正开始学会接受一个男人这样对她好。辛钰自己知道，任何人的好都不可能和吴现相提并论了。她自己的化妆品袋里装的最好的化妆品应该是兰芝了，那是因为她每天上镜都必须用粉，加上强光的照射，所以粉盒还是需要稍微好一些的。她的眼线是美宝莲的，这个不晕妆也不贵，腮红是毕业时候梦梦送她的DHC的，还有眉笔也是梦梦送的，就连卸妆油也是这个牌子的……她打开吴现买给她的全套的香奈儿，有粉盒有腮红还有眉笔，眼线是植村秀的眼线膏，吴现居然说记得辛钰说过自己眼睛晕妆……辛钰自己也不知道是否是被这些东西收买了，她心甘情愿地脱了高跟鞋，就在酒店旁边买了平底的布鞋，天气太热，干脆挽了一个丸子头就跟着吴现出门了。

接下来有太多太多的记忆，在时间的面前，他们也就只是记忆了。

整个城市都在下雨的上海，整个夜晚的那一碗馄饨和一根红双喜香烟的上海，整个烈日下都在为了世博会而排队的上海……以及田子坊的鸡尾酒和蛋糕、新天地的咖啡和上海菜还有走在浦西新区吹着夏日的风在高楼林立中散步……辛钰这一辈子都没有这样恋爱过，除了弹奏钢琴的时候听着小桃子打乒乓球的声音和与沈阳坐末班车的第一排然后看通宵电影，除了这些，她记忆里是看到女厕所墙上被桃心圈起来他们的名字却再也看不到人的伤心，以及终于相见后被当做肥妞的悲伤，如果还有什么，就只有沈阳了。然而，就在今天，今天是2010年的夏末了，本该悲痛到连呼吸都困难的日子里，她却穿着小布鞋和吴现玩了一整天，他们这会儿正坐在浦东的江边，有一个小的喷水池，里面的灯光把水面照得好像拉萨的天空那么湛蓝，他俩一起脱了鞋子把脚放进去，看着脚的颜色也变得这般的蓝。

显然是很没素质的事情，此时此刻却已经被一种情绪掩盖了，辛钰幸福得想要唱歌想要呐喊，但她只是轻轻地转过头微笑地问了吴现一句："你真的会爱我吗？真的吗？"

"你在想什么？"

"无论如何，请不要日后的某天，因为你崩塌了我的世界。"

"怎么会，但是请问我是你的男朋友了吗？"

"你是。可是不要突然离开我。"

"我才害怕你会突然离开我呢。"

选择人生

那是2011年。

那时候关于2012就是世界末日的谣言一阵真一阵假地蔓延。大多数的人都不相信。她也不相信。但是,辛钰希望那是真的。

辛钰醒来的时候其实闹钟并没有响。本来她想再赖一会儿床,只是猛然像是自己吓了自己一跳,她腾地一下掀开被子已经半坐着了。伸手去抓手机,开机的时间实际上挺短的,只是她死死盯着屏幕,太过紧张后时间就变得久了起来。终于清楚地看到屏幕上的时间是6点50后她一下子松了一口气。10分钟的时间她却还是想再躺一会儿,却根本不可能再睡着,于是在今天早晨6点57时她关掉了昨晚定好的闹钟,登上拖鞋,打开化妆台上的第一个抽屉,取出小药盒,数了两颗药后拿起一个大瓶的矿泉水,"咕嘟咕嘟"的声音里完成了清晨最重要的事情之一。之后她去厕所,完成了第二件最要紧的事情。

她犹豫着化妆还是不化妆,坐在梳妆台前发呆。最后决定又给手机的闹钟定了时间,这一次,她定了7点30。打开电脑,点开了QQ却从来不显示上线,看着接二连三弹出的群聊记录,她机械地浏览了一下然后就一一关掉了。还是点开了PPS,接着昨天没有看完的《康熙来了》,虽然她有时候也觉得有些无聊,只是每次都还是一期不落地看了下来,她会跟着节目笑,也会学着节目里说的有些美容生活之类的窍门自己试试。

这时候,她又打开梳妆台上的第二个抽屉,取出镜子立在电脑旁边,然后又拿出化妆袋打开。取了点隔离霜涂在食指上,用食指和中指的指腹交替地拍打着脸蛋上的皮肉,她已经学会了慢慢地完成这件事情,这样一来,她的隔离霜就会涂抹得更均匀一些,比起用手掌抹在脸上要平整也不易起皮。小S总是喜欢挖苦有些来宾,不过她喜欢节目的这个效果,每次看到小S一副故意嚣张的神情,她的心情就会放松。

她习惯先用睫毛夹,令睫毛一根根向上扬起后才涂眼线,不过在此之前,她还要给向上翻起的睫毛涂上睫毛膏。她已经可以在5分钟内画好整个眼妆。她刚刚把一边眼睛的睫毛夹起来,手机闹钟就响了。

她继续夹另一边的睫毛,简单地刷了几下睫毛膏后就开始穿衣服了。最后她胡乱把化妆品塞进化妆袋,打开第二个抽屉把它放进去,关了电脑塞进她的包里,把药盒放进第一个抽屉更是绝对不可能忘记的事情。她提着放着电脑的大包,回头又看了一眼自己的屋子,总觉得还有什么不妥，总是要在这样的不安里关门。高跟鞋踢踢踏踏的声音里，她也不知道自己想着什么地向前走着。

辛钰进电梯，一只手伸进包里乱摸，她习惯地是在电梯里把耳环带上，接着套上戒指，如果没有化妆，就要拿出眼镜带上。

西安的秋天快要到了，只是还没有太冷，早晨的汽笛和人流让她觉得闷热，她把肩膀上的包朝着里面拉了拉，本来就低下来的头更低了。早晨的阳光因为并不明亮，所以她不好意思戴墨镜，尽管并不近视，却还是带着非常大的眼镜框。

素颜怎么遮掩都让她觉得无法坦然。

从现在的屋子到上班的地方，出了小区的门走过一个5分钟左右的路再过一个大的马路就是她工作的地方。通常情况下，她们8点上班，只是她们并不用坐班，出勤的要求也并没有那么严格，况且她是经常要录节目的。但是辛钰只要没有别的事情，无论头一天工作多么累，应酬到多晚也好、自己失眠到多晚也好、录节目到多晚也好，第二天要是去台里上班，就肯定是8点准时到。

到办公室她把电脑安放在办公桌上后，如果有太阳，就一定要把仙人球拿到窗台上找个有光的地方晒一晒，然后擦桌子，把凌乱的杂志收拾收拾。也真的是没什么好收拾的，她办公的地方其实很小，除了台里的领导有自己的办公室外，他们不过就是一人一个塑料格段那么大的空间，永远不可能太整齐，也乱不成什么样。

"小钰，今天录节目不？"

"钰，昨天晚上我妈还跟着你节目学做那个腌萝卜了，味道还不错呀！"

"你现在越来越受欢迎了啦,小姑娘不错嘛!"

"这么勤快呀,你这孩子真不错。"

……

陆陆续续来的同事们总是要表扬一下她,她对每一个走过来的人都站起来笑脸相迎的。她笑起来的时候一定露出牙齿,如果对方站住了和她说话,她就不厌其烦地一次次从自己的办公桌前绕出那个小格段,迎上去,是女同事的话就要过去拉住对方的手,问长问短地热闹一阵子,再来一个同事、再来一个……就这么几个人围在一起叽叽喳喳的。

台里的人都知道小钰是个爱笑爱闹、性格活泼的姑娘。台里没有人知道辛钰的心里究竟装着多少纠结多少无奈,人生在这个时间被永远定格,辛钰告诉自己这个选择是自己做的,自己选择的就不能后悔。而究竟在人生这条道路里,究竟是谁选择了谁?

完美的婚礼

辛钰是可以用台里的化妆师的。除了台里的化妆师外,她可以找的化妆师还有很多。毕竟作为一个主持人,从她开始入这行,渐渐积累的人脉太多了。她却有自己的一套想法,那些熟悉的化妆师们也熟悉和习惯了给她化妆,她的眼睛眉毛等等,她们早已经有了一套自以为适合的方式来修饰它们,两天一个造型,她们早就为了她做了无数个造型。辛钰不想让自己的婚礼有点像是上节目,她想把自己的工作和私事分开来,她想去做一个全心全意、干干净净的新娘子。

她上网一个个搜索,去那些结婚的论坛,打开一个个别人推荐的婚礼跟妆,去看那些新娘的照片,分析那些化妆师叙述的属于自己的独特化妆手法,如果不算太忙的时候,她也会把筛选出来的新娘跟妆的地址记下来，一个个地去看一看。辛钰确实很刻意地做一些事情，一些她根本不用费心费神去完成的事情。她总是告诉自己：做新娘子就是一件该忙碌和快乐的事情，她一定要自己没有遗憾地一件件地完成它们。

今天她选择了一间似乎规模很大的新娘化妆会所，距离她上班的地方也不远，她还上本科的时候，经常去那里和女孩子逛街买衣服，仔细想想似乎那时候就有这么一间做化妆造型的了，那时候却没有在意过。

已经是2011年的冬天了，她记得2010年的11月2日，她的生日，录完节目，她的办公桌前已经堆不下的鲜花和礼物让她惊喜不已。她的努力和热情赢得了更多人的喜爱，找她出外景和出席各种活动的人越来越多，她一个月最多的时候拿到过好几万块钱，她更瘦却更精神了，她依旧还是要清早服下那两色的药，她给泸沽湖的女人汇去更多的钱感谢她……她的人生没有这般美好过。

"亲爱的，下节目了告诉我。"

"喂……节目结束了，哈哈，一会儿去吃什么？"

"你那么多追求者你不和他们吃？"

"别搞笑了，我要和你一起过生日。"

"哎，不想瞒你了，吴现给你惊喜，他从日本来了，可是上海到西安的飞机晚点了，他刚上飞机，本来想我和你吃饭的时候他一起出现呢。"

"啊？你说什么呀？他上课呢，他不是提前一个月来给我过生日了，这不可能呀。"

"好吧，那咱们去吃饭你看他可能不。"

"好了好了，你在吃饭地方等我，我现在动身去机场。"

"你开车去？你车技可以不？"

"可以，为了他就可以。"

辛钰开着熟悉不过只有两个月的车，从南郊飞奔到北郊，也许走西安的绕城高速要快得多，可是她因为不认路，于是走主要的街道。她对于去机场的路有些印象，因为走了很多遍，可是自己开车还是第一次，从来没有上过高速路的她自己对着自己打气。当她一气呵成地上了机场高速后，她第一次用力地踩着油门，看着表盘转速到了120，她有点害怕起来，在已经暗黑下来的夜色里，她想起了一篇张小娴的文章，题目是《为爱飞驰的车辆》，内容记不住，可是这是她的心情。

从造型中心出来的时候，有一辆开得很快的车从眼前驶过。她知道时间已经过去一年了。

"喂，小钰，我刚忙完，你吃饭了吗？"

"宝贝，我刚去看了一个新娘化妆的，正要吃呢。"电话那头辛钰叫宝贝的人是她的未婚夫，他不叫吴现。

他们认识的时候也是去年冬天，是12月份的时候。那一年的冬天，西安没有下一场像样的雪，但是那年冬天，辛钰代表台里去上海录制新年的特别节目，她就在那时候认识了她现在的未婚夫，那个男人叫做师楠。

师楠向他求婚的时候，她就坐在副驾驶的地方，只是车已经又换了。她不知道自己是不是变得很势利，看重的东西已经变了，不然她为什么此时此刻坐在这里？

"今天看得怎么样？"师楠拉了一下她的手，温柔地问了一句。

"不知道，你喜欢我怎么样呢？"

"哈哈，我觉得你怎么样都很好看呀，不化妆也好看。"

"你说如果明年真的就是世界末日的话你会怎么样？"

"你说2012？哦，我还看过那个电影呢，你不会生气吧，相亲吃饭后去看的。"

"我觉得你就不是自己想去看电影的人。"

"是不是埋怨我陪你玩的时间太少了？"

"没有，我其实也累，现在外景也多，都穿高跟鞋，我又什么都上心，整天叽叽喳喳的，也和你一样，回家希望安静下来。"

"你转头，座位后面有个袋子。"

辛钰转过头拿出袋子。

"你怎么知道我喜欢这个东西？"

"那天和几个客人吃饭，有一个人带了一个小姑娘，我看她拿的包好看，就问了问，我觉得你拿肯定比她好看多了，希望你喜欢。"他说完又伸手拉了拉辛钰的手，接着说，"你如果喜欢，我以后慢慢把其他颜色也都买给你。"

"以前追我的时候怎么不买，因为那时候不是你老婆？"

"我们现在也没有领证，但你就是我老婆。"

师楠的求婚很简单却也不简单。辛钰那天录节目到很晚，录完要回台里取东西，刚好师楠陪完他的客户，给辛钰打电话说想出去转转，虽然很累，辛钰却也不想自己回家去。上了师楠的车，他说今天特意没有喝酒，就想带着辛钰兜风转一圈，非常感谢她没有拒绝。辛钰还不知道西安有什么可以开车兜风的地方，就什么也没说，师楠开着车转了一个圈然后上了绕城高速。一路上两个人都不怎么说话，天窗也不能开，因为高速的风太吵闹了。

"不是说兜风，根本不能开窗户呀。"

"我们在绕城上。"

很久又没有说话，这时候，辛钰收到了一条短信，是日本发来的，内容是："你录完节目了吗？那个男人去接你了吗？我很无力，因为不在你的身边，我对你的想念也不能表达，我明白你说的有些话，也明白你不可能来日本，我只想告诉你，只要你幸福我一直支持你。"

"我有话说叫你来的。"

"可是你都不说话呀，心情不好？"

"很多心情不好的时候，可是你的开朗你的善解人意让我待在你的身边就很舒服，第一次见到你，你那么瘦小，可是你的节目里却那么热情四溢，让我想起小太阳。实话说你很好，看到你让我心动，但我没有想到你这么有想法且独立。我们现在走在绕城高速上，我们已经在西安这座城市绕了一圈了，你和我说过，你第一次来这个城市，是从北穿到南，你觉得你应该留在这座城市里。小钰，我是西安人，我希望你会和我在这个城市一起生活，如果你愿意，我会令你更爱这里，会让这里真的变成你的家。"

"求婚呀？"

"对，请你嫁给我吧。"这句话响起的时候，她手里握着的还是吴现发给他的短信,她看了一眼窗外,眼前浮现出了布达拉宫前面那个高大的背影。

"我愿意。"

"真的,你真的答应了?"

"不会是你和我开玩笑。"辛钰笑着说,其实她眼睛里全是泪。

"我太高兴了,我还没有拿出钻戒呢。"

"还有钻戒呀?"师楠伸手打开辛钰副驾驶前面的小柜子,辛钰看见一个蓝色的盒子,上面写着Tiffiny&Co。辛钰伸手拿出来,解开上面的绸带,在黑暗里,六爪镶嵌法的经典钻石闪闪发光。

"居然是合适的。这么大克拉,太贵了。"

"你不看这个就愿意嫁给我让我真高兴。"

"我是透视眼,看到前面盒子里有这个才答应的。"

"我们下高速吧,其实我刚接你的时候就想上厕所,但是你下来得早我心里又有事情,就着急地走,害怕我说要上厕所就把气氛给打扰了。"

"哈哈哈,快去吧,你这么可爱呀!"辛钰说完这句话拿着手机给梦梦发了一条短信,内容是:"亲爱的,我答应嫁给师楠了。"

只用了一秒钟的时间,辛钰收到了梦梦的回复,只有一个字:"哎!"过了五分钟后又来了一条:"对不起,刚才发错了,恭喜你,祝福你。"

那一夜,辛钰一直做梦,她也不知道自己梦到了什么,好像是很多年以来一直会梦到的一个梦:很多光圈,一圈一圈地靠近她,却又不能真的靠近过来,这更令她害怕。

辛钰的妈妈知道这件事情的时候似乎很高兴又很担心，她觉得辛钰太草率了，什么都不告诉家人，但没过多久妈妈就告诉她，爸爸和她见过师楠了，他们理解辛钰的选择，并且觉得她长大了，知道选择一个合适的。她知道师楠自己去看了她的爸妈，但是她没有理解为什么妈妈说她长大了，说她选择了自己合适的。是不是因为师楠有房有车，还是因为他的成熟和责任感令父母觉得放心？

他们的婚期就在眼前了，这是2011年的冬天，过了这个冬天就是他们的婚礼，辛钰却不能高兴起来。越来越无法高兴起来，她怀疑自己的选择，她从来没有这么六神无主过，他总是很想念吴现，而她却只能不停地告诉自己，那些想念都只是错觉，一种距离产生的美感。她需要的是实实在在的生活，她要在西安扎根下来，要扎得更深，她的发展才会越来越好，她连去上海的发展的机会都放弃了，留在西安，就是想更加稳固自己台柱子的地位，领导更加重视，人们更加喜欢，她付出了这么多，她不想放弃所有。起码她觉得这种自私是对的。她不能为了一个比自己还小、一个还那么小的男孩放弃现有的生活和奋斗了这么多年的事业。

她最最害怕的是自己即使为了吴现放弃了这些，到头来，她什么也没有什么也不是了，而吴现在自己长大的过程中，发现其实辛钰真的什么也不是，发现辛钰并不是自己心里想象的模样。辛钰害怕被抛弃的感觉，她觉得爱情里自己一直都被抛弃，从小桃子和沈阳，他们都在用自己的方式让她不能安全。唯有自己奋斗着的这种感觉令她有一丝安全感。而现在，她年纪越来越大了，她越来越需要的只是安全的感觉。

辛钰反复地翻看着师楠给他的新包，黑色的小羊皮抚摸着的感觉是细腻、娇嫩的，如果让她自己买，她应该会买牛皮的，毕竟香奈儿的包包一个也要4万左右，羊皮手感再好，太过娇嫩，不小心蹭破了要多心疼。她的工作已经是同龄里面赚得多到不能再多的了，可是这种东西还是不会轻易就能买的。除了这个包包，师楠还给她买了一件拖到脚面的黑色羽绒服，虽然他的思维和很多东西都与辛钰距离很远，可是这种不同让她觉得这个男人很可爱。

"我看电视里明星拍片子什么的，冬天都穿这种拖地的羽绒服，一包感觉很暖和，主要觉得穿这个就是大明星，小钰也是大明星，也要穿一件。"

她抚摸着包包，想起第一次收到的香奈儿化妆品，想起去年生日的时候吴现说的话："我现在打工赚的钱就这么多，来看你买机票什么剩的不多，只能买普通的礼物，以后别人有的我都买给你，因为你就该用最好的。"

回忆总是搅乱现实的生活。去年去上海录节目的时候吴现听说了，也飞来见她了。上海的冬天更冷，有空调的还好，没有空调的都是潮湿的冷，她整日在台里录新年特别节目，除了晚上之外没有时间在一起，吴现从来都是在咖啡馆等他，还说自己反正要学习，不影响的。有一天晚上，她们录了节目，很多省份的人说一起去吃不远处的甜品，出门了才知道外面降温了，包着外套也冷得一分钟也待不了，最后就说回台里休息了。辛钰那个时候想到一个人坐在咖啡馆的吴现，他就坐在人民公园那里的星巴克，那里是一个玻璃房子一样的咖啡馆，辛钰担心他会冷。她一个人冲出去打车直奔附近的商场，冲进去买了一件CK的大衣,其实那大衣也不是多么暖和的,但那种冲动就是让她想为了他这样,快走出商场门的时候,看到香水柜台,也想买香水给他,有点花痴一样地想着自己拥抱着那种气味的他,这样就算他回去了,自己可以在屋子里洒上这样的香水,就好像他在身边了。

挑来挑去的,发现离录节目的时间越来越近了,拿着东西打了车就直奔那个咖啡馆,计划好直接走进去,就像不认识似的走过去亲吻他,把东西放在身边就走,但显然时间来不及了,只好给他电话,让他站在路边。车靠近了的时候,她从车窗户塞出东西,风里的他夹着自己的电脑,应该是着急,估计电脑都没关机。但面对她的时候,吴现永远都显得不慌不忙。

吴现安稳、安静地站在2010年上海的冬天,为辛钰站在那里。

"我害怕你冷,而我更想拥抱你亲吻你。亲爱的,我真幸福。"

"谢谢你买的衣服,香水味道真好闻,你好好录节目,晚上见面。"

……那些画面就在辛钰的眼前,她放下手里的包去翻柜子里的香水,大半瓶的香水还在那里,她轻轻地洒了一些在自己的手腕上,放在鼻子前闻了闻,突然,她很用力地把香水砸在地上,之后的她就直接坐在地上哭起来。

婚礼办了两场,师楠坚持要在新疆也办一场。

"你简直美得我都不认识了。我想好了,我不能不联系你,我愿意和你做朋友,一辈子的好朋友或者是亲人。"吴现要求看一看婚礼现场的视频,看完后说了这么一句话。可是这之后,他们的联系就变得很少很少。

辛钰记得杨絮已经飞满大街小巷的某天,她收到了吴现送她的新婚礼物:一个自己制作的相册。里面的很多照片辛钰自己都没有见过。相册的最后有一句话:"从此以后,我们不再联系,希望你会过得更好,希望还有缘分一起坐着喝一杯。"辛钰拿着相册一直流泪,不知道是感动收集相册相片的不易,还是为了他们不再联系。

这个时候是2012年的春天,辛钰已经开始用微博,她的每条微博都会有至少300条留言,那天她发了一张布达拉宫的照片,底下写着:"杨絮在绿荫下洋洋洒洒,阴天里有阴天的忧伤,阳光中有阳光的骄傲,我还见过雨中的,只是它们是因为风儿才偶尔飘起一些,路人大多忙着躲雨,看不出它们的无奈。于是,我幻想自己又要旅行了。于是,我再也去不了那里了。"

婚后生活

辛钰一个人坐在屋子里，今天是2012年12月21日，传说中的世界末日。

她无数次地幻想这一天就是世界末日。结婚快一年了，师楠不是不好也不是对她不好。事实是辛钰确实过得不好，她这样坐在深夜里发呆不是第一次了，她想找些事情做，她想抽一支烟，就像沈阳自杀后那个在上海的夜里那样，或者喝上一杯又一杯，也像那个在上海的夜里一样……她明早还要录节目，还要一直笑着面对很多人，要假装自己今夜睡得很好，自己的心情也很好，自己的生活幸福得像花儿一样。

辛钰拿起手机看了一眼，还有几分钟就过12点了。她记得师楠告诉她，说今天估计11点就能回家了。她已经不在乎他说的时间了，辛钰的工作让她很在乎时间，尤其是直播的时候，几分钟几秒钟都是必须要把握好的，就算不是节目进行中，你约了几点就是几点，每个人都迟到一分钟也是不得了的事情。辛钰觉得结婚后的自己根本就不再需要时间的观念，一次次看手机上的时间已经令她从失望到厌恶。

她从沙发上起来，还没有卸妆，如果说开始她有意不卸妆等着师楠回来，那么现在她回家后就陷入一种不愉快的气氛里，令她没有心情热爱生活。辛钰打开抽屉，抓了自己的药盒，又从柜子里翻出更多的药塞进自己的包里，随手找了一个布袋子，把自己的电脑和化妆袋以及几件最近比较喜欢的衣服塞进包里。她关门的时候犹豫了一下，还是害怕会有留恋吧，于是头也没有回。

下地库开车门把东西都塞在副驾驶的座位上，轰的一脚油门就开了出去。外面并不是空无一人，还是有车时不时地超过她，她以前租的屋子已经没有了，就算在她也不可能回去，她想随便兜几圈想想，也许累了开个房间睡下。她从南向北驶去，这种时刻总是有回忆钻出来，明明没有老去，但明明开始回忆过去了，她一直开，想着自己第一次来到西安看到的景色，她希望这样一直地开时光就能倒流回去。

她透过车窗看到路边躺着一个白白的东西，她把车停了下来，不知道哪里来的勇气，她推开车门走了下去。她已经看清楚是什么了，是一只流浪的猫咪，已经死了。辛钰猜想是出了车祸后并没有立刻死去，挣扎着爬到路边。

"很多时候挣扎有什么意义？还是死了。"辛钰自言自语地说着。"是呀，我就这么出来又能去哪里，如果失去了这个家，我也不过就是这么一只流浪的猫咪。"

谁能知道辛钰此时此刻的心情呢,她上了车,她知道自己救不活它也无法带它走,就像她知道自己选择了就必须面对。

她把车开到南门,掉了头往回走。

开门进屋子后看到师楠坐在沙发上。

"回来了。"辛钰不知道为什么是自己先开口,而且还是这种没事一样的口气。

"宝贝累吗?今天录节目这么晚?"

"累,所以自己开车兜了一圈儿。"

"你上绕城了吗?不是不敢上高速公路吗?"

"我开过机场高速你忘记了?还接过你。"她想起那个求婚的夜晚,在绕城高速上,想起她去接吴现的机场高速上……那个时候是不是都是为爱飞驰呢?她自己想想就笑了。

"你高兴什么呀?什么事情让我们宝贝这么开心?"

"想起今天回来你就在,想起你也许会突然扑过来把我按倒在沙发上做爱。"

"小钰,你怎么了?是嫌我没有11点回来吗?你别生气好吗?我真有事情,你不是不知道有应酬真的麻烦,不由我的。"

"别说了,没事。洗澡睡觉吧。"

"是挺累的,那我在外面洗,你去里面洗,我知道你喜欢有浴缸的。"

辛钰不想说话了,可是心里的委屈让她这次没有忍住。

"我问你,我们的浴缸就不能两个人一起泡吗?不能喝点儿红酒泡在里面说说话亲热亲热吗？只能回家你洗你的我洗我的，然后睡前你亲亲我的额头说宝贝睡觉，接着转过身子去睡觉。"

"小钰，你今天怎么了？单位有人欺负你吗？如果累了不上班也行，或者我给你开个店你就轻松地弄弄，不要太压抑。"

辛钰真想抓起手边的东西朝着师楠砸过去，接着自己就坐在地上大哭大叫。但是她想起师楠求婚的那个夜晚，她选择砸了那瓶象征着吴现味道的香水，选择了不要他的陪伴，此时此刻，这个选择就是她自己应该得到的。

"我们多久没有做爱了？"这些她都没有做，只是认真、严肃、冷漠地问出了这句话。

……

辛钰第一次和男人做爱是在什么时候？就是那个突然降温了的上海的夜晚。那时候她刚认识了现在的老公，但只是匆匆见了一面，她知道师楠对她有感觉，她还没有在意那些事情，她的心被吴现满满占据。

她录完节目的时候11点整，她没有让吴现打车过来接她，她自己直接打车去人民公园的咖啡馆找吴现，整个街上还是灯火通明的，她下了出租车走过一个小台子就到了，玻璃门挺沉的，她冻得哆嗦，推门觉得特别地费力气，身子进去一半的时候就觉得温暖的气息扑面而来。

"欢迎光临"……

店里四张桌子有人，空荡的气氛却这么温暖，她觉得自己好像电影女主角儿正在走向吴现，他戴着耳机认真地对着电脑，并没有在意有人进来。她买了一杯热的卡布奇诺,她很想喝咖啡上松软的奶泡,此刻她很累,但这样的气氛和坐在那里的人让一切都像奶泡一般美好。

"啊?你怎么来了?"吴现站起来的时候好高,耳机差点从耳朵上被拽下来,他有点慌乱地摘了耳机扔在电脑键盘那里。

辛钰原本是想过去亲吻他的嘴,可是他站起来就变得好高,她刚好换了一双小跟的靴子。

"你笑什么?我怎么了?"吴现眼中的辛钰一直对着他笑,他以为自己脸上蹭了什么脏东西。

"你低下头来嘛我告诉你。"

辛钰给了他一个响亮的吻。吴现愣了一下,他抱住辛钰的身体,贴过自己的脸对着辛钰的唇。

辛钰觉得舌头牙齿在嘴里都移位了,两个人都分不出彼此地缠绵在一起,嘴唇绵软得好像卡布奇诺的奶泡,而奶泡靠近嘴唇就消失,吻着的感觉实实在在一波接着一波。辛钰想到那个光波一样的梦,一圈一圈地靠近却不能真的靠近过来,这个吻却是一阵阵、一波波,覆盖着、重叠着。

她在那个咖啡馆里第一次这么强烈地觉得自己变成了一个湿润的女人。

辛钰当然记不得那晚奶泡真实的味道,也当然不记得潮湿寒冷的味道,她的手一直拉着吴现的手,吴现的手一直挽着她的,像是奔赴婚礼的教堂般,她觉得浑身的筋骨都松弛下来,只有心脏"砰砰砰"的跳着,好像要爆炸了一般。

辛钰要求他们分别洗澡，她还不能想象相互擦拭对方身体的感觉，虽然他们曾经面对面坐在浴盆里。她洗得异常认真，用浴液擦了两遍身体，冲洗的时间还异常地久，总觉得身体上有没有洗净的浴液似的。刷牙的时候也很用力，等到漱口的时候，发现牙缝被酒店本来就稍硬的刷毛划得出血了。

在这个时候想到一会儿如果身体出血会不会很疼，原本她喜欢吴现高大的身体，这会儿不知不觉地有些害怕起来。

她走出浴室的时候，只穿了一条底裤，不过白色的浴巾包裹着身体，她想象自己穿着抹胸的小礼服。吴现也走了过来，两只手分别伏在她的肩头，他的手又大又热，有些粗糙，这样的手在肩膀上很有存在感，辛钰一下子紧张起来，两个肩膀紧紧地耸立起来。

"真美。"吴现亲吻了她的锁骨之下、浴袍之上的皮肤。

"哎呀，好紧张，不要这样。"辛钰说着，去抓伏在肩膀上的胳膊。吴现却直接抱起她，把她横在胸前。

他把她放在床上，动作并不大，辛钰脑袋里只剩下"嗡嗡嗡"的声音，她的呼吸声凌乱起来，熟悉怎么用气息的辛钰完全乱了阵脚，她整个身体像是被吸附在床上，她的浴巾早不知道扯在哪里，但她自己来不及想这一点儿，她看见吴现的T恤衫利索地从手臂间脱下，看到他利索地脱了裤子，连同内裤一起，光溜溜的只有胸前一直连到下体的毛发。

"关……关灯……"

……

事情结束后，她从吴现身体下面起来，像是昏迷后的苏醒。

"辛钰，对不起，我可以更久一些，可是我有点激动。"吴现说着，而辛钰很想告诉她，自己已经支持不住了。她刚站起来，腿觉得软，只是觉得，但她已经跪在地上了。

……

很久一段时间，辛钰更害怕男人的身体，或者说是更害怕吴现的身体，他原本就强壮的身体里藏着比一般男人更为强烈的热情。辛钰得到过、体会过的男人太少，这突如其来的攻势和想象中的柔情似乎太过不同。

师楠却是不同的。他带着一种从不打扰的态度，从相识到求婚，都是一种并不火热的温度，带着尊重和相濡以沫的温柔。

……

他们的屋子安静极了，曾经也热闹过、温存过，新婚的那天，他安静地调暗了灯光，轻柔地拥着辛钰，他们靠在一起听着音乐喝着一杯红酒，直到气氛一点点被酒精充满到想要亲密的时间，他才拉着她走进卧室……

他们的屋子安静极了，再也不是曾经，辛钰甚至只能记得新婚夜晚的那一次，之后这间屋子里就只有自己的等待和等待回来后侧身的鼾声。

"小钰，这个问题让我很尴尬，我很累。"

"我们是夫妻，没什么尴尬的，我就想知道我们上一次的做……爱是什么时候？"

"今天太累了，休息好吗？"

辛钰一动不动，眼神里没有光，空洞地盯着师楠。

"你如果不爱我……师楠，这样太辛苦了。"

"我不爱你为什么要娶你？"

辛钰的嘴里说不出那句话，她想问问他：如果爱我，如果爱，那么你连男人对女人最初的冲动都没有吗？

她却没办法对师楠这么残忍，也没办法对自己那么残忍。

"小钰，你知道我每天有多辛苦地应酬，回家看到你就很幸福，我只想你也一样生活得单纯愉快。我的年龄大你一些，我不可能像个小男生一样只考虑身体的冲动，我觉得应该给你更多的东西，何况……何况我这么辛苦，身体不可能那么充沛的……算了，咱们洗洗休息，如果……我们洗完在床上。"

"够了！我不是色情狂，也不想强迫你，师楠，请你想想，如果连最原始的爱都没有了还有什么？我觉得我们越来越远越陌生了，请问婚姻对我们必须是什么？是为了让我们更亲密还是为了让我们更独立？金钱、名誉是为了让我们更幸福还是为了让我们更疏离？"

婚　内

　　录完节目的辛钰累极了,但她仍然不想回家,从早上醒来后她就思考着下班了可以约谁又或者可以做什么,一天的事情太多,满满当当的,于是白天不够用,夜晚太漫长。她早受够了回家的空荡,和早就告诉了自己不要等待却还是明明的等待。她慢慢地收拾着自己那么一点儿小桌子,擦了一遍,再把节目的剧本按照每天录制的顺序摆放整齐。办公室里的小方格一个个都空了,只有林薇还在。

　　"也许可以自己去吃一顿饭,又或者去咖啡馆坐坐,要不逛街走走……"种种的可能一个个地出现又被否认了。梦梦也不能总是约,毕竟她有她的生活,和自己相比,她还有一个家,有等着她回家吃饭的父母,或者是等着她约会的男朋友,而自己,似乎谁也没有。

辛钰拿起电话给师楠打过去，她发现今天他们一个电话也没有打，她已经三天没有见过他了，一般每天都会打一个电话，但是今天连一个电话也没有。她不太主动给师楠打电话，从恋爱的时候就没有养成这样的习惯，今天她却突然害怕起来，要是他有点什么事情呢，自己毕竟是他的妻子，却完全不关心。

电话一直没有人接听。这样的结果让辛钰更加害怕了，她接着打过去，还是没有……她去了一趟洗手间，回来看了一遍手机，没有未接电话，于是又打了一遍。她发现自己不认识他的朋友，除了这个电话之外，根本没有其他可以联系的方式。

辛钰拿起包，去开车，更不知道自己该做什么才好。其实这样的时候，辛钰最终都会转去咖啡馆，那样的一个地方，永远不会觉得一个人待着有多么孤单。

路上已经开始堵车了，她开了音乐，手机被特意地放在副驾驶的座位上，铃声也特意地检查了，害怕自己录节目后关成了静音，反复地确认了好几遍，每一个红灯也要再看一遍，她就这么不知不觉地开着，心里想着等着。这样的一种状态辛钰从未有过，她的人生就是向前、有目标，感情却被婚姻吊了起来，上不去下不来没有目标，半死不活的感觉太难受了。

辛钰不明白，自己这个人并没有变，那么自己明明就是一个可以把感情拿起来又放下去的人，但是结婚后为什么会被另一个人的态度控制了呢？婚姻和恋爱不同，恋爱最大的好处就是两个人用尽全力地耗费自己、消耗对方，大不了分开，又是一个完全的个人。但婚姻不一样，婚姻是两个人变成一个统一的个体，和对恋爱的期望和感受完全变了。明明是两个人，辛钰却开始期望他们有统一的思维、统一的生活甚至是统一的感情，失望了后却不能随便地离开。婚姻的离开就和离开自己一样，辛钰再也不可能是那么潇洒的。

她开过了路口，耽误了很久又掉头回去，才去了自己常去坐坐的咖啡馆，停好了车，她从后备箱找出自己最近买的书。辛钰很久没有这样刻意地去看书了，她很忙，就算不忙也不会有时间去看书。婚姻带给辛钰的感受，很多时候，她会觉得自己越来越没有涵养，那种憋闷的感觉，总是令她要歇斯底里起来。她就开始想从书里寻找一份平静。

"辛主播，要不要试试我们新上的松饼？"

"好的。"

"要冰激凌吗？"

"不用了。"

"那给你一个水果松饼吧，还是咖啡？"

"可以。"

"松饼稍微甜一些，搭配黑咖啡行吗？"

"会不会很苦呀？"

"你尝尝，如果觉得苦我给你加牛奶和糖水。"

"好的。"

"我那天给我老公说你总来他都不相信。"

"你们这里吸引人嘛。一共多少钱？"

"不要不要，只要你愿意和我合影，不过，不过不愿意不影响你。"

"好呀。"

"真的呀,那我一会儿送餐的时候好吗?"

"随时。"辛钰笑了笑,去找座位了。坐下来后,她又看了一眼手机,还是一个电话都没有。刚才焦急的心情已经好多了,她把书拿出来。

"爱情主要是种族繁衍的本能,这具体体现在绝大多数男人对于女人都是见谁爱谁,如果没法赢得所倾慕的第一女人,他很快就会把心思转向下一个。鲜有男人一辈子只恋爱一次,若是那样,只能说明他的性本能不太强烈。当繁衍的本能得到满足后,让求爱者迷失心窍的疯狂就消失了,留给他一个老婆,受他冷落。"

她看到书上这样的一段话,反复地看了好几遍,也许大脑有点放空,好像明白了,又看了几遍也什么都没有留在脑海里。铃声就响起了。

"喂……"

"钰,有事情吗?打了好几遍?"

"没事情不能打电话?"

"以为你有什么急事。我忙呢,谈事情。"

"你……那忙吧。"

"真的没事?"

"你什么时候回家?"

"要是有事我晚上回来。"

"现在就回家。"

"怎么了?"

"我没怎么,想你了。"

"哦……那我忙完就回。"

"再见。"

"要晚一点哦。"辛钰听到那边的话,但是已经直接地挂了电话。她心里烦躁极了,但是还是忍着,继续看着书。直到松饼和咖啡端了上来,她礼貌地站起来和店员合影,微笑的模样看起总是一样的幸福。

"谢谢你哦,辛钰你人好随和,漂亮又知性。"

"谢谢你夸奖,还有谢谢松饼。"

"可以发朋友圈吧?"

"可以可以。"

"你现在微博更新很少呢。"

"用得少一些。"

"不打扰你了。"

"不打扰。"服务生走了,她应该和自己差不多大或者比自己大一些,剪了短头发,圆圆的脸蛋看起来很亲切。她说照相是为了给自己的老公看的,那么下班后,回到家会有老公和她讲话,她可以得意地给老公看自己照的照片,应证自己说的话。那样的生活辛钰却不会有,没有人在意她拍了什么特别节目遇到什么人,或者工作中有了什么成绩。

她端起咖啡,没有尝出苦涩,但烫到了自己的嘴巴。她吃了一口松饼上的莓果,酸的味道通过嘴巴涌上鼻子、眼睛,眼泪就要下来。

"没事的,没事的,晚上就和师楠好好地谈谈,忍住、忍住!"

辛钰一边这样对自己说,一边努力地闭住气,这样身体里的眼泪也一并地闭住了。她又翻了几页书,其实还是没有看进去,最终又回到刚才的那几行上,她端起已经不烫的咖啡,先喝了一小口,接着一口气喝了一整杯。

辛钰一直坐到十点多,她不想等到打烊了再回家,看时间差不多就起身了,开着车下地库、锁车、上楼然后取钥匙开门,外面月光和灯光透进来照得朦朦胧胧的屋子就在她的眼前。她脱了高跟鞋,把包扔在一边,靠在沙发上,不想开灯不想洗漱,衣服也不想换。辛钰的脑海里慌乱得就像蚂蚁爬行,她有着这样、那样的主意,该如何面对回来的师楠。这时候的辛钰是一心想要改善他们之间的关系,但还有什么比男人的沉默和冷漠更难对付呢?

"等到师楠回来,我不能再是这样的一副状态。"辛钰自言自语地说着,用手撑着沙发扶手直了直腰。"可是为什么不能这样,难道我这样还错了吗?难道他工作我就不工作,难道可以工作了连电话都不打、人也不回来?难道我必须要承受婚姻里无止无尽的等待?"这样的情绪很快就过去了,辛钰是谁,她是愿意努力争取成功的,更愿意争取幸福,那么这么一点儿小的障碍又算得了什么。

漫长的幻想就这么开始了,在这间不知道是不是还能称作"家"的黑暗的屋子里,辛钰想着等着、等着盼着、盼着想着……男人很难理解女人的这种纠结,女人自己也不懂就和自己也克服不了一样。辛钰为了婚姻决定要更温柔更主动。她想着自己现在站起来,先洗一下,然后再补个妆,记得自己婚前买过几件很漂亮的睡衣,去哪个柜子里把它找出来……她开始进入自己的幻想中,她想象着师楠推开门,唤她的名字,打开灯,自己就轻轻地走过去,揽着他的胳膊,睡衣和自己的身体都轻薄地贴过去,他一定会先稍稍地愣住,但是很快也揽着辛钰,他们温柔地说着情话,不,辛钰觉得这个时候应该不是温柔说情话的时候,师楠应该是迫切地拉着她直接走进卧室,或者一把抱起她就放在最近的沙发上,她会要求关灯,师楠已经不管这些了,她会要求师楠先洗洗,师楠也不管这些了,他们的亲吻也稍显的应付。这个时候有更重要的事情,抚摸也变成胡乱抓着……

辛钰听到自己的呼吸声音,辛钰发现自己的手心居然和身体的皮肤摩擦着。她站起来,站起来不如说蹦起来,屋子里还是昏暗的,这样的昏暗却也掩饰不住辛钰的羞耻,她就往开关那里走,一把就打开了客厅的灯,屋子亮了起来,人的心想明亮起来,却不如这灯光来得快,辛钰朝着洗手间,她打开喷头,热水还没有放出来就开始冲洗自己的下部。一边洗的她突然回到那个在沈阳的夜晚,清水和自己的完全不同,越是洗越是分明。她的情绪还可以压抑,她努力让自己更冷静,一点点开始冲洗自己身体的皮肤,洗完了关掉淋浴,她擦干身体,光着身体在镜子前面准备补妆。

自己真的好瘦,真的不能相信青春期时的肉鼓鼓的身体,和这个面前的身体哪个才是真实的,她把眼线补了补,压了一些眼影,粉扑轻轻地沾了沾脸,刷了一些高光在鼻子和下巴。一个五官立体起来的辛钰去找睡衣,印象里放在哪里了,好像不在衣服柜子里,那么应该是在哪呢?

辛钰一下子就想起来了,新婚的时候,梦梦和她半开玩笑地送给她一个"情趣玩具",她一边说梦梦太洋气,一边不好意思地收了起来。后来，自己买的那些性感的内衣也完全没有什么用处，就干脆归在一起了。

那些蕾丝纱质的睡衣被放在一边，辛钰拿起那个情趣玩具，她再一次扭动了按钮，握在手里的椭圆就剧烈地震动起来，屋子太安静，震动的声音异常的大，辛钰的手一抖，全部扔在了床上。

很快，她又拿了起来。

自己的呼吸比刚才更加急促了，身体涌动出来的欲望让辛钰完全没有机会羞涩，更不用说思考自己正在做什么。她拿着"玩具"走到客厅，开着的灯也没有提醒她在做什么，她的思想被手里的东西屏蔽了，除了要做的事情她什么也没有机会思考了……

从她所陶醉的另一个世界回来，她开始害怕师楠突然回来，可是意识回来了身体还没有回来，她无法直接站起来收拾一切，失控的身体站不起来，这样的感觉从未有过，不能完全用"舒服"或者"不舒服"这种简单的词语来形容，她想回味其中的感觉但现实更令她惊恐，终于从被附身的身体里钻了出来。从沙发上起来，先去擦地板又没有拿纸，刚去洗手间找到抽纸，又匆忙地回去捡起地上的"玩具"。

"藏到哪里呢？"辛钰没了主意，不用的被子里面还是哪里呢？沙发的垫子下面？要不然放在大包的卫生纸里？整个原本挺大的屋子此刻太小了，原本很多可以放东西的地方也变得没了地方，连衣服也没有穿的辛钰慌张得没了主意。

这么绕着圈走着的辛钰逐渐地冷静下来，很多的慌乱都是自己制造的，就和伤心、悲痛、纠结等等一样，自己臆想出了种种麻烦。

辛钰用过没有用过那个"玩具",它本来就存在着,就在自己家里的某个柜子里,和那些漂亮、性感充满诱惑的睡衣一起安静地躺着,根本没有人在意,师楠呢?师楠更不会去翻看一眼。那些已经存在了很久的东西突然间就变成了让她不安的存在了?辛钰意识到这一点,就回到屋子,拿了一件吊带的睡裙先套在身上,去卫生间时,直接就把"玩具"扔进了垃圾桶里。

辛钰很快就从刚才的情绪中解脱出来,她对着镜子里的自己深深地呼吸,她看见自己漂亮的脸蛋,消瘦的身体在夸大的吊带睡衣里那么楚楚动人。辛钰已经决定了,刚刚的一切都没有发生,然后她就听到了似乎是开门的声音。

"小钰?你干吗呢?"

"老公,你回来了,等你着急得就收拾收拾屋子。"辛钰说话的时候还是心跳加速了,但是她的手更用力地擦着地板,慌乱就被很好地掩饰过去了。

"叫家政呀。你自己干这个干吗。"

"没事。"

"快起来快起来。"师楠说着自己开始脱鞋,也没穿拖鞋就朝着辛钰走了过去,伸手就去拉她起来。毛巾就被当成抹布扔在地板上,辛钰站起来,也顺势拉了一把师楠,男人带着肌肉的结实胳膊令辛钰脑海里就浮现出刚才的自己,就在眼前的沙发上,她的心理带动着身体就痒了起来。

"抱我上床嘛!"辛钰两只手抱住了师楠的脖子。

"好了,你去洗洗手,地板脏。"

"那你亲亲我。"

"洗洗手啦,别闹了,挺晚的了。"

"不!亲一下。"辛钰被一种东西拽着,她觉得自己好需要师楠。

师楠居然自己掰开了辛钰揽着自己脖子的手,好像没听到辛珏的话,转身坐在沙发上。

"我休息一下,早点睡,让你等我这么晚。"

辛钰站在客厅,她穿得太少了,她的身体里还散发着渴望的味道,她看着坐在沙发上的师楠,看不清楚他的模样,只有一个轮廓,距离这么近却好像越来越远,从来都不曾熟悉过。辛钰有种五雷轰顶的感觉,她恨自己也恨师楠,是恨自己不争气还是恨师楠?

"我们分居吧。"

"什么?"

"我说我们分居!"

"不就是亲一下的事情?"

"不是!不是!不是的!"

"你心情不好吧?"

"我心情很不好,你知道有你的家是什么吗?是坟墓!我每天盼着你回来,你却碰也不碰我一下,你看看我,我穿成这样也连一个吻都换不回来,我无法和你过下去了,我要疯了。"

"辛钰,你冷静一下。"

"我无法冷静,我怎么冷静,你说你让我怎么冷静,我要人爱我,我要爱,我要实实际际的爱,我再也不能忍受一个人守着这个屋子,再也受不了了。"辛钰不仅说着,她拿起一个沙发靠垫,居然用力地撕扯着,发现自己只是徒然,她开始咬这个垫子,用力地咬着想要撕烂它,还是不行。太过用力,垫子从手里掉了出去,她的手上什么也没有了,她只看到自己的手臂,辛钰绝望极了,她照着自己的手臂就咬了下去。

这一切都被师楠看得清清楚楚,他也许也觉得该让辛钰发泄一下,又或者他是真的累了,他只是看着自己的老婆,什么也没有说,直到他看到辛钰手里什么也没有了,就朝着自己的手臂撕咬下去,他从沙发上跳了起来,一把就拉住了她,辛钰被抓住了手臂,情绪没有得到发泄的她顺势就去咬师楠的胳膊。刚刚咬下去的辛钰自己也愣住了。深夜的城市里一栋栋大楼都暗了,办公大楼里一个个小格子里也没有任何光,家属大楼里亮起光的小格子要多一些,有的是等着爱人回家、有的是陪着孩子学习、有的就和辛钰这样,面临着把一个小格子变成两个。

别人只能看到亮起的灯光,别人看不到辛钰穿着为了婚姻准备的睡衣,放了那么久,第一次穿着面对着师楠,却也许变成了最后一次。她的胳膊还被师楠拉着,拉住她胳膊的手臂上有隐约的牙印。婚姻可以把一个吸引了所有路人的美女变成一个牙印的模样,因为就在此时此刻,师楠的眼睛里就只剩下这个牙印。

甩开了师楠的手,辛钰随手捡起刚才的垫子就向着师楠砸去,师楠也躲闪,辛钰拿起一个又一个,一个个地扔了过去,有些砸住师楠的头,有些砸在脚边。辛钰的火气、怨气一阵阵的,再也停止不下来。

"你冷静一下。"

"我……我怎……怎么冷静?"

"我今天是回来晚了。"

"不是,不是因为回来晚了。不是的,真的不是这个原因,你想想看,你以前不回来还有句话,现在电话也没有,我今天突然担心起来你,发现我连你在哪里都不知道。你算算咱们结婚后……结婚……结婚以后有过几次性生活,有过吗?有过吗?是我有病吗?是吗?你干吗要娶我,你他妈的干吗要娶我?"

"你……辛钰,你骂人了?"

"对,骂人,我恨不得杀人,骂人又算什么?"

"你先冷静一下,你不要这样。"这时候,辛钰又顺手拿起一个垫子再一次扔到地上,自己还用脚踩了几下,她觉得有能量发泄不出来,只是自己没有踩好,摔了下去,腿一下磕到了茶几上,血顺着伤口流了下来。

"别碰我!"师楠去拉她,她吼着,自己干脆坐了下来,她想接着说完自己要说的话,一坐下来气势感觉一下子没了,于是又站了起来。"师楠,你知道吗?你怎么可以这么残忍,你让我一个大活人生生地住在这么一间没有了人气的屋子里,我录节目的时候还好,下班了就没地方去,你怎么会知道,因为你在乎过吗?你娶了我回来就是为了这么放着吗?"

"咱们坐在沙发上说,你把你的腿……"

"这算什么,这腿算什么,比起心里的疼这算什么?"

"你……"

"我！我是辛钰，我是你老婆！我是你名存实亡的老婆！"

"你……你是不是疯了？"

"疯了？我早就疯了，我这会儿才正常了，哪个家庭像我们这样？随便一个女人都不会是我这样。"

"你以前不是这样的。"

"你还和我说以前，你还说以前？你求婚的时候怎么说的，你当时怎么说的，你现在怎么做的，我感觉自己活得不知道是不是人了，我是谁？我是干吗的？我还是不是女人都不知道了。"辛钰想起刚刚的自己，想起自己拿着玩具，那种说不出的感觉就阵阵地袭来了，说不出来是很好还是很不好，她的身体忍不住抖了一下。辛钰重新看了看周围，电视机、沙发、茶几还有吊灯以及挂着的结婚照，还有地上凌乱的垫子，她知道自己无法承认刚刚自己做的一切，所以辛钰还是流泪了。

就不知不觉地坐在了垫子上，她抱着垫子使劲地哭了起来。

"你……辛钰，你的意思是你准备和我分居是吗？"

"是！"辛钰的头还捂在靠垫上，抬也不抬起来地说着。

"你刚刚说的是真的吗？"

辛钰就突然站了起来，站起来的时候腿还是疼的，可是她直接走到厨房，端了垃圾桶，这一刻，她站在师楠的面前，她的目光和师楠的目光交汇了一刻，他们彼此都很快就收回了自己的目光，可能他们都从彼此眼中看到了失望，都不敢继续再看。

垃圾桶被一点点地抬起来，"看吧！"辛钰都不知道自己嘴角是因为痛苦而发出的扭曲了的表情，和微笑的样子还有些像，都是抬了抬嘴角,师楠看不见,师楠只看到垃圾桶被底朝天地反过来。里面的垃圾并不多,有一个苹果的果皮还有一些衣服的牌子标签,可能还有一些卫生纸的纸屑,它们都被倒在客厅的地上,和沙发垫子一起躺在地上,但这些师楠都不在意,他看到了那个躺在它们之间可以"震动"的"玩具"。

师楠似乎有意蹲下来捡起来,他轻微地弯了弯腰,但就和辛钰脸上刚刚那个扭曲的表情一样,很快就消失了,就连他们彼此都没有注意到,这时刻,师楠的心口很疼,也许比辛钰要疼。婚姻里的这种歇斯底里究竟谁伤得更多一些谁又更痛苦一些?两个人站在一堆垃圾旁边,如果此时有一个人可以先低下头来收拾这个烂摊子,婚姻就可能还有的收拾,但此时此刻谁也无法弯下腰,谁也不知道要怎么收拾,两个人大概都回忆起了一些婚姻最初的画面,男女有别的思想里回忆起来的画面肯定是不同的,谁又在乎呢,只能让自己更无望更绝望。

"分……居。"

还是男人先开口了,师楠拿起自己的手包,丢下这句话和一声响彻屋子的关门声。

婚　外

　　她有点纠结地等在地下停车场，心里重复犹豫着究竟是上楼去还是让他直接下来。这时候的心情是最难的了吧，想做但明明知道是不对的事情，并且这完全是一种未知的。

　　其实很明显了，她真的会上去的，不然不会一大早地就等在他家的停车场，那种心情像是初恋的女孩，每天放学还要故意不回家，假装是为了锻炼身体，沿着操场一圈圈地跑，直到脚抽筋腿酸困到睡不着觉，其实只是看看在操场上打球的他。

　　这时候该发生的已经再明显不过了，她的纠结只是自己安慰自己的，事实就是，她想让总是失眠的他稍稍在假期的今天多睡一会儿，直到他自己醒过来。

……

她真的会一直记得他屋子里的模样，厨房是吃完饭的碗筷，泡在水池里……原本还想了很多很多，她这一刻心里就全软了，表面上还是一副好奇的模样，但心里已经开始盘算着：他好像就这么一个电磁炉，那么可以准备什么食物给他，让他可以加班回来，睡不着的时候，有点营养又能简单地吃点食物……这些她都会一直盘算下去，即使知道她做的事情没有什么意义，也许不能给他带来什么，又或者他不会在乎，可是，她的内心会稍微地开心一些，究竟为了什么开心呢？究竟为了什么呢？

单身男人的屋子，她记得他屋子的味道，和他身上的香水很像，她希望这些都是幻觉，可是闭上眼睛那种味道就好像、好像是他刚刚伸过胳膊来，让她闻到的他的香水味。

真的很迷人。

就连看到他床头放着的果冻也觉得这么迷人。她对着他说，吃多了会变成傻子，而她心里的话是：他要是变成傻子就好了。而为什么好呢？也许傻子就不会让她这么不能自控，也许傻子她就可以更傻地照顾他了吧。

……

她洗碗的时候心里开始是开心的，因为那时候他正在换衣服，她想象着自己就是女主人，而另一位正在做着自己的事情，分居后的疼痛并不是很强烈，没有一股脑地袭来，但总在时不时地涌上心头，很不好受，现在有一个男人就在旁边，从未拥有和失去了再拥有是不同的。但事实上，很快很快，这种开心还没有来得及蔓延全身，她又难过了,因为水管的水真的很冷。"这么冷的水怎么洗碗,那么他每天都只有冷水吗?"心里这么想着的辛钰,就像是刚刚恋爱的所有人一样,有那么一阵子,所有的心思都是另一半,就现在这样:自己怎么冷都行,对方凉一点儿自己就不行了。

……

等他出来后,她已经基本洗好了,还帮他去掉了勺子上没有撕干净的标签。她本来还在心疼他,而在一种淡淡的伤感中,因为看到了他的模样,就一下子只有开心了。

世界上真有那么美好的事情吗?只要一个人在你的面前你就可以忘记所有不快乐?你相信吗?你相信你也会找到的好吗?

"我的衣服全都换好了,走吧!"

"你怎么回事呀,你的勺子上还有标签,这吃下去还行吗?"

"这个应该不是我的勺子,大概是室友的吧。"

"两个勺子上都有好吧,受不了你们,自己不会照顾自己呀!"

"走啦好不?"

"嗯!"辛钰答应着,去脱自己身上的围裙,她发现刚才太着急了,居然弄成了死结,这会儿着急,越发解不开了。她只好从上往下面脱,卡在脑袋那里,令她有点尴尬。

"我弄了一个死结,不好意思,我给你解开。"她拿着终于脱下来的围裙,开始解带子。

"走吧,没事的,反正我也不穿的。"

"我解开了放好再走。"辛钰解了一半,抬头看了他一眼,他眼睛正在目不转睛地看着她。似乎很久没有在一间屋子里和一个人这样待着，这样的被目不转睛地盯着。

"那不弄了，走吧。"她说着的时候，他已经走了过来，伸手帮她撩了一下脸颊上的头发。这样的动作还没有完，他的手接着从辛钰的额头划过脸颊游走到脖颈，一直放在她左侧的乳房上。

辛钰被他的举动吓傻了，一动也不敢动。

"你的心跳很快。"他说了一句。

"别闹了，我们走吧。"辛钰转身去挂围裙，她的身后被一双手抱住了。

"别闹了。"辛钰说着，嘴上说着，心里却不是这样的，她觉得那个"玩具"好像在自己身体的下面震动了起来，因为那天的热一阵阵地又来袭击自己。

"别……"

"我没有闹。"辛钰的耳边响起这样的四个字，这样四个字和他的气息混合在一起在辛钰的耳际响起，随着这样的气息和声音，她觉得有一股熟悉的气味。

"你用的是CK的香水？"

"是呀，用来迷惑小姑娘。"

"我不是小姑娘。"辛钰说完这句话，抱着她的胳膊更有力了一些，其中一只手还移动地向上摸去，从领口伸了进去……

一番云雨后，他们一起上了车，她带他去回民街，这时候的她想起的是自己第一次来到这座城市，在某个夜晚，那个耳边的热气，只是此时此刻，是西安最美好的季节，只是春天还没有完全地绽放起来，她穿了黑色的西装还觉得有点冷。

"你冷吗？"

"我？我不冷，你太臭美了吧，穿得少了？"

"对呀，我臭美。"

"哈哈，我们现在吃小包子？"

"不是小包子，是灌汤包子，贾三的，估计你会喜欢喝甜稀饭的。"

"对呀，甜稀饭我是挺喜欢的。"

那样的半天里，他们吃了包子，喝了咖啡还去唱歌，辛钰觉得很久没有过的放松，似乎可以做任何的事情，只要是在一起的。这是一种太久太久都不曾有过的感觉，他也并没有多事地去问，你的老公不会担心你干吗，也不去问她为什么不用去工作，就这么彼此简单地陪伴着。辛钰有几次很想问他：你难道不觉得我结婚了？可是几次，到了嘴边的话也说不出来，她觉得也许只是自己想多了，那样不会太尴尬了吗？

他们在KTV唱了最后一首歌，是张信哲的，他似乎不喜欢站着唱歌，靠着坐在那里，"爱从不逗留，来去都不问理由……"在这样的歌声里，辛钰悄悄地坐在他的身边，想要靠在他肩膀上静静地闭着眼睛，只有他的声音和着音乐的旋律。她不敢去想中午在他的家里发生的一切，她怀疑是自己太过压抑幻想出来的。走出KTV的时候，外面已经很黑了，她知道自己该走了，但有些不舍。

"你能陪我顺便取一件衣服吗？"

"什么衣服？"

"我定的，就在马路对面的商场。这么晚了，你饿不饿？"

"我不饿,一起去吧。"

他们取了衣服后,辛钰自作主张地去买了一份卤肉饭,就在电视台的旁边,她饿的时候喜欢吃一个,简单、快捷。她一边开车一边打了电话,让店员提前准备好三份。

"一会儿我送你回去,你晚上饿了吃,我要两份,给老公带一份儿。"她说这句话的时候,偷偷地瞄了坐在副驾驶的他,他很自然地看着窗外,头也不回地应了一声,很久的沉默后,他终于转过头来问了一句:"那你送我再回去会不会太远了?"

"没事的。"

"哦……你老公不管你?"

"没事,他不管。"辛钰是故意提出她老公的。当然,她的老公并不在家里,她此刻并没有老公,他们早已经分居了,过着彼此不过问的生活,离婚的事情无限期地放着,可是辛钰想知道他的态度。

辛钰把他放在中午接他的楼下,车就停在路边,车窗外面的世界已经黑了,忙碌一天的人准备回家,车窗里弥漫着不想下车的气氛。

"你一会儿回家给我微信方便吗?"

"可以,随时发。"

"对不起,今天我没有忍住。"他一边道歉一边伸手抚摸了她的脸颊。辛钰被这个动作弄得心慌起来,中午的情景在脑海中又重复起来。

"没……你快回去吧。"

"以后不会不理我吗?"

"不会的。"

"不舍得让你走。"他说着拉住了辛钰的手。

就这么拉着拉着就一起拉到了他的屋子里。打开门,中午的疯狂气息还在,她的呼吸已经急促起来了。一直被他拉着到了他的卧室。他的床就是一个简单的席梦思垫子,被推倒在上面的辛钰闭着眼睛等待着,她感觉到他的大手一点点把自己的外壳拨开,终于剩下真实的躯体……

辛钰觉得自己像是茫茫大海上的浮子,她随着风浪摇曳着、放肆着,绝望却很享受;又好像是蓝天里漂浮的云朵,随着天空晴朗着、抑郁着,无奈但很快乐;更像是大地上一粒尘埃,随意地散落在角落、街道、人群,不担心有没有人注意也不害怕会不会丢失,随意地放纵、尖叫、休憩……每一次都是不一样的体会。这是辛钰人生中从未有过的、从未想过会发生的事实。

错　过

　　她是睡前才想起来明天录影要求穿一件黑色的裙子，躺下来的她又起来，去更衣室里翻找黑色的连衣裙，一堆的衣服里终于找到一个称心的，灯光下发现领口那里好像有粉底液，又去浴室洗了，担心明天不好干，吹风机的热风大概吹了几下后，高高地挂起在窗帘架上。

　　躺在床上就睡不着，透过外面的灯看着高高挂起的裙子，很像是一个身影。辛钰却不害怕，她不害怕鬼怪。相反，有个人陪着她不是很好？越是想越是睡不着，干脆打开手机，果然有他的微信。

　　"睡了吗？"

　　"没有回复就是睡觉了，希望你做个好梦。"

　　"明天早上给你送胡萝卜面包做的煎蛋三明治，不放奶油酱，鸡蛋也不会煎得很生,明天见。"

他是她在一个特别脆弱的时刻,第一次打开微信的"搜一搜附近的人"时发现的。他就坐在她的旁边,她正在曲江新开的咖啡店里喝着果汁。辛钰只是为了看看,有一些人认出了辛钰问她是不是那个主持人。他在微信上给她打了三次招呼,然后他直接走过来说"你好。"

他的微信名字叫做糖糖,辛钰问过一次他的真名,就问过一次但是她总是叫他"糖糖",辛钰觉得他真实地出现在自己的生活里,比什么都重要。糖糖是上海人,他说自己是留学法国和日本学习美食制作的,来西安是被派来考察市场的。糖糖没有看过辛钰的节目,不知道辛钰在这里的名气,他打招呼的时候,辛钰头也没有抬地说:"我有老公,您找错人了。"然后她听到一个特别温柔的声音说:"我只是在西安没有什么朋友,看见你的微信又看见你本人,有了老公是不是不能交朋友?"

辛钰抬起头看了他一眼。

她觉得自己从来没有被哪个男人的长相迷住过。

他们就这么认识,这么成了朋友,这么开始用微信聊了起来,在去他租住的屋子之前,他们见过三次,都是辛钰下班后不想一个人待着,第一次是在认识的咖啡馆,第二次是辛钰开车去郊外吃一家徽州菜,第三次两个人去酒吧喝了两杯不加酒精的"莫吉托"。

辛钰喜欢他。辛钰寂寞,辛钰很久没有被人关心过了。直到那天之后,辛钰总是会去他的屋子,糖糖说是一起来开发市场的还有一个女的,因为只来两个月,屋子是临时租的,所以很简陋。糖糖是主管,所以他住的屋子大一些。辛钰没有见过他的室友,她都是问了他那个女人不在的话,她就过去。她知道自己为什么要过去,虽然她总是买了菜和水果过去,经常也会买些日常生活用的东西,自己逛街的时候,看到好看的衣服鞋子也总是想买给糖糖,每次糖糖开始都说不要。

除了在屋子很少会出去,出去吃饭都是糖糖在某个她去的外景地附近等她,录完影他们直接去吃饭,吃完饭后,如果糖糖电话了那个"室友"不在,她肯定要去他的床垫上"躺一躺"。

辛钰直勾勾地看着窗户上的衣服,眼泪顺着平仰起的脸的两侧流下去,一直流到耳朵里,她才知道自己哭了。手也不想抬一下,不想去擦。她把握着的手机重新拿出来,想要给糖糖回微信,打了两个字就取消了。

深深的自责以及深深陷入情欲的感觉令辛钰已经不知道此时此刻她是不是爱他的,又或者她能不能爱他。她想起那个不能想起却一次次想起的夜晚,她等着师楠回来,好像委屈得不行的小孩,自己做了那么蠢的事情,最后还觉得自己不够蠢,把垃圾桶直接翻到在师楠的面前。还是撒了谎,不敢承认自己已经用过"玩具"了,可是师楠还是狠狠地摔门走了。

师楠走了后发生的故事辛钰不知道,辛钰只知道自己一直坐在地上,看着狼藉的地面,看不到一脸模糊的自己,直到外面的天开始亮起来,她站起来去洗脸,发现被泪水淹没得没有轮廓的脸。"这就成了师楠眼中最后的自己了吗?和那躺在地上的玩具,一个不知廉耻的辛钰是师楠心里最后的她吗?"辛钰总是想起这样的一幕,总要自己问自己一遍。

当她不够漂亮的时候小桃子笑她是肥妞，等她足够漂亮了沈阳还是有自己的女友，等她又漂亮又上进的时候，她却又有自己需要的……人生就是活该吧。

"你干吗给我打电话？"

"我……"

"我告诉你了，以后不要联系，什么也不要。"

"哦……我挂了。"

……辛钰和师楠分居的那天，她只是想和吴现说一声，她想了无数的可能，安慰或者嘲笑也许还有劝说，事实是他不会给辛钰说话的机会。

那天起，辛钰对自己说：我求求你了，辛钰，求求你以后都不要爱了。

人生如此活该，人生离不开爱情。

可是情欲这件事怎么办才好？辛钰此时此刻想起第一晚在西安，住在陕西广播大学的招待所里，她也是睡不着，她记得屋顶上被屋外灯光照得斑驳的墙皮，那时候她自闭，说一句话都有障碍，现在她每天都可以自由地面对任何人做出很多造型。辛钰觉得想家。

"钰～"

"嗯。"

"怎么还不睡觉？"

"就睡。"

"妈妈很担心你。"

"睡吧，妈妈。"

"你为什么选择了这个学校？"

"没什么。"

"是不是认识了什么男生？"

"真的没有。"

"别人不是都喜欢选择北京或者上海？"

"我……也许是我不喜欢那么大的城市。"

"就这个原因？"

"先睡吧。"

"你要记住，无论发生了什么事情，父母永远都是可以信赖的人。你不想说话就不说了。"

辛钰自言自语地学着妈妈的语气对起话来，她奇怪自己怎么记得那么清楚，当时的每一个字每一个音节。"为什么要选择西安？"她又说了一遍。当初就是因为要留在西安，选择了和吴现分开，她没有资格责怪吴现不搭理她。

辛钰刚把车停在路边，还在转身整理东西，衣服是黑色，想找一根桃红色的口红，感到有人在敲玻璃，她转身看到了师楠。

先是整理了一下凌乱的思路，来不及因为见到他而惊喜，她庆幸每次都是让糖糖等在另一边，不让看到的同事以为是故意等她的。

"怎么不打个电话？"辛钰打开车门走了下去。

"小钰，你怎么更瘦了？"

"穿黑衣服的缘故吧。"

"我前段时间出国给你买了些礼物，你把后备箱打开，我给你放里面。"

"谢谢你了。"

"小钰,你还是我老婆,我知道,我们这个问题有些严重,我希望我们用这段时间都想想,我从来都很爱你。"

"我不想再说这个问题了。我去上班了。"

"这几天抽时间一起吃饭吧?"

"电话联系吧。"

他把一个大袋子放进后备箱,临走的时候,拉了一下辛钰的胳膊,很快又收回去了,有点尴尬地上了自己的车走了。辛钰看他的车又换了,不是之前她坐在上面的那一辆了。她锁了车门,有点着急去见糖糖,走了几步又停下来了,打开后备箱。

里面有红色的香奈儿包和一些化妆护肤品,还有一个粉色的香奈儿钱包。她犹豫都没犹豫,就把红色新包里面的塞纸和标签拿出来,把自己包里的东西倒到新的里面,把包往肩膀上一挎准备去见糖糖。她突然就站住了。"刚刚真的是自己的老公师楠吗?"她问了自己一遍,看了看肩膀上的香奈儿……"应该不会有其他人这么随便送自己这么贵重的礼物吧,可能是师楠忘记了那天夜里的自己了吗?可是他怎么想通的呢?"辛钰这么想着,她的内心还是有些惊喜的,她继续往前走,一边走一边告诉自己:"这是最后一次了最后一次了,以后再也不见了。"

只远远地看着糖糖,她的内心已经反悔了。

"怎么这么帅!"

"也许我真的老了,明明不喜欢这种美男感觉的。"辛钰自言自语地说着。

"你今天真的好美,穿黑色真美,还有新的香奈儿,好漂亮。"

"是吗?"她却听不进去这样的赞美,现在的她当然还是希望可以重新回到婚姻的,可是面对着糖糖,身体又不受控制起来。

"以后你喜欢这些我都买给你。"

"不和你多说了,你也快去忙吧,我不想迟到。"

"真想抱抱你,下午来家里吗?我想你。"

"再联系。"辛钰拿着他的早餐,头也不回地踏着高跟鞋就小跑起来,进了台里她觉得腿有点软,原本打算今晚约师楠一起吃饭,但刚才,她也好想扑过去抱着糖糖。

"钰,早呀。"

"薇薇,你怎么今天来得早呀。"

"今天一大早录节目,不然我哪有你那么勤快,啊呀,红色小香呀!"

"呵呵,老公送的呢。"

"啊呀,还有爱心早餐。和小年轻谈恋爱一样。"

"我们那位老出差,见得太少。"

"我偷偷告诉你,先别说哦,我好像有宝宝啦。"

"真的?"

"小声一点儿,今早录完节目他接我去检查,我自己测的是,但是也要确定。"

"这个和小香比起来,一万个都比不了。"

"我和你真心说,咱们干这个还不是吃年轻饭,别看咱俩一个栏目,你对人热心,我也从没当你是什么竞争对手,当你姐妹给你说,别为了工作丢了家庭,咱们女人不一样,就算喜欢工作,也趁着年轻生了孩子,身材恢复快,还能接着干,不然年龄大了,生个孩子休息好了再回来,怎么和年轻人比呢?"

"就是就是的,我也该想想孩子的事情了。"

"你就是工作太认真。"

"就这毛病,呵呵!"

"我怀孕了你更累了,不过你放心,你怀孕我也帮你做节目,我老公会多请你吃饭的,我公婆都会请你吃饭。"

"我的薇薇,您还是放了我吧,你公婆我可不敢劳烦。"

两个人一起走进电梯,薇薇一再地嘱咐千万先别说出去,辛钰明白她的意思,也明白告诉她不过是为了以后可以多帮她做节目。一边是老公送的新包,一边是糖糖送来的早餐,糖糖已经无怨无悔地送了一周多了。辛钰不是没有想过,如果真的离婚了,和糖糖过着两个人厮守的生活;如果不离,就这么没有甜腻地和师楠在一起,也不会太多享受近日来女人幸福的感受。

整个上午,她都处在发呆和恍惚中,晚上是约师楠见面谈谈还是去糖糖那里缠绵?

……

"今天要加班,回头联系。"

她把这条短信发了两遍,给他们两个人,她想好好思考一下。

"梦梦,你晚上忙不?"

"喂,正说你最近都消失了呢,终于有音信了。"

"晚上我去接你吃饭啊。"

"你说地方我自己去就行嘛？"

"哎呀，别说了，我去接你。"

"你不是做了什么对不起我的事情了吧？"

"烦死了，挂了，晚上见面。"

虽然没有想好要不要告诉梦梦，她觉得这不是什么光彩的事情，这些年的决定都是自己做出的，在这个没有亲人也没有什么朋友的城市里，梦梦是唯一可以信任的。

她当初连分居的事情也没有告诉梦梦，今晚突然说出这么一大堆似乎不怎么合适。辛钰一直觉得所有的事情还是要自己决定，自己没有想好，别人的劝说都是白搭。这一次她什么主意都没有，只是觉得自己很脆弱。但她不想出去走走，她突然舍不得糖糖。

这是一种让辛钰自己也觉得可笑的想法。她不舍得，觉得一天看不到他就受不了，她却分不清楚是爱还是情欲。嫁给师楠的时候，她清晰地知道自己爱着吴现，因为太清晰所以不敢面对，她想要的不是很爱而是很安全。当你爱一个人的时候是无法找到那种归宿感的。

梦梦最喜欢吃火锅，她们约定过毕业后一起去成都旅行，辛钰去的地方比较多，但是梦梦没怎么出去过，可是等到梦梦要毕业了，辛钰也忙，梦梦也要实习。

"总是会有机会的。"

"对，人生这么长，我们还要做这么长的朋友呢。"

两个人这么说着，很长的时间就这么一直长长地拖着，现在就连一个城市里吃一次火锅的机会也变得越来越少了。

"啊呀,你怎么又瘦了!"

"可能穿黑衣服。"

"上镜看你还以为胖了呢。"

"想我了吧。"

"有一点儿吧,不多不多。"

"再说不开车了。"

"今天别吃火锅了,上火,想吃一个其他贵的,不过你请客就去。"

"上火啦?那就龟苓膏吧,这个已经很贵了。"

"这么小气呀,我请你吃日料,我听说有家不错的。"

……在这样暂时的陪伴里,辛钰的心情轻松而愉快起来,可是现实还是要面对。当她和梦梦正在点菜的时候,她却看见了坐在不远处的师楠。

师楠并没有看到她。他的桌子上放着几个精致的盘子,还有小酒盅一口口地送进嘴里。辛钰这个时候觉得自己居然不知道师楠的口味,也不知道他会自己吃料理。

"师楠。"

"小钰?不是录节目?"

"不是,是不知道怎么面对你。"

"你看我们还是有缘分,不然怎么在这里都遇到。"

"你要感谢梦梦。"

"她陪你来的?"

"对,但不是遇到你,而是刚看着你,我才觉得我们夫妻一场,我连你喜欢吃什么东西都不知道,更不会想到,你会一个人来吃日料,还会温一壶酒。"

"压力大的时候会来,这里安静。"

"你喜欢喝梅酒还是清酒?"

"我都不喜欢,不过喜欢这种感觉。"

"我们变成现在这样,也有我的责任吧,我太注意工作,忽视了你,没有做到一个女人该做的。"

"和你分居后,我想了很多。你坐下来,说几句可以吗?"

辛钰坐下来后,师楠给她倒了一小杯酒,拿起酒杯和她碰了一下,辛钰拿起来没有去想自己有没有开车,端起来一口就喝了下去。

"我去看了心理医生,我必须要说我是爱你的,可是……怎么说呢,我知道我们亲密的事情太少了,而我也并不是生理有问题。"

"算了,我以为你要说什么,又回到这个问题,我准备走了。"

"小钰,不是你想的那样,我鼓了勇气找了心理医生,因为我不想失去你,医生说是因为……因为你太瘦了,我不舒服也害怕会弄伤你。"

愉快的时间太短暂,一晃就过去了。她慌乱地从师楠的面前站起来,拉起也许已经点好菜的梦梦,相信自己的脸色一定难看得要死。这样的答案,这样的情景……究竟如何接受?辛钰在此刻第一次意识到,面对师楠是多么困难,从前说到这个问题的时候,她总是理直气壮,她甚至可以直接问他"我们多久没有做爱了?"现在却再也不行了,那个问题一被说出来,她就想起那晚的自己,虽然并没有说出真相,师楠并不知道自己真的用过了,可是她想到自己的那个形象,辛钰还是太在意了，她已经困在自己是完美的陷阱里，如果有人看到了自己的不堪，就再也不能控制。

"说吧。"

"说什么呢？"

"你在西安除了那个家，也就我这了吧，有什么不能说？"

"有什么好说？"

"刚才那位是你老公吧？"

"是。"

"怎么感觉是陌生人？"

"我们分居了。"

"接着说。"

辛钰看了一眼眼前的梦梦，她很想把刚刚听到的结果说出来。

"我说不出口。"

"你找别的男人了？"

这样的一句话，本来已经混乱的思绪瞬间被重新排列，不是清晰整齐，而是更加凌乱不堪。

"对呀，现在的问题已经不仅仅是夫妻之间，现在已经出现了别人。"辛钰心里默念着，一下子失去了力气。

"为什么明明不是自己的错，最后却真的都变成自己的错了？"辛钰心里这么想，嘴上却说出的是："怎么可能，找什么男人，梦梦你想什么呢？"

"我想你也不会吧，只是问问，估计要是你找了别的男人，师楠刚才也不会那么坐着，应该会拿着一壶酒泼你一身吧！"梦梦说着笑了起来。也许是为了缓解尴尬,然后接着说:"亲爱的,我一直不知道你怎么想的,但相信你有苦衷,所以即使是你出轨了,我也会支持你,虽然……虽然这样似乎不对……但,我们是朋友,不是吗?"

辛钰的眼泪就一滴一滴再一滴地下来了。

"因为你在我心中是怪人,所以我不能用常人的思维来理解你。"

"刚感动我,怎么就来一句怪人。"

"你和沈阳黏黏糊糊那么多年,终于遇到吴现,可是却选择了别人。"

"我不后悔。"

"你后悔也会说不后悔。"

两个人就面对面地不说话了。

"您好?是辛钰吗?"

"是呀是呀!"

"可以合影吗?"

"好瘦呀,皮肤好棒。"

"眼睛太大了。"

……本来只是两个女孩,接着就围了一圈人上来。辛钰刚刚还含着眼泪的眼睛,这会儿睁得圆圆的,一贯面对镜头的笑容就出现在嘴角。

"你的性格就适合当明星。"

"不适合当妻子。"

"你们到底怎么了?"

"你和你男友怎么样?"

"家里不同意,他家是外地的,工作不稳定。也许会回去。"

"你会跟过去?"

"不会吧,我家你又不是不知道,爸妈舍不得。"

"对呀,有时候不是喜欢和爱就能够得。"

"可是……"

"可是不舍得?"

"离不开。"

"哪有离不开的。"

"害怕遇不到对我好的。"

"有多好?"

梦梦拉了拉凳子,示意辛钰把头靠过来,她用手遮在辛钰的耳边,伴随着温热的气息说:"就是在那个方面特别爱我。"

辛钰随着这句话,也可能是梦梦的气息刺激了她的耳朵,整个身体剧烈地抖动了一下,好像糖糖在身边撩拨她。

"干吗?你都已婚妇女了,听到这个还这表现。"

"你说得好像无所谓似的。"

"是很重要。"

"怎么重要了?"

"你意思你和师楠觉得这个无所谓?"

"宝贝,我们分居了。"

"啥?"

"半年了。"

"不会是那个不行吧？"

"恰恰相反。"

"你们婚前没有试过？"

"小声点。"

"这么大的事情。"

"刚刚他告诉我，他看了心理医生，不是不爱我，也不是不想，是因为我太瘦。"辛钰一鼓作气就说出来了。

一句话把两个人的情绪全部浇灭了。两个好朋友，曾经不知道感情里的问题，不是只有爱就可以，也不是只有面包就可以。

"哎，你别太灰心，只要没病，都可以调整的，我和他开始也不好呢。"

"嗯。"辛钰知道梦梦是有意安慰自己。

"我俩开始的时候他要求可多了，喜欢各种花样什么的，我哪受得了，也不好意思，现在就全放开了。"

"是吧。"

"嗯，是的，他常说，你和我后就没法和别人好了，因为我是100块钱的肉，你吃了100块钱的肉还怎么吃得下10块钱的。"

"挺流氓呀！"

"男女就是这么流氓，你俩好好沟通，好好的这真可以调整的。"

"希望吧！"

"别希望呀，肯定可以，看你刚那个样子，也有你的问题，估计总是太不好意思了，我还不了解你，你又没有男人。"

……

辛钰开车回家的时候很晚了,路上车不多,有一个十字路口的红灯停在99秒处很久都没有变,她猛地想起电话一直是静音。

只有一个未接电话和好多微信,她一条条地看着,越看越看不下去。辛钰突然觉得自己是这么龌龊的人,因为此时此刻,他突然想起吴现的声音对她说:以后不要联系。删除了所有的联系记录,删除不了想念。

最爱一个人的时候辜负他,辛钰怎么对自己那么残忍?

"吴现,我很快到台里,你在老地方等我就行。"

她拿着电话对着微信里说。这时候的红灯已经从绿灯又变成了红色。见到糖糖的时候,她不知道刚刚她故意叫成了"吴现"会不会引起他的询问,他已经默契等她停车,在她打开车门锁的时候,糖糖几乎刚好去开门,坐进来。

"我给你做了提拉米苏。"

"今晚住我家吧?"

"嗯。"

停顿了片刻,糖糖又问:"你老公不在吗?"

"不在。"车子继续开着。

"没有告诉你,我们分居了。"

"你会不会嫁给我?"

……

真 相

这时候的辛钰,她压根儿不知道自己此时此刻在哪里,她努力地回想着,自己为什么会来到这里,这座古老的城市……

是妈妈吧?对的,是妈妈陪着她来的。她厌食、抑郁,不愿意交谈,她除了做了一个假的大眼睛之外,她整个人都跟着变成另一个模样了。这一时刻,人生的喜怒哀乐都不是自己的幸福了,而是只要可以不做肥妞就好。

然后她来了,她觉得自己喜欢这座城市,这座方正的城市和那个会拉住她在耳边轻轻说话,保护她但她连名字都不知道的男孩。时间一晃而过,当初选择的理由似乎已经不是理由了,一切真的会随着记忆随风而去,而这一刻,这个已经生活了8年还是9年的城市,一下子陌生起来，而这些陌生都是自己选择的，她选择了离开家，也选择了组建新的家庭，可是所有的一切被这个可笑的理由全部打破了。

自己付出的真感情给了一个骗子。

春天的季节里，她已经很确定发生的事情了，可是她还盼望着一切是有理由的，于是约了他，但她已经没有勇气在无人的地方与他面对面坐着了，有点害怕，不，是非常的害怕。

"怎么啦？你好像不高兴？"

"是吗？可能录节目累了。"

"我想起一首我们朋友总在一起唱的歌，要不要听呀？"

"是吗？"

"上海话哦。"

"是吗？"

"不想听呀？"

"啊？你唱唱。"辛钰突然想到他们去KTV唱歌那次，心里有点动摇要不要真的说出来。梦梦的那句话也很不合时宜地响起了："你吃了一百块钱的肉还怎么吃的了十块钱的。"

"春天春天百花齐放……等一下，我写出来你看着歌词才好玩。"他笑起来的样子还是那么迷人，但这种迷人更令辛钰觉得害怕了。看着他站起来走去吧台，又高又结实的身体，走起路来更有男人味道，他背着的包就在辛钰对面的椅子上，她冲动难耐地拿起来，还没有打开包包，突然发现包包的接缝处非常的粗糙，缝的线也是歪歪斜斜的。

"小钰，你看我新买的这个样子好看不？"辛钰脑中似乎浮现出他说的话，她当时没有在意，因为就是一个普通的男士LV包而已，现在看来……

"拿来了，给你写。不用拿过去，里面没啥东西不害怕丢。"他走过来，看见辛钰手里拿着他的包就这么说。

辛钰看着认真写字的他，刚刚他的话没有丝毫防备，但是辛钰知道自己没有误会。

"糖糖，刚觉得你的包越来越耐看，在哪买的？我也买一个吧。"

"你喜欢？我下次给你买。"

"你在哪买的，我自己去就行。"

"哦，就……就商场……你总买衣服的那个嘛。"

她在恍惚中看着他写在纸上的字，听着他用几乎听不懂的上海话唱着："春天春天百花齐放……"

如果真相还没有大白，辛钰估计会笑着骂他流氓，身体就会情不自禁地想要他，可是今天不一样。在西安，只有一家商场有LV的专卖店。辛钰听着这完全听不懂的话，她突然觉得面前的这个人是那么的陌生。

"是我的心声哦，你都好久没有陪我了。"

"嗯，最近有点……你能不能给我看看你的钱包？"辛钰装不下去了。

"给你，要干吗？"辛钰一把抓过钱包，打开，把里面的卡一张张抽出来，实际上就三张，拿出里面的钱，还剩下13张。辛钰是一张一张放在桌子上的，她是为了看清楚上面的编码。

是连着的号，中间断开了两个号。

辛钰的手开始颤抖，身体也试图不跟着颤抖。最开始的时候，辛钰只是觉得自己钱包里的钱花得比较快，她没有刻意去想。辛钰从来没有数钱的习惯，尤其结婚后，师楠时不时就给她的钱包里塞上五千、三千的。最近好几次，辛钰付钱的时候，都会觉得厚厚的钱不知不觉变得很薄……家里有一万块钱的新钱，是很久以前师楠放的，就在床头柜里，辛钰比较忙也不喜欢去银行排队，这个年龄正好有很多结婚的人，随份子什么的比较多，师楠告诉辛钰每次可以直接从这里拿，是一万块新钱。师楠还开玩笑地说她懒得数就可以直接看钱的号码，都是连号，新钱有时候两张连着容易数成一张。

辛钰所以一直没用，也是因为钱包里的钱都比较充实。

觉得自己的钱包里钱太少了，刚好开抽屉……可是原本从银行取出来的钱是被小纸条紧紧扎在一起的，现在突然松松垮垮的。

她把钱平摊在床上，中间好几处号码是不连着的，具体少了几千块钱，辛钰没有力气去数。

这个屋子里，除了她自己只有糖糖来过。

"糖糖，如果我拿走这些钱你会给我吗？"

"会呀，都给你。"辛钰把这13张红色的钱收起来，当着他的面放进自己的钱包里，装进自己的包里，抬头看了看他，看了看春天的阳光，还有摆在他俩面前的饮料杯子……努力地让自己冷静下来。

"谢谢你把这些钱给我！"

"你怎么了？你没事吧？"糖糖说着去拉辛钰的手，刚碰了一下辛钰就收回去了。"你的手挺冷，怎么了？"糖糖继续问着。但辛钰不知道他是没有察觉还是非常会伪装的骗子。

"糖糖，我很想嫁给你。"

"娶你是我的梦想。认识你后就这个梦想。"

"是吗？梦……梦想？所以不会在乎几千块钱对吧？"

"你到底怎么了？你要什么我都努力给你。"

"你什么时候回上海？"

"如果你不去，我也不回去了，就在这里。"

"你们公司可以不用去吗？"

"可以换别的工作呀，因为要每天给你做早饭，要不谁照顾你呀？"说着他站起来还摸了摸辛钰的头。

这样的感觉太差了，太差劲了，人还是事情都太差劲了。辛钰很希望这个梦赶快醒来，她觉得整颗心都碎了。面前的他还是那样，就好像第一次见到他，但人生再也无法只如初见了。

"别碰我。"辛钰说了出来。

"究竟怎么了？"

"不要问我，就这样结束吧。"辛钰不能多说一句话，辛钰的胸口要炸开了。

"不行，为什么？"

辛钰根本说不出话了。

"为什么突然这么说？是不是我做错了什么？是不是他回来住了？是不是？不要离开我好不好，我可以不影响你们生活，你看我一直都没有影响你的生活，不是吗？"

"刚才的钱是从我抽屉里拿的吧。"

"什么?"

"我说完了,你明白了吧,你走吧。"

"你说什么乱七八糟,你要钱?你要多少钱,你要多少我都给你,我现在就去给你取,你说,你要多少钱……"

"你走,快走,走……"辛钰的最后一个字是歇斯底里喊出来的。

辛钰记不住自己在大庭广众下的失态,记不住她嘶喊时内心的挣扎,记不住糖糖站起来的动作……辛钰记不住自己的模样和周围路人的表情,辛钰也记不住那天的云朵和那时的气温……辛钰只记得面前的饮料在阳光的反射下一直闪着一种清澈的光,波光粼粼的光一直照着自己的眼睛,让她不知道自己最后是哭了还是没有,他知道这个男人站起来走了。走了就是走了。走了就永远离别……

她很害怕,因为她很懂得永别的感受。

永别了沈阳,在上海下着暴雨的夏夜……

永别了吴现,是那句我们以后不要再联系了……

永别了糖糖,就在那杯饮料闪烁的光里……

人生就是明明放不下却必须放下。明明欺骗却编造谎言。

辛钰很努力地让自己不要胡思乱想,如果多想一点点,只多想一点,她就要晕倒过去,她不要晕倒过去,不能晕倒,肯定不能,越是脆弱的时刻越是不能脆弱。她把手放在胸口,觉得自己的呼吸都变得困难起来,于是她大口地呼吸,这么大口地呼吸没有吸进去气来,反倒把眼泪"哗啦啦"地吸出来了。

哭吧。

眼泪没有用处的时候该怎么办……在旁人风光的生活里，只有眼泪是自己的，可是这对自己是没有用处的。辛钰越来越明白，没有用处的东西并不是无用的，除了一心一意地想要变成别人羡慕的那种人，还有着很多很多是自己必须要拥有的。

比如像糖糖那样的陪伴。

明天早上不会有人等在马路边，把一份精致的早餐送过来；今天晚上也不会有人非要把她的头放在胳膊肘上，要她枕着才要入眠。就是此刻以后的此刻也不会再有微信发来，一次次地询问她在干吗，一遍遍地诉说着思念。

她被自己困在了自己的城市里，无法走出。

就算这样最需要陪伴的时刻，她还是没有能力做出离开这座城市的打算。七年和以后更长久的日子里，她都还是要生活在这里，在这个自己选择了的世界里，苟延残喘或者坚强不屈地工作着、生活着、奔波着、快乐着、寂寞着、痛苦着……

"小钰，自个儿在这发什么呆呢？"

"哦，小孟。"这时候，突然遇到台里的主持人，辛钰有点意外有点紧张，努力掩饰着自己失控的情绪。

"哭了？"辛钰很快地开始整理自己的情绪，还是被看了出来。

"嗯……哎，想家了。"

"坐会儿？"

"坐嘛，喝点什么？"

"要过了，正愁着没人陪我呢。"

"你大美人，还能没人陪你。"

"好了，别开玩笑了，我都老了，和你们比不了了。"

"你身材都好爆了。"

"有什么用，有个幸福的家多重要，不过你肯定知道，薇薇怀孕，结果自然流产了。"

"别胡说，才怀上。"

"今早家人来辞职了。"

"哦。"

"你婚后怎么样？"

"他……比较忙，这不自己待着。"

"但是他不反对你工作就好，那时候非让我辞职，我就离婚了。"

"有偏见吧？"

"想想觉得自己傻，现在想有家了，人家已经找了更年轻的，不说比我漂亮吧，可是起码两个人小日子看着不错。"

"你有那么多人追，我可知道天天都是送你的花。"

"那是因为我单身。"辛钰看到小孟说到这里，一贯骄傲、妩媚的笑容里有种说不出来的味道。

"那就找一个嘛。"

"年龄大的有家室，找我玩玩，我也没那个力气也不想被骂，名声已经够差了，想结婚的倒是有，都是小男孩，还没长大，以为这就是爱，但我清楚，真的结婚也没那么简单，结了婚差异太大也不行。"

"我觉得年龄不是大问题吧。"说这句话的时候，辛钰也只是敷衍地安慰着。

"钰,我知道你平时喝酒什么的局都不去,其实这是对的,玩玩心也就野了,你这样挺好,可以的话,赶快要个孩子就好了。"

说到此时,服务员把她点的饮料端了上来,还带着一块蛋糕。

"你知道吗?台里主持人唯一不怕脂肪的人只有咱俩,可你确实瘦。"她切下一小块儿蛋糕喂嘴里的时候,辛钰突然注意到糖糖留在桌子上写着字的卫生纸。于是她默默地收了起来,心想着幸亏没有被发现。

"一会儿干吗?请你吃饭?"

"我晚上约了人,要不要一起去喝一杯?"

"嗯,你去玩吧。改天请你吃饭。"

"这么应付的话。"

"还好吧。"

"其实我在酒吧见过你,你喝了一杯莫吉托。"

"干吗不打招呼。"

"哈哈,旁边有个帅哥。"

"是吗?多帅呀?"

"酒吧灯光下看着挺帅的。"

"和咱们一样,长得好有用吗?"辛钰说完这句话觉得不妥,但一时间也想不出来解释的词语。

小孟又取下蛋糕的一角放进嘴里。

回头恩怨

辛钰的床上铺着一层钱。

按照排序的号码，一张张地盖在上面，缺了号码的地方就空出一个位置，接着把从糖糖钱包里取出的那13张红色100元人民币填充进去。还空出了9个位置。

从拿走钱后的这段日子里，糖糖花掉了她的钱大概就是900。

这个时候的辛钰就开始发抖，瞳孔像是检查眼睛时候滴了药水一样，开始一点点散开，让她无法聚光。眼前的钱变成一条模糊流动起来的海，随着那天荡漾在杯子里的阳光一起晃动起来。这个时刻，让人无法相信，自己爱的人居然会偷钱。

她想着糖糖可能花钱的地方，除去给自己做早餐买的那些材料，他也许交了话费,当然还包括自己吃饭。对了,她想起糖糖买了一双新的豆豆鞋,一共就用了900块钱吗?应该更多吧?还是之前也从她钱包里拿钱还没有花完?

辛钰的脑子里已经乱了。

他的脸和他的承诺还有他的好他的体贴……很快浮现出的是他们在一起的画面。

"啪……"辛钰给了自己一个耳光。

疑问很多。再多的疑问只能让她心生怨恨。既然并没有爱,既然一切都是假的,可是如果糖糖想要诈骗她更多,是一件很容易的事情吧。但是糖糖并没有这么做呀。糖糖确实偷钱了。他是一个骗子。

这样的想法让她真的无法忍受了。

"你为什么要拿我的钱?"

"对不起。"

"你有没有拿,为什么?"

"我不是故意的。"

"你拿了几次?"

"对不起,我不是故意的,不要离开我。"

"问你为什么?"

"不要离开我。"

"能交流吗?为什么?"

"真的对不起,不要离开我。"

"开好房告诉我,我有话说。"

"好的,我都听你的。"

她躺在铺着钱的床上，拿着手机等他回复。脑中是空白的。刚刚的微信明显已经是胡搅蛮缠了，辛钰却还期待或者会有什么不得已的借口。又能有什么其他的理由呢，怎么会发展成现在这个模样。辛钰开始思考，用"回忆"也许更贴切一些，她拿着那张纸，可是念不出来自己写的字，她觉得说话让她想要呕吐。但她还是渴望着成为一个主持人，一个漂亮的女主播，就像现在这样，或者就像小孟坐在她面前时的那样。她也渴望爱情，即使是抚摸着厕所里刻着的两个名字，也会让她眼泪无法停止下来，她内心是幸福的，就是幸福。虽然根本不知道明天会发生什么，但好像每个早晨都会迎来一些不一样……无论是去上学，无论是开始练声还是什么，都觉得人生充满了各种未知但是神秘而幸福的事情。她曾经明确地知道要对自己的人生负责，知道自己想要的就是甩开自己拥有的，拥有的肥胖和丑陋，想要崭新、美好的姿态去面对这个世界，去面对未知的景色。

她做到了。

所以不能后悔。

她的双手不自觉地抓住床单，连同铺在上面的钞票，都被她这么紧紧地攒住，就像她第一次做爱那样，因为疼痛而不自觉；就像和糖糖做爱那样，因为欲望而不自觉……此时此刻，是因为什么呢？

辛钰睁开眼睛。被眼泪模糊了的眼睛看到了蝴蝶形状的灯，暗白磨砂的颜色却发出橘红色的光。"外表不是内在的表现，但终究会发出自己的颜色。"辛钰这么说着，心里的仇恨瞬间集结。

她希望眼前的这个灯可以爆炸，连同这个世界，一起爆炸、粉碎、撕裂。

这样当然行不通。她要杀了他，亲手杀了他们两个人。她脑中并没有计划，她只是想杀了他，觉得眼前的一切都虚无而没有意义，觉得活着真的是一件没有意义的事情，她想到沈阳。是这么一刹那的事情吧，在一瞬间里就像现在一样，沈阳也突然地悟出了这个道理，觉得追求的一切都是那么荒谬的事情，没有值得留恋和活着的理由。

辛钰却很快觉得自己并不是没有留恋的。

也许该见一次"小桃子"又或者该和吴现说一声再见，必须要和泸沽湖的女人说一声，不然她会一直寄来药给她，但如果不给她钱应该就不会邮寄给她了吧。师楠要是知道自己死了会原谅她吗？女主播和陌生男子开房死在酒店？女主播杀人后自杀？报道会这么写吗？

"在吗？"微信打乱了辛钰的思路。

"zai"她脑中闪出杀死他的念头，立刻回过去，打成了拼音。

"我定好了。"

"你过来好吗？"

"别着急，在草阳巷蛋糕店的旁边。"

"606，你别着急，我先去买点水果和吃的。"

"还是柚子和苹果吗？巧克力蛋糕好吗？"

哗啦哗啦传过来的微信，让她脑子中来不及回复。

"我到了微信你。"

"直接上去找你。"

"我想吃辣味的蛋糕。"

"如果没有就算了。"

这条微信发出去后，辛钰左边的眼睛先滴下了一滴眼泪，右边的很快也流了下来。她用胳膊把床上的钱全部揽在一起，脑中闪现出自己在市台实习时被老鼠吓醒的夜晚。辛钰觉得欣慰起来，短短几年，自己真的开创出了不错的生活，辛钰更伤心起来，因为自己那时候也不会去偷钱，更不会去偷自己喜欢的人的钱。

杀了他。

这个念头更加强烈。

那些爱、那些性、那些欲望、那些关怀、那些眼神……他的抚摸、呼吸、气味、身体……只有亲手杀死他，一切才能真实消失在辛钰的世界里。

她打开衣帽间，穿过的那么多漂亮的衣服，花色的、艳丽的、素雅的……今天是她最后一次穿这些衣服了，还有那么多根本没有上过身。因为上镜的原因，辛钰最少穿的就是白色衣服了，那么就选择白色的衣服作为最后的衣服吧，她把已经化好的妆又反复地补了补。从镜子里看到白色衣服衬托下的自己，想起上海的雨夜，她的白衬衣被雨全部淋透，那时候的她真的干净、坚强。可是一切都晚了，晚了就没遗憾了吧，何况在自己还漂亮的时刻就死了，这样的美丽也是永恒了吧。

这么想着，辛钰觉得很欣慰。她把瑞士军刀放进化妆包里，虽然并不大，但是足够了。

"你在旁边的五金店买点绳子。"

"对了，还有从来没有玩过的振动棒，如果有情趣商店也买一个。"

"你懂我的意思。"辛钰害怕万一糖糖听到她要绳子会有所顾忌,所以故意加了两条微信。她发出这三条微信,想到自己每天吃的那些药片,想起来自己答应过泸沽湖的女人,不会告诉别人这个秘方,既然自己已经不用了,她从自己的小柜子里翻出它们,一起倒进马桶里,随着马桶的水流一起被卷走了。

人生终于就要被这么冲刷干净了。

辛钰很想坐那种摩托车,在这个春天里,吹着春日的风走在大街上。往常如果坐这个被拍下来对形象不好,而且这个在市内原本就是禁止带人的,如今却再无顾忌了。她下楼,坐上了一辆摩托车,风吹着还有点凉。

她抬起胳膊,握住拳头,微微地抬起食指,面前的门上挂着606的门牌。

"咚咚咚……"

"宝贝。"门打开后,那么高的他低着头,帅气的脸被一股子委屈写满,头压得低低的。

辛钰关上了门,然后就拥抱住了他。

这么一来,辛钰就很想哭,拼命地忍住眼泪就拼命地用力抱住他。连同他的胳膊一起被辛钰的胳膊捆绑住,随着辛钰的力气,他开始还很直的身体渐渐软弱下来。

"宝贝,对不起。我以后再也不敢了。"

"别离开我,我不能没有你。"

"别说话……你别说话。"

"你知道吗?我原本很爱你,我自己却不知道,我什么也不知道,我以为对我来说爱和陪伴并不是最重要的,对我来说,出人头地才是最重要的,只有成功和成功,没完没了的成功才是我需要的……"

"宝贝,对……"

"闭嘴,你闭嘴,听我说,求你了听我说……现在你听我说。我以为我们这生再无法相遇了,人生能够相遇一次已经是多么了不得的缘分,在那样一种浪漫和合适的环境里相遇,没有人知道我看到了你,没有人知道茫茫人海我就看到了你,也没有人会知道我们的故事,可是那故事就在我的心里,像是阳光洒进了我的心里。我才知道原来我这么值得人去爱。选择了的事情就不能后悔,尤其是自己选择的,我从来不让别人替我选择,因为那样我就必须可以后悔必须有机会去责怪别人,那样我就不能必须坚强了。"辛钰说着,两个胳膊随着他的语言渐渐失去了力气一般,松开来的同时自己的身体也一点点降下去,蹲下来的她用手臂抱住了自己的身体。

辛钰多想念他呀,要是他在身边,哪怕一句话,也许她的人生就改了,也许她真的选错了。

"对不起,你想,辛钰你想怎么样。"辛钰抬起头,糖糖已经蹲了下来,那张英俊迷人的脸就在她的眼前。

不是吴现,不是他。

"杀了你。"

"你怎么了?遇到不开心了?吃点水果好吗?站起来先。"

"你的真名叫什么?糖糖,你的真名叫什么?"

"马腾,我叫这个,告诉过你的。"

"可是为什么要起名糖糖?"

"因为我学习美食的时候最喜欢做甜食,甜食可以给人一种美好的感觉。"

"糖糖!马腾!"

"你怎么了?还在因为我伤心吗?原谅我好吗?我爱你。"

"那你让我把你绑起来随便我怎么你都行?"

"要玩SM吗?"

"你害怕吗?"

"不害怕,我喜欢和你重口味。"

"那你买的绳子呢?"

"一条给你绑我,一条给你抽打,只要你高兴起来,只要你原谅我。"他说着把辛钰从地上抱了起来放在床上,他压在她的身上亲吻她。辛钰闭着眼睛,他湿湿的舌头在脸上、眼睛、唇边、嘴里……辛钰却没有任何感觉,那种强烈的欲望就这么离开她了。

"你原谅我!"

"对不起,你别这样,让我干吗都可以。"糖糖的舌头和身体都从辛钰的身上起来,从靠近窗户的那边取出一个塑料袋,是黑色不透明的那种袋子,装了挺多东西的模样。他拿着袋子转身去洗手间取了一个浴巾,平铺在床上,才把塑料袋里面的东西倒在床上,是很大一堆的麻绳。

浴巾的衬托下麻绳的颜色显得很黄,每一根都像是两根粗糙带刺的绳子盘在一起,辛钰的手拿起它,在手心里和皮肤摩擦,她的另一只手也握住它,随着向上提起的拉拽,绳子从床上滑落下来,蹭到自己的腿上,没有意识地辛钰吓了一跳,一下子扔了绳子。

"怎么了？"

辛钰没有说话，她被自己吓了一跳。

"真的要用这个绳子绑住吗？"

"你今天怪怪的。小钰，对不起。我是真的爱你的。"

辛钰并不怎么会捆绑，她抓着绳子的手都有点发抖，糖糖以为她是因为激动所以才这样，嘴里还在哼着叫着，鼓励着她。

"闭嘴。"辛钰把绳子套在他背在后面的两只手上，想要打个结都无法完成，她觉得不耐烦起来，心情异常躁动着。

"女王，我错了。"

"别演戏了。"辛钰终于成功地挽了第一个结，她松了一下手，自然地去擦拭头上的汗水。

等她再看糖糖的时候，她意识到如果一直这么捆绑的话等于什么都没有做，这么松松垮垮的会让糖糖很容易就挣脱开来，她就根本别想用那个小刀子扎一刀再扎一刀。

"我好像弄不好。"

"我害怕这绳子会弄疼你了。"果然，他一边说着一边就反身转过来，绳子已经从绑着的手里挣脱出来。

辛钰的眼泪就这么一颗三颗十几颗地淌下来，数也数不清，觉得自己竟然这么傻这么愚蠢，就这么随随便便地被欺骗，现在好容易鼓起了要杀死他的勇气，却连这样的力气都没有。

"你说害怕……绳……绳子会弄疼我，可是……呜……你……你弄得我很疼很疼。呜呜呜……我好疼，我好难过，我好痛好痛。"自己何尝又不是一种欺骗，分居的时候欺骗他说一切都好，试探他的真心，明明觉得会分开，还是享受着他对她的好，到头来，自己又这么疼痛，这么难过，觉得被欺骗多么不甘心。

自己明明也是一个最大的骗子呀！

"对不起，我错了，对不起，你别哭呀！"

"那我们一起死吧。"

"你说什么？"

"你爱我对吧？"

"那你愿意和我一起死吗？这样我们就永远在一起了。"

"你说什么疯话呀？"

"如果我给你机会绑住我，让你一刀刀把我捅死你可以做到吗？"

"小钰，你没事吧？究竟要我怎么办才可以原谅我？"糖糖一边说着一边去抱她。但是辛钰就像是碰到了电一样，他刚触碰了一下她，辛钰就惊叫着跳到一边去，嘴里还嚷着："别碰我，别碰我。"

"你究竟要我怎么做。"

"要你和我一起死，必须死才可以。"

"好！你说你说怎么死，怎么死才可以。"

"呜呜呜呜……"小钰又开始哭，放开声音大声哭着，她像是一个小丑，一个自己编了一台喜剧，以为所有人都可以笑，结果没有一个人因为她笑。

辛钰突然感觉有了力气，无法抗拒的她被反手摁在床上，粗暴得让她无法挣扎和呼喊，手的疼痛还没有来得及反应，就有新的疼痛覆盖住了，粗糙的绳子在手腕上一圈圈地绕着，本来的反手已经很疼了,但又突然被拽了一下,这一次的哭是真实的疼痛。疼痛还没有结束,他突然拉着绑着的麻绳把辛钰提了起来,另一只手抱住就扔在了床上。他们面对面了,辛钰的手又疼又麻,浑身的鸡皮疙瘩都起来了。

辛钰看着糖糖一把脱掉自己的T恤,解开裤子的扣子,一颗、两颗,用力地撕扯着。

"真他妈不该穿全是钮扣的裤子。"糖糖这么说着,辛钰觉得熟悉到陌生的害怕,原本熟悉的身体她也不敢看,不自觉害怕地闭了眼睛。

她的裤子被一下子扯了下来,衣服因为后面绑着的手无法从头上脱下来,糖糖居然就把它们半套在她的脸上,她自己还没有意识到,自己是被反绑着裸体躺在床上,他的身体已经进来了。很奇怪的是她下身并没有很疼痛,也许手腕的疼痛已经令她麻木了。随着他的动作,衣服一会儿蒙在眼睛上,一会儿捂在嘴上和鼻子上,她在喘息的窒息中以及受限的身体运动中到达了一个从没有去过的世界。

"啊……啊啊啊……"她重新回到这个世界是随着糖糖的这声吼叫。

她的脸上和身上被黏稠的东西沾满了。

她感觉糖糖就坐在窗边的椅子上或者地上,但是她不敢睁开眼睛,衣服和一些黏液在她的脸上,也遮挡着她睁不开,反绑着的手,赤裸着的她不愿意看到眼前的一切。屋子里从未有过的安静,刚刚还在大吵大闹的辛钰此刻觉得自己的呼吸都太过大声。她觉得刚刚就像是一起死了一般,比那种感觉还要绝望,但也是幸福的。

就这么一直静止着。当糖糖突然过来抱住辛钰的时候,那种寂静还是没有被打破,相反,他张口说话,那声音像是从遥远的地方传递过来。

"小钰,我真想永远这样,和你待在这样的一个屋子里,就这么永远在一起。我知道我错了,希望你原谅我,希望你永远和我在一起,只要你不会不理我,只要你愿意见我,我什么都可以,你结婚不结婚我都不介意,我会悄悄地不会给你添麻烦,求求你不要难过,都是我不好。"

他那遥远而陌生的声音跟随着的是他手掌心传递到她皮肤上的温热,一寸寸、一点点。辛钰突然想起人生中的那个第一次,为什么是这样,一直拥有一直错过一直得到一直抛弃。身为姑娘的时候要一个牵手的人,长大一些走进欲望的世界,为了物欲抛弃情欲,如今又陷进一个用情欲编织的网里。辛钰在这样的一刻里清晰地知道:自己不爱他。

电话在此时此刻煞风景地响起来了。

"我给你解开。"糖糖一边说着一边动手。

"对不起,你的手都勒出印子了,疼吗?"他轻轻地用嘴巴对着手腕吹着气。

辛钰是睁开眼睛看到的,已经没了刚才黑暗中的强烈感知能力。

铃声已经没了,只有他握着她的手。

接着又响起来了。

"喂,您好。"

"辛钰,我是张倩。"

"我是辛……"

"我知道,我是想好了才电话你的,等你有空的时候联系我吧,我有东西给你。"

"东西?"

"是……是沈阳给你的信。"

"给我的?"

"如果你愿意看就找我,觉得没意义就算了。我挂了。"

"姐,我……"

"不忙了电话吧,再见。"

"什么事情?没事吧,你脸色不好。"糖糖的手抓着她的腿,辛钰的思绪全部都被刚刚的电话拉走了。等她再注意到糖糖的时候,她突然微笑起来。

她放弃了杀死他的念头。只有深爱着一个人才会因为他的背弃不顾一切,甚至不惜同归于尽。可是辛钰已经清楚自己并不爱他,他只不过是寂寞女人寂寞身体需要的陪伴。

"糖糖。"辛钰伸过手抓住放在她腿上的那双手。

"怎么了?你今天好奇怪呀!"辛钰看着他帅气的脸,还是有感情的吧。

"我原谅你了。"辛钰笑了笑,但眼睛里却酸酸的要流泪。

"真的吗?不会离开我对吧。"

"不会杀死你。"

为了活着

明媚的春日阳光里,尘埃一粒粒显而易见。扑面而来的不是它们,而是这份灿烂下和尘埃一起暴露无遗的辛钰。整个过程里她都直勾勾地望着光,感觉世界就要黑下来了。

张倩出现在她的面前都没有被辛钰发现。

她穿着纯正的红色薄毛衫和一条绿色的长裙子,头发是她一贯喜欢的大波浪。她画了淡淡却细长的眼线,上面薄薄地压着一层明亮的眼影。就是这样,让辛钰觉得眼前的张倩像是大难不死一般,刻意地证明自己还活着,却刻意地流露出了劫难后的衰老。她的包是褐色的,斜挎在肩膀上,手里拿着一杯比橙汁还要深一些的饮料,里面因为冰的存在而分出一层层的颜色。

直到张倩把这杯饮料放在桌子上自己坐了下来，辛钰的眼神还恍惚地不敢直视她。但她还是看见了她眼线下因为皮肤松弛而显得下垂的眼睛，有点深陷，整个脸都似乎是深陷的。她的美瞳是黄褐色的，使她远远看起来还算精神，但静静地观察就觉得像是外星球人。有一种辛钰实在说不出的遗憾和忧伤。

　　"好久不见了，辛钰。"

　　"我……好久不见。"辛钰局促地站了起来，腿和桌子碰撞，她和桌子都摇晃起来，稳住的她看见张倩的手也稳住了桌子。

　　"坐下来吧，你很紧张吗？"

　　"我……我有一点儿。"

　　"是因为愧对我还是愧对沈阳？"

　　"不，都没有。"这句话让有点慌乱的辛钰稳住了情绪，她不觉得自己有什么愧疚。

　　"那是什么？"

　　"你看起来并不像你的衣服那么好，我……我只是很遗憾。"

　　"给你。"辛钰没有料到张倩直接从包里摸出几页对折的纸递过来，她以为会有周旋的对话或者假意的寒暄。张倩果然一直都是张倩。

　　她接过它们的时候发现是两张。当然上面的字迹她应该认识。因为太久没有看过这种书写在纸上的文字，因为这是一个在世界上消失的人留下的，也因为是自己的心上人……辛钰的身体开始抖动，目光如何也无法聚集在那些字上面。

　　"看完请还给我，它们是我的。"

"那为什么还要给我看?"

"我也不知道。"这个时候的张倩也许喝了一口眼前分层的饮料,辛钰的注意力都集中在要看清楚的字迹上,而很多回忆的画面又覆盖了纸张,她更加无法集中注意力。

亲爱的小倩:

还记得第一次见到你的时候,你在一大群人中排队,我只是觉得你挺好看的,但并没有别的感觉,并没有觉得自己会成为现在和你的关系。我不知道你会不会原谅我看完这封信,你是那么善良,而我却利用了这些。我其实不知道自己在说什么,我们整日生活在一起,每天你问我单位如何给我出主意,我离不开你,我也并不是不爱你,但是我不开心。从我爸爸去世后一切对于我就变了,你主动来我家,帮助脆弱的我的母亲,也并不嫌弃我们家的变故,而给我了很多很多感情和实在的支持。

但你知道活在一种被同情中的情绪是如何吗?

我曾经觉得我可以,但是很难很难。我的毕业我的工作我的人生就像是被操控着,所有自己的努力都好像是别人的施舍一样。

对不起,小倩!

你应该有更好的人生,应该遇到更好的人,我早已经不是当年你喜欢的那个男孩,那个意气风发可以在球场控制全场,可以在学习上轻而易举就考出好的成绩,可以觉得自己的人生所向无敌，可以自高自大，觉得自己是很完美的那个我了。

而这么渺小被人同情着的日子真痛苦。

并不是你不好，而是你太好了，好到我无法和你生活。我渴望的生活，是自己有能力养活一个家，不是现在这样的。

对不起，人生是我选择的，或者不是我选择的，可是我无法面对下去了。

沈阳

小钰：

不知道你会不会看到这封信，有些话如果小倩觉得可以接受，那么你就可以看到，假如我的死她也不能原谅，那么你就看不到。

从我去车站接你，你带着简单的行李、不要我提东西起；从我提到小倩你自如地应对时起；从我们一起说了很多很多彼此的从前起……从你努力学习并且和同学搞好关系时候，从你居然能受到同学老师甚至是小倩的喜欢时起，我就知道你是怎样优秀的女孩。很遗憾，你喜欢了一个连自己人生都无法操控的人。

很奇怪，有一天，我听Hebe的《我想我不会爱你》，我一直不知道自己会这么疼痛，好像有一个人在抓着我的心口狠狠地用力。你去了云南，你去了西藏你甚至去了阿里，知道吗？如果不是你，我都不知道世界上还有一个叫做阿里的地方。你可以行走那么远,你将要走得更远,而我只是被困在这个被认为安全而平淡的校园里。

你却从来不给我压力,从来不给我添麻烦,你甚至一直都没有找其他的男友……这让我又开心又难过,直到我结婚。

"火车擒住轨,在黑暗狂奔,过山过水过坟头。"

愿你历经山山水水,走遍人生繁华。

愿你一直幻想着那个未来的旅行,一直努力一直前进一直一直。

她还是觉得眼前只有那些闪烁的尘埃,抓不住却看得真切。眼前的张倩只有红色衬托下的脸蛋,重叠地出现第一次见到张倩的模样,以及很多很多的她的模样……

"对……对不起,对不起,姐……"辛钰从未这么真挚地道歉,在那些张倩往日的画面和沈阳留下的话里,她深深的心疼和自责一遍遍地涌上心头,心疼是有过的,自责却是第一次涌现。那一刻她好像明白自己自私的爱或者根本不是爱的东西伤害了一个家庭,当她自己面临着家庭的纷扰时,才知道对于一个女人来说,对于张倩来说,她做了一件多么愚蠢多么不可思议多么可恨的事情。

"姐,对不起。"辛钰有意地控制情绪里的画面,刻意地让每一个吐字都清楚明了,但她的眼泪像是一壶直接浇灌下来的水,铺满了整个面孔。

……这件事情发展到后来让辛钰更加深刻地明白一个道理:人生

是不能用来悔恨的。她总是那么感情用事，尽管她似乎总是保持冷静的状态，但细小的地方总是会出卖了你。

那天就在那里，在辛钰灵魂里都颤抖地悔恨起来后，她说了太多该更加悔恨的话。辛钰是如何掏心掏肺地说了自己在那一刻的悔恨以及自己无意识的感情和伤害，并且像个傻瓜一样越讲越无法控制。当张倩提到她遇到过辛钰和一个帅气男人的场面的时候，辛钰已经卸下的防线瞬间就崩溃了，她居然讲了自己的婚姻以及这段让她有点恶心有点伤透心的恋情。

辛钰不记得自己讲得多么的忘情，她一直只是一个孩子，一个渴望爱又不敢去爱的孩子，自以为自己控制全局所向披靡，所以她忘情地讲了自己第一次看到沈阳，第一次被他轻轻拽了拽时的触动，也许还提到了孩童时看到厕所墙壁上被桃心圈在一起两个名字时愉快的悲伤，以及终于相遇却被嘲笑后的悲伤……她还讲了自己的婚姻和这段婚外恋，她要不就是从来没有道德感要不就是从来就缺心眼，就像说她一直以来其实就是孩子那样，她被沈阳的遗言打动了，可是这是遗言，给她看这个的人是他的妻子。

她却只想到自己的悔恨、内疚以及爱，她忘记了这个妻子内心里的爱与恨。

……

当她收到师楠寄到电视台的光碟时她还没有在意，因为连续的节目和外景让她好几日后才想起来看一下，才发现自己的电脑上没有光驱。她记得那个下午下班后她特意去买外置的光驱，太阳落山后空气已经没有那么凉了，她停了车后买了光驱，突然看到蛋糕店，她就走了进去,那时她其实并不是想吃蛋糕,因为泸沽湖的女人告诉她药寄过去需要一段时间,她害怕没有了药会突然变得很胖。这些日子她并不是很有胃口,就是有也刻意地压制,但她就是走了进去,好像那里面会有什么人。

她觉得在那里面坐着吃一块蛋糕就会遇到吴现。这样的幻觉在离开了吴现后就总是出现。

她挑了草莓的蛋糕,但是她没有吃。她挑选它的原因竟然是因为和沈阳那天在咖啡馆里吃的那块辣味的蛋糕样貌相似,她只是坐了一会儿,对着蛋糕发起了呆,叉子都没有动就起身回家了。

当她开着车往回走的时候,天已经全黑了。车进入地下车库的时候门房的保安叫住了她。泸沽湖的包裹就从窗户里递了进来,这让辛钰大大地松了一口气,心情好了那么一下子,她还回忆到了第一次收到包裹的情形,想到沈阳给她的笔记和车钥匙……但很快,当她回到屋子打开电脑装上了外置光驱播放了光碟后,她只看了不到几十秒,就拔掉了光驱。

她被吓坏了。

辛钰听到电脑里发出的声音是那天和张倩的对话。那一夜,辛钰躺在床上一直睡着了又一直没有睡着,她希望自己睡着,并且她醒来了好几次,其中好几次她都觉得刚刚那些只是一场梦,她终于从梦里醒来了,多么可怕,很快她又清醒地知道根本不是什么梦。辛钰就拼命地让自己睡着,很快就又醒来,接着以为那个噩梦已经过去,同时,她发现根本只是自己的痴心妄想。

她快要被这样的重复折磨得发疯了。

辛钰想到那个从小一直做的可怕的梦，就是那个有一圈圈的光朝着她靠近，很快就要靠近了却又不能真的靠近过来，这种感觉总是把她吓醒。听起来没有什么可怕，辛钰却一直从内心惧怕。那个事实一会儿成了梦，一会儿又发现不是梦，一会儿靠近一会儿离开，却走不远又靠过来了。

于是辛钰不睡觉了，只是平躺着，但是似乎不觉得放松下来，相反，这么躺着却比忙碌的时候更辛苦。是身体肌肉的紧张抑或是什么，好像要爆发出来般，只是自己的力量有限，无法冲破。她翻了身，朝着心脏的那边，胳膊也不知道如何摆放，就向上抬起，架在自己的脸上。还是难受，把手拿下来放在身体旁边，跟着身体又翻到另一边去，压住了另一条胳膊。却惊喜地发现这么压着的胳膊觉得踏实且放松。她深深地吸了一口气，立起了上半身，努力地向下压，想用自己的上半身压住下半身……原本这是一个多么简单的动作，别说这样，就是站着，她也可以轻易地弯下腰来，随便摸着脚面或者抱住整个腿都不成问题。辛钰才意识到，过了25岁后的第三个年头了，而她，身体已经从青春里那个蓬勃发展的状态变得迅速枯萎下来，无论是骨骼还是肌肉还是柔韧度，时间永远不会停留。

再可怕的事情都会成为过去，就像这个夜晚一样。第二天清晨，辛钰依旧起来，似乎很久没有一边看着《康熙来了》一边化妆了，找出电脑打开，去洗脸，没有药就只喝一杯水吧。节目里面依旧说说笑笑。"大不了回到最初。"辛钰这么想着，心情虽没有好很多，但清晨里总比一个人的夜要好。

到台里上班刚坐下来就看见薇薇走进来，虽然化了妆的她却还是没有往日的那份气势。辛钰想起前几天小孟说的话，眼睛一下子湿润了。

"辛钰，我猜就是你来了。"

"我是老年人作息。"辛钰强忍着不让眼泪掉下来，这眼泪不知道是为了薇薇还是为了自己。

"我来收拾东西，我辞职了。"这一句话一下子令辛钰控制不住情绪了，她伸过手一把抱住薇薇，眼泪哗啦啦啦的。

"你哭什么呀？"

"没什么，没什么。"

"知道你心肠好，别难过了，你这样我都不好意思了。"辛钰却根本停止不下来，想象着命运的作用，想象着她们这些女人，平时怎么都会有个互相的计较，尤其是特别节目的时候，总希望自己的表现能盖过对方，大家这么你争我斗的，到头来又换来了什么呢？

"辛钰，我就是想好好地休息休息。养好了再说。"

"我知道，我知道的。"

"快别哭了，弄得我不好意思了，一会儿其他同事来了，更尴尬了。"

辛钰松开手，努力地整理自己的情绪，她做出微笑的表情，可是眼泪还是一滴滴地往下落。

"对不起，薇薇，你去收拾，我去洗手间整理一下自己的情绪。"

"我一会儿就走了，咱回头联系，不想在台里多待。"

"嗯，理解理解。"

辛钰录完节目,这时候的她觉得工作反而能使她放松下来,接下来的事情她无法想也不愿意面对,她想找个咖啡馆坐坐,中午的时间有两个小时,就变得长久到不知如何度过。

"辛钰。"

"领导。"

"发什么呆呢?"

"没什么。"

"别没什么了,有好事。"

"领导说的都是好事。"

"一会儿一块吃饭,但是都基本定了,我觉得这个机会挺好,虽然薇薇刚走,我也不舍得让你离开一段时间,但想到对你发展更好,名字响一些对我们节目也更好。"

"领导,我可听不明白了,别让我离开咱们组呀!"

"你要离开也不让呢,这次就放你去拍个电视剧。"

"电视剧呀?"

"多难得的机会,投资人点你的名还能有错?一会儿吃饭时候你就见到了,中午没事吧?有事也必须推掉。"

"当然了。"

"辛钰,你家里是干吗的?不是西安的吧。"

"我是新疆的。"

"哪里?"

"新疆嘛,看我长得不像是吧。"

"眼睛多少有点吧。"辛钰和领导边走边说。她想会拍什么样的电视剧，像她这样的，没有给什么赞助会想到她，说主持想到她还算差不多，这电影、电视她可从来没有演过。

等到了吃饭的地方，进了包间，已经有几个男人坐着了。其中有两个女人，一个年纪稍大，另一个年轻点，大家都站起来打招呼，年轻的女孩染了栗子色的头发，非常洋气。一般大个又瘦的女孩总是很惹辛钰注意，可能自己天生不高的原因吧，她对着每个人打招呼。

"啊呀，大明星呀，请坐请坐。"

"不敢当不敢当，就是做工作嘛。"

"辛钰，坐我这里。"大个子女孩一开口，辛钰觉得特别熟悉，可能自己心事太重，她一时间想不起来。但还是迎上去，只是又不能太热情。

"请坐请坐，这是我女儿的妈妈，你坐，都是自己人。"这让辛钰更摸不出是什么情况。

"好久不见呀，不过我经常看你节目呢。"

"谢谢呀。"

"你怎么样呀？"

"娇娇？"

"你没认出我呀。"

"你的头发太洋气了。"

"骗人，是因为我瘦了吧。"辛钰想起来了，还是很多年前自己在教育台学习时，那个肉肉嗲嗲的女孩，害怕家长查问，要她的笔记。

"实话，漂亮得令我有点呆住了。"

"咱们坐着说吧，主任，您请坐，这次麻烦您了。"

"你见外是不是，这是她们的缘分。"

生活最糟糕的时候，辛钰却迎来了一个不错的机会。李娇娇做了演员，参加了几个比赛，赢了一些名次，但怎么说也只能是不上不下，所以家里人给她找了投资，准备直接拍个电视剧。虽然不是大制作的电视剧，但应该会是全国上映的，故事梗概也讲给了辛钰，她需要在里面演李娇娇的闺蜜。选她的原因也挺简单，一方面她也算有点名气，又有上镜的经验；另一方面，李娇娇说知道她做事认真，加上想找个有感觉的人演自己朋友。除了这个理由，辛钰当然知道，李娇娇要找的配角肯定不能盖过自己，虽然自己也漂亮，不过和她是完全不同类型的美。

拍摄期间，辛钰不用录节目，工资照发但是没有额外的补助。这当然也有台里和拍摄方之间的协议，辛钰管不到。她没有一口答应下来，不是因为钱的问题，主要是这之间的关系她还没有完全弄清楚。她知道自己最近的思绪太乱了，遇到这些重大的事情，更应该好好思考。

下班后，辛钰直接回家，放了一浴缸的热水，想好好地放松缓解一下，看着热水哗啦哗啦激起的热气，她脑海又一次浮现出了和吴现面对面坐在浴盆里的画面，从柜子里取了一个浴泡泡，丢进热水里。随着龙头里留下的水，就全部变成一个个的泡泡。进浴缸的时候，她看见自己的腿，居然觉得皮肤有点皱，用指头摁压了几下，发现皮肤弹性也大不如从前了。

更加莫名地慌张，幸亏有热水很快包围了她，保护起来。

电话的铃声响得很着急,辛钰不得不去接电话。是妈妈的,她接起来,一边说一边又钻进水里。

"喂,妈。"

"我是爸爸。"

"爸,你怎么打电话啦。"

"最近怎么样?工作还很忙吧。"

"我们那个薇薇辞职了,所以有一点吧。"

"要注意身体。"

"嗯,你和妈都好吗?"

"都好,不操心。"

"对了,爸,我想问你个事情,自己有点没主意。"

"哈哈,我闺女还有没主意的时候呀?"

"台里让我去演个电视剧,女二吧,我犹豫去不去。"

"怎么?为什么不去?"

"是别人投资的,有人想捧女一,刚好那个女一是我在教育台学习时候认识的一个女孩,给她弄过笔记,就是这么一个关系,因为这个找我觉得不是那么合适吧?"

"那你觉得是什么?"

"就是闹不明白,但是也是一个挺好的机会。"

"小钰,爸爸觉得,如果你想做就去做,拍好就好,拍不好也不是你的主要工作,对了,你没有问问师楠?"

"他,他又不管我。"

"还是要听他的意见,毕竟他是以后一直陪着你的人。"

"行,我一会儿就问。"

"那没啥事你忙吧。"

"爸爸再见。"

"照顾好自己,有啥委屈给家里说。"

"88888。"辛钰说完这句话,着急地挂了电话,眼泪已经下来了。把电话扔在浴室的地板上,深吸一口气让自己沉入深深的水里。

她不知道自己泡了多久,站起来的时候觉得更疲乏了,有点头晕,也有点饿。去拿手机,翻看着有没有信息。

"小钰,不忙的时候给我回一个电话。"是师楠的短信。也许是身体太疲乏,也许是有点饿,也许没有也许,辛钰安静地把手机放好,找了一颗糖含在嘴里,开始给自己脸上擦护肤品。擦好了脸上,拿了润肤的开始一寸寸给自己的皮肤上涂抹,然后去吹头发,最后坐在镜子前开始给自己化妆。她脑中此刻是空白的,就连嘴里的糖什么时候融化了都不知道。

"小钰。"

"我刚没注意,对不起。"

"你怎么一直不联系我?"

"我觉得丢人。"

"我们在哪见面吧,我去接你也行,你在台里还是家里?"

"直接吃饭地方见吧,还上次那个日料,可以吗?"

"好的,一会儿见。"她把头发稍微卡了一下,还有点湿,在众多的口红中选了一个比较红的,辛钰不希望自己看起来没有精神。走在路上的时候才觉得自己这样见面太仓促了,究竟要说什么怎么说她一点儿头绪也没有,努力回想一下自己究竟在录音里说了什么,说到什么程度,却如何也想不起来。

辛钰停好车走进餐厅,师楠已经在里面了。她已经做好了准备,毕竟夫妻一场,也不想耍什么心眼,只要师楠不过分,她就全部接受。但不过分是一个什么程度,她自己也不知道。

"好久不见。"师楠真可以,还能这么稳定地说出这样的话。辛钰没有接话,她只是自己坐下来。

"可以上菜了。咱们边吃边说吧。我已经点了,你看看要不要加什么。"

"我挺饿的,不够了再加。"

"一天没有吃饭吗?"

"吃了。"

"那还饿?"

"我说吃午饭了。"

"小钰,咱们放松一点说行吗?"

"你直接说吧,不过分我都接受。"

"你可能误会了,张倩给我的光盘我没有看,我也不想听不想知道,她告诉我说你害死了她老公,说你就喜欢勾引人。我之所以接受了她给我的光盘,是因为我觉得如果我不拿,她可能会无休止地诋毁你,另外我给你的原因是让你自己小心,有人正想要威胁你或者让你不好过。小钰,你是什么样的人我不需要别人告诉我,我知道我们有误会,我不希望误会更深,我希望误会可以过去。"

辛钰在这样的一刻里,从未有过地失去了抵抗能力,她的眼泪铺满了整张脸。这时候,恰好有服务生端来几盘小菜。服务员还没有放好,她就拿起筷子去夹,放进嘴里,用力地咀嚼。

"吃慢点,有点冷。"师楠说的时候,辛钰端起热茶喝了一口。她一口口地把小菜都吃了,她吃下去的根本不是什么食物,而是力量。辛钰已经控制不住自己的情绪,就算没有酒精,压抑了太久的情绪,加上师楠说的话,大大震撼了她,该发生的都要发生,她要自己全部告诉师楠。

"师楠,夫妻一场,感谢你对我的信任,但我愧对于这份信任。给你录音的人是我大学的学姐,我在入学的时候她让自己的男友来接我,我无心破坏他们,但那个成了我大学期间唯一的感情。后来他们结婚了,后来他自杀了。我不知道自己在这场感情中充当了什么角色。但这也并不是我要说的重点,重点是我们分居的日子里,在这样的日子里我认识了一个男人……总之,我没法面对你。"辛钰又喝了一口茶,但茶杯已经空了,小菜也吃完了,这让她一下不知道怎么才好。她不敢去看师楠,她直盯盯地看着桌子,等着师楠把一杯水从头到脚地浇在她的身上。

"你要和那个男人结婚吗?"

"你为什么不打我或者骂我?"

"重点是你要和那个男人结婚吗?"

"不会。"

辛钰才知道可以挂满了眼泪却完全不会哽咽了声音,她很清晰地听到自己的询问,也清楚地说出了"不会"那两个字,但是有什么用,她听到了人生完蛋的声音,可如果想要面对自己,就必须澄清。

"小钰,别哭了。"师楠说着,倾过身体,用手擦拭了一下她脸蛋上的眼泪,可是眼泪太多了,根本无法擦掉。重要的不是眼泪,重要的是这个男人轻轻站起来,轻轻地伸过手,轻轻地擦了擦脸蛋,那种轻好像辛钰说过的话他根本没有在意一样。

"我们都犯过错,我们还能重新开始吗?"

"师楠,你为什么对我这么好又对我这么残忍,婚后的生活是什么样的?你又是怎么对我的?但是现在你又对我这么好,你问我可以重新开始吗?这真的是你要问的吗?"辛钰还想说更多的话,可是电话铃声就开始一直地响,她摁掉了一通后又是一通。

"可能是急事,你先接电话吧。"

"你好。"

"嗯……你好。"

"你?"原本脱口而出的名字也没有说出来,毕竟面前还坐着师楠,但辛钰已经忍不住了。

"还能听得出来?"

"那当然,只有你才有这种东北口音。"她说这句话的时候已经开始镇定一些了。

"嗯哈哈哈,这是我的电话号码,我在中国了,问候一下。"

"哦!"

"那你先忙。"

"好的。"

"再见。"

"再……见!"该来的一起都来了,菜也一盘盘地端了上来,辛钰拿起筷子夹菜，不知道自己要说的是什么。

"我想我们重新开始，我也一定改，以后我们多在一起，晚上有空我们一起喝红酒一起泡在浴缸里，我其实很渴望家庭生活，早上我们轮流给对方准备早餐，我就算不会什么，哪怕是煮一个鸡蛋，我也会给你弄好，我买了一种电饭煲，洗好了各种米，放上相应的水，第二天就煮好了粥，我也可以给你换着做不同的热粥。小钰，有假期的时候我们可以一起去旅行，至于心理上的问题，我也积极治疗，你也配合我好吗？我想说，我们都给对方一个机会，结婚前我答应你给你一个家，但我确实没有做好。"

辛钰清楚地感受到自己的丑恶，刚刚还为了师楠感动，但只是短短的时间里，短短的一通电话，一切都改变了，她变得什么也听不进去了，听进去也不再是自己听见的，脑中只有吴现了。他为什么又联系自己了？他回国来干什么呢？他是不是会来找自己？……

电话铃声再一次响起来了，辛钰直接接起来。

"喂，你好。"

"辛钰，是我，李娇娇。"

"哦，你好。"

"方便说话吧？"

"方便呢，你说。"

"本来想约你呢，但我觉得给你些时间也是应该的，但是我性格就这样，忍不住事情。"

"咱们还客气什么，你这件事情都照顾我，让我都不好意思。"

"我爸爸不让我问你，但我就是想不通，你为什么没有直接答应呢？辛钰，你听我说，真的很多人想拍，我找你也算是咱们的缘分，我其实一直看你主持节目呢，从在教育台，我就觉得你人挺好的又认真。这片子对我挺重要的。"

"怎么说呢，我心里挺感动的，你说这样的机会，我都找不来，你对我这么好，但我毕竟是一个主持人，主持人不一定会演戏。"

"肯定可以的。"

"你说我演不好和台里回来怎么交待呢？"

"你肯定能演好，不过这确实要你决定。如果是别人，我肯定要生气要说她做作，但我觉得你人好，是有顾虑，那这个是我电话，你有什么就电话我。"

"谢谢你，我很快就回复你。"

"那改天一起出来。"

"我不管怎么样都必须请你吃饭的，到时候我们联系。"辛钰手拿着电话，抬起眼睛和师楠四目相对。

"对不起，我静音。"辛钰被他认真的目光弄得有点慌乱。

"小钰，你真好看，可能在我心里的你太好了，让我一直没有面对你是我的老婆。"

"师楠，和你这样坐着，像是一场梦，我们的婚姻就像一场梦，这场梦里我心碎了太多次，当然，现在错的人是我，我自己不会把握好自己，面对你曾经的冷漠和现在的真诚，我无法认识你了，我也不认识自己了。"

"那你说我们怎么办？继续这样分居？"

憋在嘴边的两个字谁也不敢提出来。对于辛钰来说，她害怕被抛弃，害怕离婚，当她知道一切都被师楠知道了后，那种无以形容的害怕，辛钰比谁都明白，自己这样的年纪，没有婚史的话想找个好男人，还有那么点儿可能性，离婚后自己的身价简直就要跌到谷底。然而这个男人微笑地说"我们重新来过"，她不知道自己是不是得寸进尺，但在师楠原谅自己的一刹那，她觉得他们俩真的完蛋了，因为内心无法面对这样的宽恕。而吴现回来了，难道她要面对吴现，然后告诉他，说自己离婚了，说自己当初错了，选了错的人，所以她只能这么凄惨的被人抛弃掉？

无脸人

拿着包裹的辛钰一时间有种时空穿越的感觉。大一的她在宿舍里激动地拿到了永保苗条的尚方宝剑,她就要披荆斩棘地把所有的人统统打倒,她会一直苗条漂亮地站在人生那个灿烂辉煌的舞台。那时候,沈阳还在,他就在楼下,等着送他那个有竹编篮筐的小粉自行车。

时间一晃就在眼前,她剪开包裹,分出两色瓶子的药,端了一杯清水把它们分别送进体内。她下意识地抚摸了一下自己的肋骨,感觉它们一根根分明地镶嵌在身上,就可以放松一下心情。她已经答应去拍电视剧,其实只不过给自己一个缓冲的时间,早晚还是要答应,毕竟栏目的主任已经说了,也算是工作的一部分吧。

辛钰一向很会忍耐，现在也是，她在等着吴现再给她电话。

他没有再打电话给她。

辛钰猜想那天是不是吴现已经后悔联系她了，猜想是不是他已经走了，猜想着他早已经把她不当一回事，不过随意打一通电话。但是他没有再打电话，这些就都没有结果。

"喂，有空吗？"

"有呀，什么事情？"

"说了请你吃饭啊。"

"好呀，咱们哪里见？"

"请你肯定你说嘛。"

"周末陪我去上海买衣服吧，香港来不及了，不过想去上海逛逛。"

"我要赶着录节目呢。"

"放假不用录，你都马上要去拍电视了，周末不用。"

"真的不好。"

"辛钰。"

"我问问领导。"

"那好，我去订票，你给我身份证号码。"

"你给我你的吧，我要是请到假了我就直接买了。"辛钰不想和李娇娇去上海，这里面隔着太多的关系，尤其是现在她更不想去了，只是突然间的想法，他突然觉得吴现也许在上海，女人的第六感来的没有理由，也许想念一个人就会觉到处都是这个人。

她再次徘徊在街道，没有归宿，和师楠的事情又被无限期地搁浅了，她不想工作，更没有劲头拍戏，很想去旅行，在被情欲束缚着的日子里，她一步步失去了自己。她看着周围的人，她再次想到了上海，也算是和师楠相遇的地方了，那里有太多回忆，都那么沉重，还有那些拥挤的人拥挤的楼，再加上和娇娇一起去逛街买衣服，这太可笑了。

"应该去泸沽湖。"辛钰好想念自己在清晨推开门，不用化妆不用打扮冲出去，但现实生活早就不允许了，那里路途太远，她哪里有那样的时间去完成这么一场旅行？

"啊！"

"小钰。"

"糖……糖糖？"

"我等你好几次了，你都开车，我不敢上去。"

"你？你等我？"

"对不起，原谅我好不好。"

"我们放过彼此吧。"辛钰看着他的脸，那么帅气的脸此刻怎么也无法让她不能自持地心动，欲望的冲动也说没有就没有了。

"小钰，你听我解释，我对不起……我以后肯定不会了。小钰。"

"你松手。"

"我害怕松手了你就再也不会来了。"

"哈哈哈哈，松手吧。"

"只要我们能在一起我什么都可以。"

"别说了，求你别说了，以后不要再出现了，我不认识你。"

"我认识你,你怎么可能不认识我,我给你做早饭,我陪你干什么都可以,只要不离开我。"

"你……"辛钰的话没有说出口,眼前冲出来的师楠好像从天上降下来,直接给了糖糖一拳。

"师……楠。"

"你拉着我老婆干吗?"师楠揪住糖糖的衣服,糖糖其实要比师楠高,但此刻他好像懵住了,一动不动任由师楠揪住。

"你少纠缠小钰,你信不信我找人废了你。"

"糖糖,你快走吧,师楠,放开他吧,别闹了都。"辛钰去拉了拉师楠的手,她没有太多的力气了,她只是不想他们起冲突。她的眼前浮现出糖糖拿着假的LV、说话含糊不清的模样,觉得他真的很可怜。

"你是他老公吧,你知道不知道,小钰根本就不爱你,小钰爱的是我,你们都分居了,她要和你离婚和我在一起的,你别纠缠小钰才是。"

"你疯了吧?你胡说什么呢?"辛钰没有想到糖糖会当着师楠的面说出这样的话来,刚刚生出的那一点儿怜悯全没了。

"小钰,你告诉他,你告诉他你不会离开我。"这句话让辛钰有一股儿火从心里涌出来,糖糖正被揪住,她轻轻抬手就能给他一个响亮的耳光。而辛钰始终还是辛钰,她只是更用力地拉扯了一下师楠的手,说:"我们走吧。"

师楠大概已经感觉到了辛钰的无力,她顺着辛钰拉他的力气,握住了她的手,那永远冰冷的手此刻也死了一般的冰冷。师楠没有去搂住辛钰的肩膀,而是就这么拉着她的手,一步步朝着另一边走去。

"小钰,别走,我求你了。"糖糖冲了上来,站在他们两人的面前。

"你给我滚。"师楠吼了一句。辛钰的小手被握着,随着他的声音被握得更紧一些。

"你少说话,小钰,你告诉他,你告诉他你不会离开我的。"辛钰开始看着糖糖,那个高高英俊的男人,在眼前若隐若现,她在环境嘈杂中闻到了熟悉的CK香水,感受到凉水打在手上,她用力地抠掉碗上的商标,她对他的心疼和担心,还有那该死的打了死结的围裙……这一切的一切都被身边的男人紧紧握在手里,假如这些都曝光在晴天白日下,师楠还会不会这么拉着她?

辛钰轻轻地给拉着她的手一个反的力气,示意他有话要说,师楠开始没有理解,辛钰就踮起脚尖把脸凑到师楠的耳边。

"准备好了,我数三声,咱俩开始跑。"

"啊?"

"一、二、三,跑!"辛钰把脚下一脚蹬的高跟鞋直接甩了出去,被师楠拉着的手也用力地握着,她没有目标地开始奔跑起来,脚下的鞋子已经留在原地,只有师楠还跟着自己奔跑着,她听到糖糖说着什么,也听到师楠的声音在奔跑中的风里,只是这些世俗的声音都没有意义了,有人握着有人陪着向前奔跑着,多少个流泪的夜、多少个无眠的夜,多少个胡思乱想的夜,多少孤单、寂寞无法排遣的情绪……她一边跑着一边想着,思绪因为奔跑的速度根本无法跟上。

"啊……"辛钰终于跑不动停了下来,她喘着粗气,她笑着,眼泪就流了下来。

"谢谢你是拉着我跑的。"

"你是我的老公,是我的错,应该是我谢谢你。"她发现自己即使没有意识,还是朝着自己的学校跑了过来。也就是在这条路上,她和梦梦站着,她接受了沈阳再也不会出现的事实。

"我可真想骂人,但和梦一样的情景到了我这样的年纪,居然还经历了。"辛钰伸出手,放在师楠的嘴上,示意他不要说话,她一动不动地看着他,师楠被她看得有些目光闪躲了。她突然觉得自己不再害怕什么了,不再害怕失去。她光着脚,伸出自己瘦小的胳膊,不顾周围人的目光,直接抱住师楠,连同他垂在身体两侧的胳膊,一起抱住。

她闭上眼睛,听到了是自己老了的声音,她感觉手里抱住的人却不是陪着她老的人。

"我们是不是应该考虑回家再拥抱。"师楠沉稳、有力、自信的声音,曾经是她觉得自己需要的,人总是可以控制自己的行为,最终还是控制不了自己的感情。

"我们找个地方吃点东西吧。"辛钰奔跑起来的心情得到了缓解,她不想和师楠回什么家,她已经做出了决定,她要说出来。

"你的鞋子呢?"

"扔了,不然跑不动。"

"先去买双鞋吧。"

"前面小巷子里就有小商店,随便买一双就行。"

"我背着你走吧。"

"没事,不用。"他们就朝着巷子里走,两个人的手已经没有拉在一起了,面对着统一利益,就能握在一起了,可是那个目标没有了后,就又恢复原来的模样了。

从毕业到现在,几年过去了,学校面前的这条小巷子居然几乎没有变,就连理发店、打印部还有那些小得总是觉得第二天就倒闭的小饭馆都还在。

"你介意不介意陪我吃盖浇饭?"

"你想吃?"

"很久没有吃过了,学生时代老和梦梦去吃,很大一盘,我俩一起吃一份就够了,还可以要一个粥。这家看看有没有鞋子,随便买一个,光脚还挺傻的。"

买鞋子的时候,辛钰才发现,自己脚底板被扎烂了,血混着泥和袜子一起黏在脚底,用力扯的时候挺疼的。她没有吭声,没有让师楠看见,原本不知道还好,知道脚底扎烂了,走路就疼起来,还好没有几步就到了。

记忆里亲切的小饭馆,此刻又脏又混乱,木桌子油腻腻的,也不知道哪里散发出一阵阵的气味,让辛钰刚坐下来就想走。旁边有学生,辛钰看了看,总觉得自己还是和他们一样的。

"你看你看,那个不是辛钰?"

"真的假的?好像是的。"

"要不要合影?"

"她和咱们是校友呢。"

"好呀好呀,用手机给我照一个。"

"我也要,你给我也照一个。"

"师楠,走吧。"

"怎么了?不喜欢被人认出来?"

"不喜欢这里的脏乱,估计我已经不是从前的我了吧。"

"这会儿估计打不上车,我车在你们台跟前呢,不远,要不走过去?"

"可以。"

"你这鞋子可以吗?"

"可以的,没关系。"

这一路上,两人都不说话,辛钰的脚时不时地疼,但是可以忍受,鞋子的跟不是很高,但是底子很硬,不过高跟鞋的弧度正好让伤口没有直接接触。辛钰脑子从清晰到凌乱,从凌乱又清晰,思索着一会儿要如何开口。

车子行驶在道路上,很堵车,拿着手机玩,翻看朋友圈,辛钰觉得自己已经不能离开手机了。

"干吗呢?我在师楠车上,我准备和他离婚。"

"我正吃饭呢,你疯了吗?"

"能控制自己行为却控制不了自己的感情。"

"离婚后你可就不是现在的你了,你想好呀!"

"嗯,我也害怕,可我总要面对。"

……师楠带着她去了一间西式餐厅,有酒有简单的西餐也有咖啡什么的。

"这里环境好一些,就是吃的简单一些。"

"你知道的地方真多呀。"

"我天天陪客户,当然知道得多。"

"我想喝卡布奇诺。"

"我去点,自助的,有意面、三明治还有汉堡包。"

"我再要一杯果汁和一份沙拉,要醋汁的那种。"

"那你坐坐。"

整个屋子里是黄色的暖光,春天的室内冷得多,这样的氛围还是抵挡不了真实的冷,辛钰用手搓了搓自己的膝盖,冷一点清醒一点儿。

"咖啡。"

"谢谢。"

"给你芝士蛋糕,你随便吃几口,一会儿果汁和色拉就来了。"

"我们吃饱了再说吧。"

"不用说什么,过去的都让它过去吧。"

"我太不了解你了,没想到你能这么冷静。"

"我也没想到你会这么疯狂。"

辛钰喝了一口上面的奶沫,她的内心还是比较紧张的。

"你好,我是辛钰,你最近好吗?"用微信之后很久都不发短信了,她打出这几个字,想发给吴现,还在犹豫要不要发出去,或者换几个字再发出去,电话突然响了,她慌乱地直接接起来了。

"喂。"

"小钰,你去哪里了,你不要这么对我好不好,不要离开我好不好,你说过你们都分居了,你说过的,你说你原谅我了,你去哪里了?"

"你偷了我多少钱?"辛钰听着他在电话里一遍遍的声音,就无法控制了。

"我都还给你,我全部都还给你。"

"你说你一共偷、偷了多少钱。"辛钰一边问着却不敢看师楠的脸。

"我都还给你还不行吗?我以后再也不敢了。"

"喂,你给我听好了,以后你再敢给她电话我就报警。"师楠不知什么时候已经站在辛钰的身边,抢走了电话。此时此刻,电话已经重新回到了辛钰的咖啡杯旁边。

"如果他再骚扰你我们就报警。"

"可是师楠,我怎么报警?难道我说我被一个男人骗了,我们在一起他一直在偷偷地拿我的钱?"辛钰没有流泪,她很认真地看着师楠,一字一句地说。

"我去看看果汁好了没有。"师楠不知道怎么回答,也许也不想回答。她看着师楠的身影,心里更坚定了一些。

"小钰,你吃,我的汉堡还要一会儿,你吃你的,我和你说。"

"今天谢谢你,我做了这些事情,谢谢你原谅我。"

"我必须原谅你,因为你是我的老婆。我自己很好地想了想……你吃,你吃着我说,咱们轻松一点。我太不了解你了,我以前觉得你喜欢什么就给你,你喜欢你的工作我就支持,但我从来没有在意过这份工作对你有什么用处,我一直觉得我赚钱足够你花,其余的都是你消遣的事情。后来,我偶然地发现你藏着什么药,对不起,我不是故意的,但我当时想那究竟是避孕的还是减肥药,因为你特别的瘦。我想直接问你的,可我就是问不出口,于是我就拿了一些去化验了。"

"你?什么什么药?"

"就是你藏着的,也许你没藏,后来化验出来说就是一些维生素……我心里就很难过,发现自己从来都不了解你,不知道你可能真的很辛苦,身体和心里都那么辛苦,毕竟你是一个人留在了西安,一定受过很多苦,每天都要吃营养素,而我作为你的老公,却什么也不知道。"

"维生素?"

"你自己吃的那些,两种的。"

"你为什么拿我的药?"

"我只是好奇。我和你坦白,也是希望我们以后都可以无话不说。"

"师楠,你还调查过我什么?"

"小钰,你别误会,我一直都很信任你,我没有……"

这时辛钰觉得自己好像是一个被人剥光了衣服赤裸裸的人。有些话这时候不说什么时候再讲出来呢。也许一生都在争取一生都在被抛弃,所以这一切她不想争取了,她宁愿被抛弃也不要再承受担惊受怕的感觉。于是,她对着面前的师楠说:"离婚吧。"这三个字一点儿也不让她觉得沉重,好像一个孩子一直被抱着,明明要开始学习走路了,还被束缚着,但总是要迈出那一步的。

"为什么?"

"因为我不想煎熬了。"

"我都不在乎你做过的事情,你就不能给我一个机会吗?"

"我不想煎熬了。"

"你冷静一下。"

"我很冷静,我太冷静了,我一直都太冷静,所以才有了现在这副模样。师楠,我一直都只是一个那么渺小的人,但我偏偏想要变得伟大,所以我好吃力,我拼命地向上走,越往上却离我想要的就越远,我才知道这根本不是我需要的,我只是一开始就理解错了。"她的两个垂在椅子边的手用力地抓着,她知道自己在发抖,她要拼命抓住不让自己发抖,她那么害怕说了这些话后人生就改变了,其实人生早就被改变了,从她在书店里拿着那本书起,从她开始对外面的世界产生向往起,从她要让自己彻底改变那一刻起,一切都改变了,命运再也不是她能够握住的。

"你发抖了。"

"是的,我知道,因为我害怕我自己不冷静了。"

"你的性格太倔强了,为什么不能认错一下。"

"师楠,我是因为知道自己真的错了,才这样说的。那一次,你又回来晚了,我一个人开着车,想要离开你,夜晚的车居然也有那么多,当我快要开车到南门的时候,我看到一只死在路边的白色猫咪,我早就看清楚了,但是我还是把车停了下来,走下去,我看着它的尸体,就好像看着自己的尸体。当我第一次来到这个城市,来到这座四方的城市,我就再也没有办法像来时那样轻易地走出去。后来我又开回家了,开回那个我们两人的家,我还在恳求你爱我,你冷静得那么可怕,面对你的冷静和冷漠,我除了流眼泪我还是只有眼泪,因为不想变成无家可归死在路边的猫咪，我就必须忍受自己内心无止无尽的绝望。师楠，你听我说，我居然为了不接受自己的命运而和一个骗子在一起，多么可笑，多么丢人，他给我做早饭他陪着我他满足我全部的要求他却只为了偷走我几百几千块钱。也许人生就是这么悲惨，但我不知道是他悲惨还是我自己，我面对着你，我怎么继续和你生活，怎么接受你的重新开始？对我而言，只有全部的失去，也许才能找到自己。"辛钰发现自己是半蹲在椅子上，身体的重心都移在右手上，右手因为一直压在椅子上支撑着整个身体而抖动得更厉害了，她不知道自己是因为不想揭露太多还是没有勇气说得更多，最后她对于吴现也只字未提，大概自己也并不清楚是否存在着。

"我确实太不了解你了。我以为今天你拉着我的手跑我们可以重新开始。"

"那一刻的我是真的我。"辛钰的身体重新坐好，拿着叉子叉了一根绿色的菜放进嘴里，没有咀嚼就咽下去了。

"可是辛钰，你不能把别人对你的错全部加在我的身上。"

"师楠，我这么肮脏这么差劲这么不堪，你又何必为难自己？"

"是吗？你真的觉得自己是这样？"

橘红色的温暖灯光下发生过很多的故事，有的是辛钰自己的，有的是别人，但这一刻是她的，这一刻后就变了。

"是的，师楠，我比我自己形容的还要可怕。"说这句话的时候，她几乎是深呼吸一个个字地吐出来的，她也几乎要把最后一晚他们在一起时发生的一切讲出来，那个让她失控的"玩具"、那些让她不能自持的"欲望"。

"你就这么铁了心要离婚?"

"你想想,离婚后我能有什么?我越来越老了,而你没有孩子,事业有成,有的是女人喜欢你,可我不同,但我还是决定了选择离婚,可能我立刻就会后悔,可我想让自己后悔一次。"她讲不出来,辛钰讲不出来,就好像她和糖糖发生的那些事情一样,连她自己都要全部忘记。

"好吧,等你找好时间提前通知我就行。"师楠说完这句话,站了起来,朝着门口走了。这个时候,恰好服务员端了汉堡放在桌子上,果汁也端了上来。辛钰端起果汁一口气喝了下去。

于是去旅行

辛钰还有理智,她用自己仅有的一点儿自控力,一点点让原本已经非常凌乱的事情乱中有序。

她请了假。其实她没有去拍片子,如果要去拍片子,多请几天假也并不是什么大的问题。虽然从前她不会这样做,但此刻有更重要的事,她努力地告诉自己就算吴现不在云南,她也必须要去,她必须亲口问问泸沽湖边的女人,那些维生素是怎么回事。然而,她在此刻意识到原来她真的没有那么在意那些药片了。她只希望在某个地方见到他,哪怕只是远远地看着,看一眼也可以,这样的心情如此强烈,让她更害怕也更幸福。

辛钰告诉娇娇自己有一些事情要处理,如果处理好了她就直接飞去上海，对于是否会去上海，辛钰一点儿打算也没有，这更像是打赌。她给师楠打电话，她需要在去云南之前把一切都剪断，不留一点儿余地走。

"明天早上我在我们领证的地方等你，早上8点半，带上身份证和户口本，结婚证我会带着。"

发完这条微信后，她就陷入了漫长的等待。一整天，电话一点儿动静也没有，居然连其他人也没有给她发微信。她几次犹豫着要给梦梦打个电话，终于还是没有，害怕被人劝说。辛钰一遍遍地告诉自己：人生总要有这么一次，就这么一次。她在台里录了近期的最后一档节目，晚上约了台里的其他同事一起吃饭，算是表示感谢，自己毕竟要离开一段时间。酒席间人们说着不知道是真还是假的好听话，辛钰的心在手机上。

晚上回到家，洗了澡，收拾了去云南的一些东西，才发现短信不知不觉地来了，只有三个字："明天见。"

辛钰的这一夜居然睡得很好，早上6点闹钟响了她还没有醒来，突然意识到抓住手机看了一眼，6点1分的显示还是让她突然坐了起来。她就莫名其妙地想起某一个清晨的早晨，钟表还没有到7点，闹钟还没有响起，但是她已经醒了。她醒后总是要再定好几个闹钟，总是担心自己会因为什么事情耽误了时间。那个清晨是2011年，关于2012是世界末日的谣言一阵一阵地蔓延，那个清晨她起来，打开第二个抽屉拿出药吃下去，然后开电脑一边看着《康熙来了》一边开始化妆，虽然每次犹豫着要不要化妆，反正到了台里录节目就会有专门的化妆师，但辛钰最终还是不能战胜自己，非要自己先收拾一番。她之所以那么清晰地记得那个清晨，是因为她在那个早晨强烈地希望世界末日的谣言是真的。

那一个清晨里她不知所措，就好像此刻一样，那时候她不想嫁给师楠却决定要嫁给他，此刻她不想离婚却要去离婚。这样的相似令她坐在床上久久地发呆。一切已经在路上了，她却犹豫不决。

世界末日没有来。辛钰收拾了一下自己的情绪，下床去找药。她不知道穿什么衣服，早上还是挺冷的，到了中午就会热起来。西安的春日总是那么短，让人来不及珍惜，今年的春日却那么长久，暖和了却又冷了，这个多事的春日呀！

闹钟又响了一次，她摁掉闹钟，继续对着衣橱发呆。原来事情就和闹钟一样，因为设定了很多个，所以你觉得这个过去了还有下一个，只有把自己逼上绝路……辛钰闭着眼睛随便抓了一件，是那件黑色的西装，当时和糖糖去回民街，穿着它还有些冷，现在的天气中午的时候会不会已经热了？

"不知道今天过后，还有没有机会见到师楠了。"辛钰默默地自言自语了一句。开始化妆，一边的眉毛怎么画都很奇怪，她还是太在意自己的容貌，即使在此刻，她也不能输在脸上。

领取结婚证的那一间屋子里吵哄哄的，每个新人基本都准备一包喜糖送给帮他们办理手续的人，当年他们完全没有考虑到这一回事，并且两个人连笔都忘记了拿。到了街口，辛钰就看到了师楠的车，他也穿了黑色的西装外套。

"把车停我旁边，我刚占了两个，前面都没车位了。"

"谢谢你。"

"我移好了你倒进来。"辛钰就从车窗里看见师楠开车门,发动机的声音响起,他的车向前向后来回倒了几次,空出一个位子来。人的生活就是这样吧:自己一个人的时候,也可以填满一个位置,加一个人也可以。有些人进去就显得拥挤,有些人就觉得这是充实。

"今天挺默契,都黑色西装呀。"

"夫妻一场嘛。"

"小钰!"

"嗯?"

"可以拉着你的手进去吗?"

"啊?拉手?"

"上次来的时候我们没有拉手进去,我一直后悔,就当重新再进去一次。"

"你不恨我吗?"

"恨!"

"那拉着吧。"

走进大厅的时候感觉很奇妙,似乎记不起自己曾经来过这里。没有人告诉他们哪里是办理离婚的,但他们可以感觉出来,两个人的手一直牵着。辛钰的小手被师楠紧握着,她刻意让手处在放松的状态,不想让手的力度泄露了自己的情绪。他们需要先领一张表,确定地说是两张,需要填写一些自己的信息。她的手一直被握着,让她觉得很尴尬。不过工作人员压根没有心思注意这样的细节。队伍排了两队,每队都排着四对、五对夫妻的样子,辛钰只能用另一只手看表格上面的内容。

"你怎么又睁着眼睛说瞎话呢,你好好和我说,家里哪件东西是你的。"

"冰箱,电视机都是的。"

"怎么成你的了?"

"那是结婚时候买的。"

"结婚时候买的就是你的了?怎么是你的了?那也是我出钱买的,不能说你挑的就是你的是吧?"

"是我的。"

"咱们不是都商量好了吗?"

"反正就是我的,电视机和冰箱必须要给我,不给我就不离婚。"

"请问两位商量好了吗?后面还有人。"

"你能不能别再胡闹了?"

"不管,你必须把这个给我我才离婚。"

"你别威胁我,你再威胁我就不离婚了,谁怕谁。"

"不离就不离。"

"你怎么这么无赖,怎么结婚前我就没有看出你这么无赖?"

在这样两个人的争吵声中,虽然每个人都想着自己的事情,但还是情不自禁地被吸引了。

"我们的财产要怎么分?"

"财产?"

"你看这表格下面有财产的问题。"

"我把钻戒还给你,其余的你要什么我都还给你。"

"你就那么想离婚？"

"我的错，你说什么我都答应。"其实辛钰说这句话的时候，也很没底气。师楠这时候拉着她走出了那间屋子，空旷的大厅里，师楠松开了手。

"你说吧。"小钰听到自己的声音。

"我以为这样就会吓到你，不会离婚了。"

"对不起。"

"小钰。"师楠突然抱住她，很用力地抱住了她。

"小钰，能不能不离婚，我们都不小了，该有个孩子好好地生活了，我不想离开你，也不能离开你。"辛钰的人生里第一次有人在自己犯了错误的时候还恳求她，她感觉自己被抱着感觉到耳边的气息。原来人生是这样的，要么成功要么什么都不是。

"师楠，你松开，我有话说。"

"就这样说，我听着。"

"你知道吗？我的脸是整容出来的，没有了这好看的皮囊，我什么也不是，我再多的努力都没有用，但我有了这个脸，这个漂亮的大眼睛，我的世界看到了更多的东西，更多的东西也愿意进入我的世界。"

"我早就知道。"

"早？"

"我去过你父母那里，结婚之前，我就知道，这又有什么。我还知道你曾经为了减肥下的力气，这些我都知道，我都珍惜。"师楠一边说着，一边把她抱得更紧，那种窒息的拥抱是辛钰喜欢的，这样的时刻她感觉到自己被珍惜。她一辈子都想被人尊敬被人需要被人在意，这样的拥抱很受用。

这时候里面的争吵又从里面跑了出来。

"别以为我稀罕你，但是你不给我就别想离婚。"

"你有病是吧。"

"就是有病，我就是有病，所以才嫁给你。"

"你这是故意逼我，别以为你这样我就拿你没办法，多余的东西你什么也别想拿。"

……

两个人一边争吵着一边往外面走，他俩就在别人的争吵中抱着。辛钰无法想象的是为了几件家电不去离婚是怎样的情况，她宁愿相信是女人不愿意离婚而找出的借口，但她当然也记得自己刚刚实习的日子，没有钱没有地位，但那时候她有信心和一个可以憧憬的未来。

"师楠，你不该时好时坏，我也不该因为自私嫁给你。"

"你看，如果你也能和那个女人一样，为了几件东西就不离开我就好了。"

"不是我选择了离开你，是我们选择了无法生活在一起，你越是包容我明明已经不能挽回的错误，我越是无法面对你。"

"那就不要面对，只是这么简单地生活。"

"松开我，咱们好好说话，你这样我就更加害怕，更加没有勇气面对了。我想到在日后的某天里，我们因为别的不愉快的事情而争吵起来，你会对我提到我今日所犯的错误，那么我根本无力反抗，又或者你厌恶了我，你也许会再次提到这件事情，那么我依旧还是百口莫辩，我不能也不想面对这样的情况。"

"为什么你总是往不好的地方想？"

"师楠。"辛钰伸过手，拉住他的，然后另一只手握上去。"你一点儿也不了解我，我是一个把荣誉、脸面看得比一切都重要的人，人生一直追求的就是光鲜亮丽，而你知道了如此多我的不堪，你让我如何面对你、如何和你生活在一起？"

"真讽刺是不是？"

"嗯？"

"你最后握住我的手居然是求我离开你。"

"我是在求我自己，为了最后一丁点的尊严。"

"比我还重要吗？"

"没有人会比自己还重要。"

"一定有别的原因，你是不是还怨恨我？"

"哎。"辛钰叹了一口气，松开了手。"那先这样吧，我最近要去外地，然后接了一个片子要拍摄，过了这些事情后再说吧。"

"小钰。"

"我先走了，回头联系吧。"辛钰转过身，她停顿了一下，看了一眼只有昏暗灯光的大厅，那么空荡，为什么那年办理结婚证的时候没有注意到这么昏暗这么空荡呢？她的身子有点软，她知道身后正有一双目光在看着她，她用力地呼吸强撑着往外走。

突然有人拉住了她。

"我们现在本来已经分居了，财产上也没有什么，婚房是在你名下的，就还是你的，回头你忙完了我也就会把东西都搬走了。"

"不要这样,我更无法面对你。"辛钰背对着他说,而此时她的眼泪已经从脖子流进了身体里。

"人都没有了,要房子干吗?……如果有一天,你觉得房子里还需要我,你再告诉我,但是如果那时候我已经有了别人,那么就……"

整个签字的过程和一切手续的过程辛钰都不能回忆,是如何走出大厅又是如何开车离开那里的她都记不清楚,她只记得自己签字的时候眼泪一直往下掉,把协议书都弄湿了,工作人员好像劝了两句,但是她也记不得。直到自己开着车打开音乐,一直流泪的她终于发出声音来,一直哭到车库里,情绪才稍微地缓和了,她冲上楼去拿了行李,开动了车就走,走了一会儿才想起自己要旅行,不可能把车停在机场那么久。掉头回去的时候,情绪真的冷静了很多很多,停好了车,对着镜子照了照自己,补了补妆,拿着行李走出了地库。

没有阳光,但她觉得自己就要新生了。只是心里还是有点痛,明明解脱了,可是还是痛,比起那个为了冰箱的女人,自己还得到了一套房子,那可是有些人一辈子都没有的。今天的运气也好得离奇,一上去就打上了车。

"去机场。"

"几号航站楼?"

"您先开,稍后告诉您。"

辛钰拿起电话开始咨询,原本是晚上的机票,她想现在就走。换票需要一些手续费,但总算赶上了一个合适的时间,她告诉司机是三号航站楼。

"亲,我现在去云南。"

"我刚离婚,但是我没事。"

"你好好上班,回来了找你。"

"你千万放心,是我要离婚的,我想出去走走,房子他给我了。"

"你父母知道了吗?"梦梦的这条微信,给刚刚平静的辛钰一个大巴掌。

"没说,先顾不上。"

"你照顾好自己。"

"你不会学沈阳吧。"

"别担心,吴现在云南。"

"照顾好自己。"这条微信刚来,又来了一条:"你说人生是为了什么呀,一直靠谱的你突然太不靠谱了。"

"爱你,你先上班。"

这时候,窗外正好是南门的城墙。

"师傅,你是西安人吗?"

"半个吧,咸阳的。"

"喜欢西安么?"

"你是旅游的?"

"不是,我现在去旅行。"

"到处都堵车,开车就烦这个。"

"我挺喜欢的。"

"你是不是主持人?"

"听我声音像是吗?"

"真的是呀？你名字一下子想不起来，但是长得这么好看，我在电视上见过。"

"谢谢夸奖。"

"哎呀，我还拉了一次名人。"

"不是什么名人，一般人。就也是一个工作。"

"别谦虚了，你们天天上电视的不是名人是什么。你也没口音，家是陕西的不？"

"不是的，我是新疆的。"

"这么远呀，刚听你说要去昆明？"

"嗯。"

"听说那地方可漂亮，我没去过，我闺女去过。"

"有空了可以去去。"

"我们开车哪有那么多时间呢，你们啥时候也报道报道我们出租车司机，你看物价这么涨，我们起价才7块钱。"

"我们不是新闻频道的，不过西安就是堵车，而且不好打车。"

"你们嫌弃打不上车，我们嫌拉不上活，拉上了也跑不起来。"

……这么说着她的心情好多了。她还是爱着西安的，自己拼命争取到的所以就不舍得。到了机场换了登机牌居然再有10分钟就要登机了，快速通道也排满了人，她抱歉地跑到最前面咨询是否可以插队。三号航站楼还特别大，她几乎是跑着才到了登机口，而且已经开始登机了，她抓着机票和手机，犹豫着要不要给吴现打电话，或者发个短信。

"我们好像已经跨了年代，即使这样，你还能认出我吗？"她编好微博发了出去。飞机飞了起来,腾空的时候她捂着胸口,心脏跳得很厉害,很久很久都没有过的旅行,记得第一次去云南的时候,还是学生的她坐火车,大半夜的在完全陌生的地方倒车,那时候她还没有去过一次西安,现在她已经有了一个家,也失去了一个家。

昆明的天空太晴朗,她透过玻璃窗就感觉到明媚的云朵。飞机刚着陆,她就开机,就像是约会的姑娘一样。微信那边传来梦梦的微信:"你到了吗?"她回复后就给吴现打电话。

"对不起,您拨叫的用户暂时无法接通。"

下了飞机坐大巴车。走出飞机的舱门大好的太阳辛钰却根本感觉不到,跟着拥挤的人下飞机再上大巴车,直到进入了机场往外走,她完全不知道怎么面对这一切。她去了一次洗手间,往门口走又拨了一遍电话。

"对不起,您拨叫的电话暂时无法接通。"然后她直接拨给了梦梦。

"梦梦,你现在忙不?"

"不忙,你说吧。"

"帮我查一下从昆明怎么到泸沽湖。"

"吴现在泸沽湖?"

"我不知道。"

"你不是说他在吗?"

"他电话无法接通。"

"他这是逗你呢?怎么这样。"

"不是不是,我们提前没有约定。"

"你又来这一套。"

"快帮我查查,我刚下飞机。"

"你这什么都没有准备,你真可以。"

"我离婚了好不好,你都不能考虑一下我的心情。"

"你上班怎么办?"

"我请假了。你放心吧,我没有失心疯。"

"好吧,那你现在干什么?"

"我去泸沽湖完成一个心愿。"

"什么心愿?去走婚?去找以前你认识的那个男人?你不是说上次去了连那个村子都找不到了吗?"

"什么呀,你不查我自己查了。"

"微信上已经发给你了,不过要坐大巴车,你自己注意安全。"

"我知道,我又不是没有坐过。"

"随时联系。"

"你真好,爱你梦梦。"

……

"去西部客运站,晚上8点30分有卧铺大巴车,第二天6点左右到宁蒗县城,从宁蒗可以拼车去泸沽湖。"上了出租车到西部客运站,她让司机在中途找了一家麦当劳,买了一个汉堡,时间非常紧张,差一点就赶不上8点30的大巴车。辛钰从未坐过这种过夜的长途大巴车,又是睡着,她很庆幸自己在麦当劳的洗手间卸了妆,不然这一夜下来皮肤不知道要变成什么模样。她的铺位在靠着窗户的位置,黑夜只有路灯,手机的电已经不多了,她又给吴现打了一遍电话,这一次是关机了。

她安慰自己反正是要去找那个女人，但也不知道是自己的心里有事还是因为旅途太颠簸无法睡得踏实，她一会儿就醒了，看看窗外黑漆漆的山路，什么也没有，车厢里还有闷久了的奇怪味道。打开窗户，风又吹得人难受。她就这么睡一会儿醒一会儿，开机给吴现打电话，然后失望地继续睡觉。这样的夜晚比起大白天坐着去泸沽湖要难受得多，虽然是躺着，但有限的空间和随着路途的颠簸而起伏的心情，辛钰早学会了在这时候告诉自己：其实很快就过去了，多难受的都会过去。她已经一次次地幻想着到了泸沽湖的场景，也许吴现已经在那里了，就算不在她反正是要问问那个女人，那些药究竟是怎么一回事。

　　整个夜晚，她没有喝水也没有去过厕所，中途似乎是停过一次车，是加油站还是收费站她不知道，反正感觉车停了，陆陆续续的人下车，她那会儿刚好很迷糊，就没有下车。辛钰不到30岁，居然已经来了三次泸沽湖了。到达宁蒗的时候晚了一些，已经快要9点了，她拿着行李下了车，整个腿都是麻的，她没有想着吃早饭，跟着记忆在找寻这个县城曾经留下的记忆，已经有人围上来问要不要拼车。

　　恍惚间看到一个男人背着双肩包，个子也高高的，她正要顺着人群走过去，突然有人拍了她一下，她吓得叫了一声。

　　"是你吗？"

　　"是你？"

　　"真的？"

　　"杨由丁次尔？"

　　"你记得我。"

"天哪。"

"你好像瘦了。"

"你怎么在这里?搬家了?"

"没有,我开车赚钱。"

"你普通话讲得好多了。"

"干了两年了。"

"开车?开车干吗?"

"就是拉着人去泸沽湖。"

"哇,太不可思议了,等一下,我今天包你的车可以不?"

"你坐不要钱。"

"要!要钱要钱,我的天哪,我以为这辈子都遇不到你了,你别拉别人了,你车在哪里,咱们边走边说。"

是一个小的面包车,他帮着辛钰把行李放在后面,让辛钰坐在前面。

"有没有可以洗脸的地方?我想洗洗。"

"你饿不饿?"

"我想洗洗,如果没有就算了。"

"你上车,前面有。"他把辛钰带到了一个小饭店,和里面人说了一句她听不懂的话,就有一个女孩带着她去了。是一间屋子,有简单的厕所和洗脸池,她跑出去从车里拿了洗漱品和化妆包以及换洗的内裤。自己反锁了厕所的门,先洗脸刷牙,并没有热水,就凑合地洗了洗换了内裤,虽然不能洗澡,但是这样已经心满意足了,她实在太兴奋了,多少年过去了,居然还能遇到他。

把化妆品放在洗手池上,她想简单地化个妆,也不知道是兴奋还是怎么的,熟练的她画眼线居然几次都画歪了。等她再出去的时候,杨由丁次尔问她要不要喝水,她接过来喝了一口,从嘴里滑进心里的根本不是水,是这个春天里最甘甜的相遇。

再次上了车。她准备开机,再给吴现打个电话试试,那边还是关机。许久不见的意外已经冲淡了她的焦急。

"救命恩人,我都不敢相信自己眼睛。"

"我害怕认错了,不确定你还会来。"

"我第三次来了,上一次完全找不到你生活的村子。"

"你怎么总是一个人,不安全呀!"

"你怎么开车了?"

"我要赚钱给妹妹盖房子,她要结婚呢。"

"那你结婚没有?"

"结婚了。"

"哇,也是走婚?"

"嗯,是走婚。"

"天哪,泸沽湖还和以前一样吗?"

"一样的,计划要修建机场,但是现在还没有。"

"不能不能,修了就破坏了。"

"你还是以前那样子。"

"怎么可能,我老了很多很多。"

"你结婚了没有?"

"哦,我,我结婚了。"

"你有孩子了吗？"

"还没有，你呢？"

"我有了，一个女孩。"

"这次要留一个联系方式好不好，我们真是太有缘分了。"辛钰说着，看了一眼开车的他，皮肤还是黑的，好像更黑了，长相没怎么变，因为记忆里的他就很瘦，所以看起来还是黑黑瘦瘦，肌肉一条条的。她想起在黑暗里他拉她的手，那只好像木头一样的手……记忆被打开一个缝，往事都着急着往外涌。

"你还捕鱼吗？"

"很少了，因为要开车赚钱盖房子。"

"不养孩子？"

"这个不用，我是要盖房子给妹妹结婚。"

"不是走婚吗？"

"对呀，所以要给妹妹盖房子呢。"辛钰打开钱包，走的时候着急，没有装多少现金，她拿出来，数了3000块钱，犹豫了一下，又数了1000，自己就剩下几百块钱了，但是应该足够吧，递给他。

"我包你的车，也不算是包车，算是你结婚我随份子的，随份子你懂不？"

"太多了。"

"胡说，不多，不要我就下车。"

"真的太多了，我们是朋友。"

"是朋友就不要客气。"

窗外除了山路还是山路，车里的男人和车里的辛钰都长大了，他们的命运都变化着,辛钰想起她坐在他摩托车的后座,不能确定自己有没有抱住他,总是有很多情绪可以被记住,也可以不用记住,就和人生一样,其实怎么过也是过。他们出生在不同的地方,不同的家庭不同的命运不同的习惯,一切都是那么的不一样,而时间交汇在某个点又分开。书和旅行就是可以带给你不一样的命运体验,尽管是有限的。辛钰打开窗户,让山里的风吹进来,让春天的风吹进来,让命运的风吹进来……

时间的歌

辛钰再次站在那个院子的门前。快到中午了,她看着记忆里已经完全模糊的,有点紧张,好像自己正在走进自己的从前里。

"怎么了?"

"我不敢相信还能再来这里。"

"我也不相信还能遇到你呢。"

她踏进一只脚,跟着另一只。这时候,杨由丁次尔居然又拉了一下她的手,等她跟随着走进院子里,手已经松开了,让她一下子不确定刚才究竟是谁拉了她。还是四方的院子,以前似乎是两面有屋子,她记得不是很清楚了,但是祖母房印象很深刻,似乎涂了新的涂料,不过那间还是单层的,没有加盖成双层。

辛钰把他手里的行李抓过来，随手放在地上，她顺势地拉住了他的胳膊，拉着他朝着厨房走去。进了屋子，很昏暗但是因为是白天，还是有光透进来，他问她是不是饿了，她不回答，只是拉着他的胳膊。果然还是有梯子，就是那种非常粗壮的木头架子，厚墩墩的木头一条条的，辛钰这时候才松开了他的胳膊，去触摸木头，根本握不住。她手扶着试图跨步上去，梯子有点抖，她穿的高跟鞋，一只脚上去就不稳当，于是她直接脱掉鞋子，突然平坦也突然轻松了的她没有任何的压力，手用力地扶着就登了上去，另一只脚刚上去，手被木头上面的不平划到了，疼痛令她身体朝后，她还来不及叫出来就被杨由丁次尔扶住了。她被抱了下来，两个人就这么看着对方。

"你要上去？"

"我想看看猪膘肉。"

"喜欢那个？"

"不是。"

杨由丁次尔没有听她回答，已经自己登上了梯子，然后伸了手说："你拉着我，要不你握不住梯子。"

果然，手还是粗糙得如同木头一样，只是皮肤并不如木头那么锋利。辛钰的脚就停在梯子上面，她有种奇怪的感觉，好像进入了时间的漩涡，好像穿越了。如果时间可以倒流回第一次来这里，她会不会告诉自己不要和师楠结婚，她会不会告诉自己不要去回民街听沈阳在耳边说话，或者不要在下了火车后去坐沈阳的车，会不会因为知道沈阳要自杀所以不去见吴现？也许，她会干脆等在拉萨的布达拉宫前，一直等着那个背影出现，她就冲过去拉住他，告诉他自己犯的错误，恳求他原谅,恳求他爱她。

"你怎么了?"辛钰看着高处的杨由丁次尔,她不知道自己眼睛里和脸上都是泪水。

"没……没什么。"

"刚才吓到了?"

"想到一些事情。"

"先上来,小心摔一下,你这么瘦。"

"还是那么大的猪。"辛钰一边说着,一边擦眼泪。

"早就不是那头了。"

"你的阁楼还是这么矮。"

"你也没有长高嘛。"辛钰就笑了,眼泪还没有擦干净,但是已经笑了。

"你还是这么好看嘛!"

"猪还是这么大嘛!"辛钰学着他的口气说话。

"我让妹妹给你做这个。"

"我好想坐摩托车呢。"

"要不然我借邻居的?"

"对了,我还要去一次上次我住的那个地方,就是云南那边,我掉下湖的那个地方,你知道吗?"

"我当然知道,上下落水。"

"上下什么?"

"那个地方叫做落水村,上落水和下落水是两个小的村子。"

"真的?所以我落水也是应该的。"

"你想去那里玩?那里没有这边好看,那里都是游客。"

"我想见一个人,那里有一个和我一样的女人嫁给了和你一样的男人,她开了一个酒吧,我想去看看她。"

"你的朋友?"

"是上次来认识的朋友,想看看。"

"那吃了东西过去?"

"主要是看你的时间,你不用出车了吧?"有人在院子里喊,辛钰听到杨由丁次尔答应了几声,他们说的话她听不懂,估计是那个妹妹。她小心翼翼地下了梯子,看到站在厨房里的妹妹,她完全不认识了,黝黑且并不光滑的皮肤看起来不是姑娘更像是妇女,她冲着辛钰笑,那个笑还是很腼腆,嘴里说着:"欢迎你来!"

"给你们添麻烦了。"辛钰嘴里说着,也迎合着笑。

杨由丁次尔对着妹妹又说了些什么,然后告诉辛钰,如果不累他愿意先带着辛钰走走,妹妹做饭还需要一会儿时间。辛钰却拒绝了,她感到阵阵的困倦,但接着觉得自己可能是饿了,她坐下来,手撑着自己的脑袋,想起那个扔进炭火里烤熟的小鱼,幻想着那个滋味。饭要比她想象的快得多。猪膘肉被切成片最先摆上桌子,有点好像陕西的腊牛肉,做好了直接切了当凉菜来吃。杨由丁次尔的妹妹切肉的薄厚大小都差不多,顺着圆盘摆开一个圈后中间就只剩下手心那么大的位置,刚好再放上一些肉。接着又端上来一盘香肠,每一个切成拇指那么长,颜色特别的红,也顺着圆盘摆着,最下面还衬着几片绿色的叶子。

"这个是什么呀?"

"这个是血肠,或者叫米肠。"

"是血和米做的吗?"

"我们不是做猪膘肉嘛,从前给你说过的,杀猪的时候肯定有血,把这个血留下来和半熟的米饭还有油和调料一起灌入肠内。"

"今天没有鱼肉吗?"

"啊?你想吃呀?我都没有拉鱼,最近给你弄。"

"没有,我只是想起来所以问问你。"

"还有一个素菜,你随便吃吃,没有提前准备什么。"

"已经很麻烦了,谢谢你呀!"

三个人坐在桌子前吃饭,辛钰本来想问问妈妈去了哪里,又觉得如果想说自然就会告诉她了。妹妹吃一口就抬头看看辛钰,让她还觉得稍微有些不好意思,她夹了一筷子血肠,也许是心理的作用,觉得很腥味,突然想到自己没有吃药,就要了一杯水。杨由丁次尔问她是不是生病了,她就谎称是补充营养的,杨由丁次尔也附和地说着确实是她太瘦了。她刚刚松弛一些的心情立刻就紧绷起来。

"万一是维生素怎么办,不对,不可能是维生素,要不她怎么可能这么瘦呢?可是师楠不是说他化验过了吗?是不是他们弄错了?"她的心里就开始为了各种可能性找出路,越想越不知道如何是好。

"你喜欢吃血肠?"

"啊?哦,可以可以。"

"害怕你吃不惯呢。"这时候的辛钰才发现,自己不知不觉已经吃了四五块了。

"我就是没吃过,其实觉得有点腥,但是想好好感受一下。"

"我只记得你从前几乎不吃东西,看到你吃东西很开心。"

"一会儿你能帮我联系落水那边的住宿吗?"

"你可以住家里,这个房间就可以,我一会儿让妹妹给你换干净的床单。"

"不不不,已经很麻烦了。"

"你是不是觉得没有厕所也没法洗澡不方便呀?"

"没有,我只是觉得你已经结婚了。"

"哦。"

"我还要去找朋友呢。"屋子又重新安静下来,辛钰放慢了吃饭,环顾了一下这间屋子,里面的陈设变换并不大,也许翻新过,床上的席子应该也是新的芦苇编织的吧,可是看起来还是一模一样的。这时间改变的只有人,环境和物品的改变也都只是随着人在变换了,只有这种需要翻山越岭的地方变换才会小,也许是人太少了。只有多变的人多了,变化自然也就大了。

她的行李又被他先放在车上,她对杨由丁次尔的妹妹说着感谢的话,妹妹的笑一直很害羞,笑一笑就低下头,接着又抬起头看着她,看不了几眼,就又笑着低下头。虽然她看起来粗壮黝黑,那股子淳朴的劲头却很少见。辛钰就干脆抱了抱她,然后转身往门口走去,又回头对着她摆了摆手。

出了大门,她决定给梦梦打一个电话,刚拨过去就接通了。

"你也接得太快了吧。"

"因为我正准备给你打呢,亏你还想着我。"

"我给你说,我遇到以前的救命恩人了。"

"救命恩人都有了,我怎么不知道。"

"我真没开玩笑,严肃点好不?就我第一次来泸沽湖的时候,当时吧,反正当时我掉到湖水里了,我又不会游泳,后来被救到一艘船上,这还不算救命恩人?"

"你能认出来不?别被骗了。"

"怎么会,他家都没有变呢。"

"当地的?摩梭族的吗?"

"回头给你说,就给你报平安。"

"那吴现联系上了没有?"

"他关机呢。"

"你给他发个短信,他打开肯定能看到。"

"放心放心。"

"你吃饭了没有?"

"吃了吃了。"

"别不耐烦,找你的救命恩人吧,不过,你们不会发生什么吗?"

"人家已经结婚了好吧?而且我马上就去旅馆了。"

"有什么联系我。"

"88。"

辛钰挂了电话,就朝着车走去了,他已经等在车里了。

"辛苦你啦!"

"那你还会来我家吗?我会给你弄鱼的,比旅店的好吃。"

"你不忙我肯定可以来。你妹妹可腼腆了。"

"她是见你不好意思,她说你太漂亮了,忍不住老是要看你。"

"谢谢哦。"

"你比以前更漂亮了。"

"化妆品,你妹妹化妆了也会好看的。"

"你们不一样,你就是漂亮,也见过大世面,我妹妹就在家里做农活,去过最远的地方就是我跑车的地方。"

"我们回家里吧,我给你妹妹化个妆,带着她一块去转转,一会儿去给她照几张照片,她去转转没事吧?"辛钰想到了从前的自己,那么羡慕美丽那么渴望美丽,她的眼前浮现出那个姑娘害羞的模样。

"你不是要见朋友,还是不麻烦你了。"

"我不是也麻烦你,而且真的不麻烦。"

"她应该很愿意去落水,她挺爱热闹的,但是化妆不用了,你来做客,还让你辛苦。"

"掉头掉头,我天天化妆,我很喜欢呢!"

它们就调转了车头,又回到了他的家。辛钰一边让杨由丁次尔把自己的行李箱拿进来,一边着急地下车往院子里跑。

"妹妹,你在哪呢?"辛钰冲着在院子里叫,她还不知道她的名字,叫妹妹也挺亲切的。她从厨房走出来,看得出来有些慌张,手还在衣服上蹭着,也许还沾着湿漉漉的水。看到了辛钰,匆匆的脚步突然就有所收敛,正在衣服上蹭的手也不好意思地停住了。她站在门框边上,对着辛钰笑了一下就又低下了头。她穿着一条黑色的裤子,上身是一件格子的衬衣,红黑相间的格子更加暴露出皮肤的黑。

"你去洗洗脸,用热水洗,姐姐给你化个妆,你哥哥带咱们去落水村子好不好？"她听了辛钰的话没有回答，头更往下低。她伸出右手把自己脸上几根因为低头前倾了的头发挂到耳后，又很快地从耳后拨拉到脸上。杨由丁次尔已经拿着箱子进来了，辛钰就重新说了一遍刚才的话，她搞不清是这个妹妹没有听懂，还是她只是不好意思。直到杨由丁次尔用摩梭语对着她说了几句，才看见这个姑娘转身进了厨房，刚进去又慌慌张张地出来，对着辛钰说了好几声谢谢，又重新进去了。

辛钰让杨由丁次尔找了三把椅子，他们屋子里的灯光特别昏暗，实在不方便化妆，院子里的自然光就好多了。她打开行李箱，取出自己的化妆袋，一件件地摆在椅子上，那些设计师精心设计过的化妆盒在如此空旷和清澈的白日里……其实还不能算是大晴天，云层很厚，光很好但不刺眼，这样的天气有着一种压抑感，不如大雨来得畅快也不如艳阳来得敞亮。

"来，你过来坐这里。"辛钰看到妹妹已经站在那里了，可是她叫了一声她还是不过来，辛钰只好走过去，问她洗好了没有，她也不回答，光是低着头笑。

"你要是不过去我就叫你哥哥来了哦。"这么一说，倒是有点效果，她稍稍抬了头就跟着辛钰朝椅子那里走，她压根不去看那些小盒子小罐子，只是看了看辛钰嘴角又露出微笑。等她坐在那里了，辛钰突然自己忍不住笑了起来，辛钰的世界大概从未见过这样的，不怎么说话，光是腼腆地笑，大概这也是人与人交往的一种方式吧。辛钰稍微缓和了一会儿，这就准备给她化妆了，杨由丁次尔正好从屋子里走了出来，站在刚刚坐下了的妹妹的旁边。

"你进去吧,我们女人收拾呢,你在这里我们都不自然。"

"我就看看,不干别的。"

"就是不能看,你要是能帮忙我还就不让你进去了。"辛钰说着就把他推了进去。

"就咱俩,你别不好意思,一会儿我让你闭眼睛你就闭眼睛,让你看上面或者看下面你就照做就行。你要相信我,画出来肯定是美美的。"这时候的妹妹居然点了点头。辛钰先用自己的水乳给她擦了擦,发现她的皮肤虽然黑但是挺光滑的,并没有她想象的因为风吹日晒带来的那种粗糙,这样一会儿就好画得多了。等把水乳给她涂抹均匀了,给她涂隔离霜的时候,辛钰有点犹豫起来,一会儿要涂粉底液,辛钰自己比较白,所以用的粉底液也是比较白的,但是她的皮肤这么黑,即使把脖子一起涂了,也不可能遮盖住,看起来可能反而更难看了。当然也不可能不用这些,粉饼起码要用,不然一会儿眼线和睫毛膏很容易就晕染了,若是变成了两个熊猫一般的黑眼圈那更糟糕。

辛钰用另一个指头轻轻地把隔离霜一点点均匀涂在她的脸上,然后找出一个新的棉扑给她涂得更匀称,等到皮肤都全部吸收了,她给自己左手的食指和拇指之间挤了少量的一些粉底液,因为要试验着给她脸上擦,具体多少的量并不知道,她的皮肤并不需要改善颜色,因为比较黑,所以也并没有很明显的瑕疵。辛钰用右手的指头小心地在她的脸上涂抹着,一边涂抹一边仔细地看,她从未这样给别人化过妆,这种专注让她感到平静。她注意到在她的眼睛下面有小小的雀斑,她似乎从未真实看到过,在电影里,很多外国的小姑娘会有小雀斑，不过也只是一晃而过。这是辛钰第二次见到这个姑娘，第一次的时候她娇小的身材和长相都更像是真正意义上的姑娘，吃饭前她看到她，感受是完全不同的，引起她注意的只是突然粗壮了的身材和黝黑发亮的皮肤，而此刻，辛钰专注地看着她的脸，她所做的是要令眼前的人更漂亮，而这样的过程又像是一种对美的发现之旅。

辛钰右手沾了粉底液的中指和无名指快速而轻柔在雀斑上一上一下，她并没有揉搓着涂抹，只是这么一点点地按压进去，虽然辛苦但更服帖一些，当然，这样的一点点无法把雀斑都遮盖住，辛钰的化妆包里也没有遮瑕霜，其实只要稍微令皮肤的颜色看起来更均匀就足够了。她开始给她上干粉，她准备只在眼部稍微来几下，为一会儿的眼线做一个定妆的效果就可以了。她的动作还是很轻，她只用粉扑的一个小角，因为她只想几乎看不出来地给眼睛的一圈涂上一些，大概没有化过妆的原因，妹妹的眼睛开始眨个不停，她本来就轻的手再慢一点儿、再轻一点儿。她的目光被眨着的眼睛吸引了，这个女孩的眼睛是黄褐色的，但是这种褐色很清澈。

辛钰的手不自觉地停了下来，她的思维跟随着眼睛来到了另外一个地方。她想到自己第一次看到泸沽湖的那个清晨，整个湖水无边地延展着，倒影在天空的湖水又像是天空无边地延展着，这样的干净吸引着她，带走了她的心，于是她选择了奋不顾身地投入进去……不知从哪天开始，她身边的每个女人都带着隐形眼镜，而那些黑色、棕色、绿色等等色彩的镜片早就掩盖了眼睛原有的灵魂。

"自己是没有灵魂的。"辛钰的心里冒出这样的念头，只是一闪而过，更吸引她的还是化妆这件事情。

"一会儿如果稍微疼了你要说话。"辛钰说完,准备给她夹睫毛。"千万别动,不过你别紧张,眼睛也尽量别眨,要睁开。"她找出睫毛夹,发现妹妹已经做好了准备,眼睛分明睁得大了一圈。她的眼睛是双眼皮,这样一会儿眼影好画。"你的眼睛是双眼皮,一会儿画出来更漂亮。"这句话说出来,辛钰又看见她的嘴角和脸颊浮现出那种一贯的微笑。"你笑起来也更好看。"

她用睫毛夹夹住她的睫毛。"我要夹睫毛了,为了让它们有一个卷翘的弧度,疼了要说。"轻轻地用力,没有特别贴着睫毛的根部,担心她的眼睛不适应。接着第二个眼睛,比她想得要轻松也容易。看着一次就卷翘起来的睫毛,辛钰对着她笑了起来。睫毛刷在她的睫毛上面上上下下,第一只眼睛的上睫毛好了,开始第二只……睫毛好像立起来的剪纸,立体、分明地排列在眼睛上面,辛钰凝神地看着她,睫毛下面是褐色的眼睛,眼睛下面是细小的雀斑,雀斑下面是羞涩的嘴唇。辛钰像是面对着自己正在创造的一件艺术品,她没有继续按照自己化妆的程序,她有点着急,直接找出自己一直用的橘红色口红,她觉得只要这个颜色涂抹在这张脸上,她就立体和生动起来了。果然,虽然这个一贯需要给偏白的皮肤涂上才好看的颜色,给这个皮肤黝黑的姑娘涂抹起来,也是好看的。

"妹妹,你真的很美,你让我看到美有很多种,有时候不是努力地掩饰自己,而是发现并且发掘出来。"辛钰并不知道自己说这话她能不能听懂,她接着给她化妆,为了避免蹭到嘴唇,她还是要先给她擦掉,开始画眼睛,她先尝试着画了一个比较细的眼线,也没有画得很夸张,另一个眼睛画得稍微粗了一些,分别捂住一只眼睛来对比,发现粗一些的好看,但是不能画出眼睛的轮廓,她的眼睛需要画得圆一些而非尖尖长长。

辛钰给她涂了金色的眼影打底,然后下眼线和上眼线上都紧紧地涂了一些褐色的眼影,她的皮肤和这种褐色很接近,所以不仔细看并不明显,显得自然又起到了立体的作用,现在她给她小心翼翼地涂了下睫毛的睫毛膏。继续仔细地端详了一下,可能她的鼻子相对并不是很高挺,她拿出暗影小心翼翼地画出鼻影,因为她比较黑,画起这个来倒是很容易。辛钰满意地给她加上最后的高光和橘色唇膏。

"来,妹妹,转一圈儿。"辛钰拉着她的手从椅子上站起来,虽然没有阳光,清澈空气里是两个女人的喜悦。

"都好看,真好,咱们收拾收拾出发?"杨由丁次尔的声音。

"你怎么出来了。"

"你们太认真我一直看着呢,都快一小时了。"

"是吗?那我收拾一下这些东西,咱们就走。"

"我想去照个镜子。"妹妹终于开口了,虽然音调没有杨由丁次尔说得标准,辛钰还是听懂了,而且这声音令她本来就兴奋的情绪更难以自持,她松开拉着的手直接上前抱住了她,接着说:"快去看看吧,美丽的小姑娘。"

"真谢谢你,我妹妹肯定高兴,她从来没有化妆过。"等到妹妹进去了,杨由丁次尔对着辛钰说。

"我应该谢谢你,那时候我还是个小姑娘,傻了吧唧地一头栽进湖水里,要不是你,我现在已经都不存在了。"

"正好遇到而已。"

因为激动的情绪，辛钰还有话想说，但是妹妹已经出来了，她说了好几遍谢谢，自己还说都不认识自己了。

行李又重新回到车上，辛钰坐在副驾驶，妹妹坐在后排，车子行驶起来。辛钰看着窗外的景色，好像从来没有见过一般，也许因为多了车窗少了摩托车的风，感受让一切都变了吧。辛钰不说话，车上的人也都不说话，刚刚的激动和此刻的安静，就有了一股子悲伤涌上心头。她觉得这个世界原本就不属于她，景色还有生活都是眼前这些人的，他们虽然没有见过她生活的城市，没有那些荣誉和成功的骄傲，但是这样的生活就令他们幸福。

她掏出手机，打开微信，想发一条朋友圈，但最终还是没有，如果被朋友看见了她该怎么说呢？这时候，她想起梦梦说的话，就想给吴现发一条短信。她想起自己给吴现发的第一条短信是什么呢？好像是想给沈阳发短信，又不愿意发，于是发给了吴现，似乎是约他去一家小店坐坐……是呀，沈阳还在的时候，压根儿还没有微信这样的通讯方式，现在每个人都在用，几乎没有人在用短信了。

一切都在变，只有这里的一切都不变。但是辛钰早已经习惯了日新月异的生活，她像是不能停下来的齿轮。

"你怎么一直不说话？"辛钰还要给吴现再打电话试试，杨由丁次尔先说话了。

"我在想时间改变了很多，可是你们这里还是这么安逸。"

"我们也要生活，我不是也要出去工作赚钱？"

"都是要的。"

"真不想让你去落水村子住，不过我们家里没有厕所，我知道你不习惯。"

"你毕竟也有家庭了。"

"嗯。"安静又来了，辛钰拿起手机，想了想还是不要拨电话了，听梦梦的发个短信，如果他开机了就能看见了。

"你在哪里呢？我在泸沽湖，这里还是那么平静。"辛钰想了想又删了重写。"你的电话一直关机，你开机了给我一个短信或者电话好吗？"又觉得这样也许也不合适。怎么现在给吴现发个短信也这么难了？想想那时候直接去沈阳找他的时候，坐着火车，什么结果都不知道，可是好像信心满满，可以预见当吴现看见她的时候，会瞬间因为她的出现而惊得站在那里，会带着满腔感动走过来，会害怕一切消失掉而一步步地走过来，但内心里已经被一种奔涌着的情绪全部淹没，那就是爱……但是现在，辛钰连发一个短信的信心都没有。

车子一阵的颠簸，辛钰觉得脑袋都快撞到车顶了，自己手抓住车窗那里的扶手，手机已经掉在脚边了。

"这段山路就是这样，如果下雨了更没法走。"

"挺好玩的。"

"其实下雨这么翻山来泸沽湖还是有危险性的。"

"嗯，没有阿里到新疆危险，我从前走过那里，有一个司机的女朋友就死在路上了。"

"你可不敢这么瞎跑，你家人怎么都不管你？"

"呵呵，我都会注意安全的，而且不是总是遇到你们这样的贵人？"

"你把手机捡一下呀。"

"哦,我都忘记了。"

"不过你捡的时候小心一点儿。"辛钰在叮嘱中捡起了电话,她就看见了那个未接电话,不是别人的,就是吴现的。辛钰的心一下子就慌乱了,比刚才车的颠簸还要震得慌,这时候杨由丁次尔似乎还说了什么,但是她都听不进去,她深呼吸想着电话接通了要说什么,想着要怎么告诉他自己在云南,是直说想见他还是迂回地问问,看看他要不要见她。假如吴现想见他,她现在泸沽湖,她要如何第一时间赶去昆明?对,还有杨由丁次尔呢,她让他直接开车送她去,这样是最快的速度了,但是杨由丁次尔有这个时间吗?

"我想问你,假如我现在要直接赶去昆明或者哪里你能不能现在就送我去?"

"怎么了?出事了?"

"不是,我就是问问,突然问问。"

"这,应该可以吧。"

"你怎么了?"

"你确定可以是吗?"

"嗯,但是你没事吧?"

"我打个电话,你稍等一下。"辛钰几乎是颤抖地拨出了吴现的电话,一边还清了清嗓子,她觉得眼泪马上就要激动得流下来了。

"对不起,您拨叫的用户暂时无法接通。"不可能,辛钰心想着怎么就关机了。

"对不起,您拨叫的用户暂时无法接通。"是不是我拨错了,按照他打进来的号码直接拨过去。

"对不起,您拨叫的用户暂时无法接通。"怎么可能,难道自己幻觉了。

"对不起,您拨叫的用户暂时无法接通。"

……

辛钰打了一路的电话,拨通、无法接通、挂断、再拨通……直到车子终于到了落水。

"你没事吧?一路上问你话也不回答,如果出事了我现在就送你去昆明?"杨由丁次尔的声音传来,辛钰知道自己没有必要也不能把自己的情绪发泄到别人身上,尤其是久别重逢的救命恩人,尤其是在这样快乐的气氛里,但辛钰几乎没有力气去伪装自己了,自己的难过、失望和悔恨还有疑问。

"对不起,不用去了,我刚……我也不知道怎么了。"

"我们到了,下车就是你要去的酒吧。"

"呵呵,到了呀!"

"嗯,你知道这里不大,你住的就在旁边,先去看看你朋友在不,然后去放行李好不?"

"行李放车上,这是我的相机,你带着妹妹照相,我去和我朋友说说话,一会儿你们照完了找我好吗?"

"你好像……我们不是一起去湖边照相吗?"

"对不起,我……我有点……"

"没事,你和朋友说说话,我们一会儿找你,不用相机。"

"真的很抱歉。"

"你下车吧。"

"对不起，我……"

"一会儿来找你，我带着妹妹转会儿，你在她也不好意思。"

她下了车，她想把自己摔碎在地上，为什么电话刚好没有拿好，为什么要养成静音的习惯，为什么都是为什么，她的脑子里乱七八糟。

"你好，想吃饭还是什么？"

"是不是辛钰？"她已经走了进去，抬起头看见老板娘。

"是的。"说完这两个字，辛钰的腿一软，直接跪了下去。因为是白天，店里只有老板娘一个人在，虽然辛钰很轻，可是她这么倒下去后好像一下子没有了骨头似的，费了很大的力气才把她扶在椅子上坐下来。给她倒了一杯温水，辛钰觉得自己没有力气端起那杯水来。老板娘去拿了一个热毛巾，但是发现辛钰化了妆，无法给她擦脸，就给她擦了擦手。

"谢谢你。"

"怎么了？高原反应？"

"这里海拔多高？"

"2690，高一些。"

"也许吧。"

"我给你寄药了，你没有收到？"

"收到了。"

"哦，那你是来玩的？你是不是还是不吃饭贫血？"

"我是来找答案的。"

"什么答案？"

"我脑子很乱,如果我的问题让你不舒服误会什么的请你原谅。"

"能让你特意来一趟应该很重要。"

"也许我不该这个时候问,我需要冷静一下。"

"这是最好的时候。"

"为什么?"

"我早就习惯了简单,你在城市里早复杂了,趁着你乱七八糟,不用思前想后就直接问吧。"

"其实我多心了……嗯,也许我根本不是为了问你什么才来的。"

"你是问我药的事情吧?"

"不是你想的那样。"

"我想的就是,那时候见你一个小姑娘,明摆着为了减肥不吃饭,我可以帮帮你,也许有用,也许没用,就试试,也这么多年了,你终于还是来了。我直接告诉你,那些两色的药是维生素,世界上哪有什么神奇的药丸,如果这里真有,它也不可能这么多年还是这么清静,换言之,如果我真有,我也不可能愿意过这种生活了。"

"维生素?"

"对。"

"你说你给我的……你意思这些年我吃的……"

"维生素。"

"不可能。"

"怎么不可能?"

"可是?"

"可是你还是这么瘦?"

"是呀,我没有长胖呀。"

"也许是你饭吃得少?也许你已经习惯了这个体重所以不会胖了。"

"我不相信这么多年这些都是维生素。"

"这一次没有骗你,毕竟你已经从一个小姑娘长成大人了,有了判断的能力,我以为你是发现了来找我,我没有恶意,我只是觉得很多时候人活得就是一个心理,我在这里生活了这么多年,每天就对着这湖水,整日就是这么发呆想事情,我发现别人说什么做什么对自己的生活其实用处不大,主要是你自己的心里是怎么想的。"

"维生素?"

"还是不相信?"

"我没有长胖的。"

"像你这么瘦,旁人都觉得不容易长胖的。"

"你掐我一下吧,我怎么觉得这一切是梦。"

"我比你更觉得这一切是梦。"

"你心情不好?"

"谈不上心情不好,就是难以接受。"两个女人就都不说话了。这个时候,有一个客人进来,她就去招呼了。辛钰一个人坐着,她应该相信那些两色的药只不过就是维生素,要不师楠拿去化验的时候也不会就是维生素了。辛钰拿起电话,又拨打了一遍吴现的电话,还是关机,她的目光正好落在自己的胳膊上,她一直害怕自己变得很胖,曾经一个男孩无意的一句肥妞几乎改变了她的人生，现在她就这么盯着自己的胳膊，原来自己足够瘦了。每当这个时刻，辛钰的手习惯似的摸摸自己的肋骨，只有它们明显的存在感让辛钰贴心。

"世界上真的不存在什么神奇的药，太多的美好都是被人们创造出来，但人们总是愿意相信。"辛钰的脑中重复出这样的念头。多年前她逃学在书店里，读到的那既神秘又神奇的故事，冥冥之中一直蛊惑着她，然而事情一件件地发生，先是吃了就不会长肉的药再是拉萨遇到的爱情，可是此刻，一切都在看似的宁静中迎来了真相。辛钰茫然地不知道怎么接受这些事实，又该怎么面对接下来的生活。

"喝点什么？我请客，毕竟欺骗你这么久。"

"你忙完了？你也是为了我好。"

"你更漂亮了，简直太漂亮了，真让人羡慕。我给你弄点酸奶还是饮料？"

"热水就行。"

她端来了一杯热水，还给她拿了一小杯酸奶。"那你以后还会不会继续不吃东西生活？"

"我也不知道，而且我都不知道曾经对我最重要的事情，突然变得不重要了。"辛钰端起酸奶喝了一口。"酸奶挺不错的。"

"自己酿造的。"

"你在这里当老板娘怎么样？我记得你说孩子在城里上学。"

"孩子和我不怎么亲近，老公也保持着奇怪的距离。"

"你是说走婚？"

"他每天晚上有篝火的表演，尤其是游客多的时候，平时他还是住在自己的家里，每天给我送些蔬菜和肉，就这样而已。"

"你还是不习惯这样的生活吧？"

"早习惯了，就是总是想自己为什么会选择留在这里，从好好的城市里跑到这里，以为自己需要的就是这种脱俗的生活，但实际上还是要经营这样的店，一样还是不能免俗。"

"有没有想过再回去？"

"回去了就等于放弃了自己的老公，当然也否定了自己的所有。"

"你觉得人是不能有重新选择的机会？"

"可以，但是需要勇气。"

"嗯。"

"很多东西想再选择就没有那么容易了。"

"你以后还是给我邮寄药吧。"

"还是不相信是维生素？"

"还是不愿意否定自己以前的选择。"辛钰说完，一口气喝掉了酸奶，又喝了热水。"谢谢你为我编造了一个神话，也希望你的日子过得越来越好。"

"没什么，不要生气我骗你就好，我没有恶意。"

"我准备走了，有机会再来喝酸奶。"

"嗯。"

"再见。"

"再见。"

结　局

　　颠簸的山路曲曲折折，她再也不是那个幻想着旅行的姑娘了。辛钰可以站立在一个原本陌生的城市里，足够坚强地站立着，可能就像是那些幻想中的美景，幻想的时候总是更美，征服他们的这个过程也很美。曾经那么跋山涉水地为了看一眼泸沽湖，以至于真的泸沽湖就在眼前的时候，连生命这件事情也忘记了。那个女人不也是？若不是那股子幻想，又如何让她有勇气留在泸沽湖。想象和生活又是两回事，它带给了生活很多美好，它也带来很多美好背后必须承担的责任，就像这仙境的泸沽湖，有人拥有的是湖水日日泛起的美丽倒影，有人拥有的却是湖水日日荡漾的清冷寂静。

　　辛钰看着窗外的路，看着窗外的树，看着窗外的山和一切，她回过头看了看正在开车的杨由丁次尔,她觉得自己还是足够幸运的。

"你工作上有事情?"

"真的不好意思,害得你匆匆地跑。而且说好了和妹妹玩也……"

"没事的,我直接送你到丽江,去昆明今天肯定赶不上了,你查查最晚的飞机,希望能赶上最晚的飞机。一般去丽江要8个小时,但是现在新修了路,不过我也不能保证,很有可能会赶不上最晚的飞机。"

"那你肯定要在丽江过夜了,你也不可能来回不休息开车,而且这山路晚上肯定不能开车。"

"我都很熟悉,你不用担心,我在丽江随便住都可以,但是你这么来回坐车也太辛苦了。"

"你开车就不辛苦吗?"

"我习惯了,你现在是做什么的?"

"你看我像什么呢?"

"我不知道,猜不出来。"

"我是电视台主持人。"

"就是《新闻联播》的那种?"

"不像吗?"

"特别像,就是明星那么漂亮。"

"你盖房子还差多少钱呢?"

"已经够了。"

"我想表示感谢,你想想当年……"

"当年不是你我也会救人的,何况不是什么难的事情。"

"希望有空你带着妹妹来西安找我,你知道西安吗?你们来的费用一切都包给我了。"

"你不会再来这里了吗?"

"也许会吧。不过你真的要来我的城市做客,带着妹妹。"

"一定去,我觉得和你就是有缘分,这个缘分让我高兴。"

"缘分?你相信吗?"

"相信,不然怎么那天早上我就看见你了,我还担心你早就忘记我了。"

"我说了我还来过一次,但是没有遇到。"

"你回去是工作的事情?"

"我要去上海。"

"你不是在西安嘛?"

"去上海有事情。"

"节目主持?"

"相关的一些事情吧。"

……辛钰感到幸运。因为她居然在晚上8点左右就到了丽江机场,并且查到9点多的飞机还有空位子。她给久别重逢又很快告别的救命恩人一个大大的拥抱,又给吴现打了一个电话,没有任何惊喜,拥抱杨由丁次尔的时候,辛钰的脑中还在想着缘分的事情,期待着松开手转过身奇迹就出现。电话拨出的时候,甚至还在想,吴现就会接电话,他的声音会告诉她,说自己就在丽江……那么辛钰就会直接去丽江见他,去上海的事情就可以等一等。

相信命运的存在吗？相信缘分围绕着每个人吗？相信我们的生活都被一股神秘的力量引导着吗？辛钰有时候相信有时候又迷茫，不然怎么可能在布达拉宫看见那个背影就愿意靠近？不然怎么初次说话他就说出沈阳？不然怎么他愿意发疯地去和她隔着空间喝一杯咖啡？纵然没有这些东西，两个相隔千里的人如何相遇，又如何那么巧妙地爱上了彼此？假如这些都是巧合和虚无，那么辛钰当然更不愿相信也不愿意知道，她以为幸运地买到了当晚就去上海的机票，那么如果她没有买到，在第二天，吴现的电话充了电就会打给她，就算吴现没有打给她电话，吴现第二天也是从丽江到上海，他们还有机会在丽江的机场相遇，还有可能坐同样的一趟飞机。

可是，这些都还是错过了。就像他们之前的相遇一样，差一步就相遇或者差一步就错过。在到达宁蒗县城的那个早晨，她看到一个背包相似的背影，觉得那么熟悉，但她还没有来得及过去看一看究竟，她的救命恩人突然出现，这样的惊喜冲淡了一切。而没有错，那个背影就是吴现。如果这样的错过没有什么，生活总是还有机会的，可是她不该回去给什么妹妹化妆，而是应该听梦梦的话发个短信，但是她没有，她不仅没有，当去落水村子的路上，她犹豫着怎么写那么一条给吴现的短信时，车辆突然一阵颠簸，手机就这么掉在了车座下面。那一个时刻，手机没有电量的吴现正在落水村的饭店里充电，因为着急着去看草海，他只能开机一下，他打开手机看了看信息，没有辛钰的短信，犹豫了一下，他还是给辛钰打了一个电话，可是响了几声没有人接，觉得遗憾却也只能挂了，然后他带着没有电的手机就出发了。如果辛钰发了短信，那么吴现就有足够的理由不着急赶着去草海，而是守着电话继续充电。但是这些都没有如果……杨由丁次尔在最初认识辛钰的时候就告诉过她，摩梭人有一个节日，叫做转山节，那天未婚的男女都会围着这个湖走，因为是圆形的，他们坚信情投意合的有情人总会走到一起。对于辛钰来说，这个成全了有情人的湖却永远也不会让她转到自己的有情人出现再相遇，那个颠簸后她拿起手机，我们谁都说不准，也许当她发现吴现的未接电话时，疯了一样一遍遍打过去却是关机的时候，是不是吴现正坐在另一辆车里，他们就这么隔着车子，却朝着不同的方向去了。

　　这片她记忆里最美的湖水，却这么轻易地带走了她仅剩的一点儿缘分和希望。可是这一切辛钰都不会知道，我们的生命里又有过多少我们以为清楚却离真相非常遥远的结果呢？吴现终于看到了辛钰讲给他的泸沽湖，静悄悄、明亮亮，在天空下比天空还要悠远和宁静地绽放着，只是再也不会有辛钰了，他曾经幻想着自己可以带着这个女人环游世界，而现在，只有他自己。

　　当晚他住在宁蒗的小招待所，屋子简陋到让他觉得破烂，让他更感觉孤寂。他想起辛钰，从他回国到现在，他一直等着辛钰告诉他些什么，他有点希望辛钰告诉他自己过得不好，然后他就可以光明正大地带她走，离开此时的不好，但他更害怕听到辛钰过得不好，其实又有哪个人在自己爱的人面前信心满满？于是他也只是自欺欺人地来到云南，期待着不知道自己期待着的奇迹出现。手机终于充上电了，开机后还是没有任何的短信，吴现看了看时间，9点半了，也许辛钰根本就没有在意他是不是回国了，他想着辛钰肯定很幸福，这时候，是不是正依偎在老公身边……他放下了电话，想着还是睡觉吧，明晚就到上海了，他也该回日本了，回到属于自己的生活。

简陋的招待所让他很不舒服。也许还是不甘心，他想还是给辛钰打一个电话吧，如果她的老公在旁边，他就随便问候几句。拿起电话的吴现又放下，他又担心自己的这个电话会影响了辛钰原本幸福的生活。他这么一次又一次地纠结，鼓起勇气直接拨通了电话……当然，辛钰此时此刻正在飞机上，那么这个电话当然不会因为吴现的纠结就能打通。

吴现从床上起来，他连裤子也没有穿，在屋子里来回地走动着，这种感觉令他想哭。这时的他才觉得因为冷的缘故，披了外套。吴现想，一切早就结束了，尽管他要求和她做朋友，又觉得自己做不到，于是告诉她不要联系，可是自己明明还是想着她的……但这还不是自己的一厢情愿。

可能他唯一能做的，就是自己更加努力地活着，或者某日他们会遇到，或者有那样的一天，起码，自己不会很失败地站在辛钰的面前。

"辛钰，明天我就回日本了，其实这次我是带着女朋友来中国的。回国之后还是忍不住想起你，想起你过得好或者不好，不过这些都和我没有任何的关系。也不知道要发什么，我现在很幸福，女朋友也很好，只是希望我们的孩子不会在拉萨相遇。"吴现编写了这条短信，他知道自己明天醒来，就会开始新的生活，也许很快就真的遇到自己未来相守的那个人了。他打开手机的后盖，取出电话芯片，为了不让自己明天又忍不住打电话，他想就这么扔掉吧。

在飞机上的辛钰确实累了，居然一直睡到飞机降落，虽然广播里还在播放着请乘客不要打开手机电源,但这些早就离不开手机的人们都焦急地开机,一个狭小的空间里就有很多的屏幕亮了起来。手机屏上提示有好几条信息,可辛钰一下子就看到了一条短信,这早不发短信的日子让辛钰立刻就清醒过来。

她把那条短信读了一遍又读了一遍,手机就这么摆放在眼前,整个飞机上的人都下去了,她还是这么靠着窗户坐着发呆。已经这么晚了,只是夜上海还是那么灯火辉煌,辛钰直接坐出租车去人民广场。她看见窗外的月亮,是满月,她看着咖啡馆越来越近,想起那个寒冷的冬天,她录了节目给吴现送一件风衣,那个男人就夹着电脑站着等他。

"到了,是这里吗?"

"是的,谢谢。"辛钰付了钱,拿了行李箱,即使是深夜也这么温暖。这样的温暖却比寒冷更衬托出凄冷,辛钰去推开咖啡馆的门,玻璃门还是那么沉,她有点哆嗦,却不是因为冷,也并没有扑面而来的暖和气息。

"我们马上就打烊了。"辛钰并没有听他们说话,咖啡馆里只有两个桌子还有人,这里和几年前一模一样,那时候是哪四张桌子有人,辛钰都记得。当年的感觉扑面而来,她是电影里的女主角,一步步地靠近吴现。

"来一杯卡布奇诺,要热的。"

辛钰拿着热的卡布奇诺,一步步走到曾经吴现坐的位置,那时候吴现正戴着耳机,看到她突然站起来,耳机也差点被扯下来。辛钰记得自己要亲他,却因为他站起来太高了无法亲到,于是她就笑,这笑让吴现不知如何是好,辛钰调皮地让他低头,然后给了他一个响亮的吻。

……这些都没有了。辛钰打开咖啡杯上的小盖子,喝了一口奶泡。她觉得味道都不是曾经味道了。那是她是姑娘的最后一晚,那一晚后她就再也不是了。

"吴现此刻应该在中国的某个地方,正和自己的女朋友在一起甜蜜着,或许他就在上海,那么他能不能看到这个满月?"辛钰这么想着。

此时的她应该知道,自己需要什么得到了什么也同样需要失去什么。此时此刻,她坐在曾经和吴现在一起感受幸福的地方,她感受到的只有一个人的空荡。

她觉得此刻真好像一首诗,天上的月亮明亮极了,她记不起当时的月亮也记不起当时的自己。她已经分不清谁对谁好。记得吴现来看她时,她见到了他就那么想吻她,那么幸福;也记得害怕天冷他坐在这里怕她着凉;录节目的间隙她买了衣服给他送过来,时间紧张,所以只是从车窗里递了外套给他,就匆匆去了。她走后他短信告诉她,真的好想吻她,那么幸福的感觉。

辛钰此刻明白,幸福的时候并不美,而此刻这么热闹又这么凄冷,但是此情此境此景这么美。

"你好,我们要打烊了。"辛钰对着服务生笑了笑,拿着行李走了出去。她在路边站了一会儿就上了车……到了酒店,登记好她就进屋子直接去洗澡,热水下的辛钰大声地哭,她一边哭一边喊着,觉得自己就要崩溃。

对着镜子里的自己,辛钰看不到几年前那个枯瘦却充满力量的自己,现在的她好像一下子全垮了。突然间,她觉得一定要在今天和吴现说上一句话,她要亲口告诉他自己错了……她没有穿裤子,只披了一件衣服。时间太晚了,这么晚辛钰担心打过去电话吴现女朋友会生气,于是她短信问吴现。

"可以打电话吗?"辛钰在屏幕上小心翼翼地打出这几个字,发送出去,

此刻,辛钰觉得自己一无所有,但她还想恳求一个电话。她把电话放好,调好声音,就去吹干头发,还要化妆,小镜子里的她慢慢美起来。但那种美是很落魄很脆弱的美,像一只迷路的动物。

辛钰幻觉般的相信他会很快给自己回电话的。

她就这么等到天亮。有些东西不是等就能等来的。

于是,她只能继续旅行。